Gianluca Puzzo

LA REGOLA DEL SILENZIO

8 dicembre 1973 - 23 maggio 1974

A mia moglie,
che ha (quasi) sempre
maledettamente
ragione.

Ringraziamenti

Ai miei attenti e puntualissimi correttori di bozze:
Mary, papà e mamma, Massimo e Sebastiano.

Alle "volpi" Davide, Gianluca e Francesco,
lettori in crisi d'astinenza che con il loro amichevole
quanto pedante stalking mi hanno "costretto" a trovare
il tempo per scrivere questo libro.

Alla dr.ssa Marta Della Torre, per le molte e molto utili
informazioni in tema di dipendenza e disintossicazione
da eroina.

Alla dr.ssa Valentina Loguercio, per i preziosi chiarimenti
su alcune procedure di primo soccorso.

Ad Andrea, che pur fingendo di avere tante cose da fare
anche stavolta non si è sottratto alla copertina.

Citazioni

Le battute di pag. 17 tra Parker e il buttafuori del "The
Sword" hanno in realtà quasi sessant'anni. Sono tratte infatti da "I soliti ignoti", film di Mario Monicelli del 1958:
un piccolo, personale tributo dell'autore a quel capolavoro
e ai suoi indimenticabili protagonisti.

Gianluca Puzzo
nasce nel 1974 a Roma, dove vive e lavora.
Giornalista, poi copywriter e docente di marketing sportivo,
la scrittura è da sempre la sua passione. Dal 2013 è anche
un self publisher e un blogger molto seguito dagli appas-
sionati di sport statunitensi (www.sport1one.eu).
"La regola del silenzio" è il suo terzo romanzo e prosegue
la saga poliziesca di Noah Parker, iniziata nel 2013 con
"Sangue chiama sangue" e proseguita l'anno seguente con
"Fantasmi per l'11° Distretto".

Narrativa:
- Fantasmi per l'11° Distretto (2014)
- La lavanderia (miniracconto spin off, 2014)
- Una donna pericolosa (miniracconto spin off, 2014)
- Sangue chiama sangue (2013)
- Nuvolari, un giorno una vita (2009)
- Echi di rivoluzione vol. 2 (2005)

Raccolte di poesie:
- Sogni capovolti (2013)
- In depth (antologia in lingua inglese, 2013)
- Ovunque ma non qui (2010)
- Echi di rivoluzione vol. 1 (2005)
- L'assenza (2003)
- Di terra e di vento (2002)

SOMMARIO

Prima parte

Sabato 8 dicembre 1973   pag. 15

Domenica 9 dicembre 1973   pag. 67

Lunedì 10 dicembre 1973   pag. 97

Martedì 11 dicembre 1973   pag. 115

Mercoledì 12 dicembre 1973 pag. 155

Seconda parte

Lunedì 22 aprile 1974   pag. 179

Mercoledì 24 aprile 1974   pag. 187

Giovedì 25 aprile 1974   pag. 191

Venerdì 3 maggio 1974   pag. 205

Venerdì 10 maggio 1974   pag. 209

Lunedì 13 maggio 1974   pag. 213

Martedì 14 maggio 1974   pag. 231

Martedì 21 maggio 1974   pag. 243

Giovedì 23 maggio 1974   pag. 251

Racconti spin-off

Una donna pericolosa   pag. 259

La lavanderia   pag. 265

La città senza nome in cui è ambientato questo romanzo è frutto della fantasia dell'Autore e non ha alcun riferimento con la realtà.

Le vicende raccontate in questo romanzo iniziano due anni e mezzo dopo la conclusione di "Fantasmi per l'11° Distretto"

PRIMA PARTE

(due anni e mezzo dopo)

Sabato 8 dicembre 1973
Turno di notte
Ore 1.15

Appena scesi dall'auto, i due detective furono investiti dalla neve che il vento polare spingeva loro addosso. L'ingresso del "The Sword", uno dei più frequentati locali notturni del Barrio, distava solo pochi passi, ma tanto bastò a far rabbrividire Julian Sanchez.

«Que invierno de mierda. - disse appena varcata la soglia - Ogni fottuto inverno mi trovo a rimpiangere el clima de Puertorico».

«Ancora con questa storia... non ne posso più di sentirla ogni volta che fai due passi per strada» gli rispose Parker alzando gli occhi al soffitto.

«Niño, tu ci sei nato nel clima di merda di questa città, io no. Da me è sempre estate, giusto qualche pioggia ogni tanto. Las chicas non tolgono mai la minigonna e non mettono mai le calze... entiende?» e gli fece l'occhiolino.

«Entiendo, entiendo... ma piantala lo stesso di ripeterla. Qui è così e basta».

Parker iniziò a togliersi la sciarpa dal collo: indossava un lungo maglione di lana pesante, grigio, con dei grandi bottoni marroni davanti, la versione creativa e un po' modaiola di quello che aveva indossato nel recente passato. Ormai i cappotti classici e gli abiti tanto amati da sua madre erano un lontano ricordo; due anni e mezzo prima aveva perso una scommessa con il suo collega e, per onorarla, aveva dovuto passare a un look più moderno. Non era ancora del tutto convinto di aver fatto la scelta giusta, ma doveva convenire che, almeno dal punto di vista della comodità sul lavoro, non c'era paragone.

Sanchez era avvolto in un vistoso cappotto arancione con i risvolti del bavero e le tasche esterne in stoffa grigia. Niente sciarpa, si sfilò dalla testa il grosso berretto di lana nera che indossava, scuotendolo per togliere la neve.

«Piantatela di bagnarmi la moquette» fu l'esordio del butta-fuori, un nero di dimensioni adeguate al ruolo.

I detective proseguirono nel mettersi comodi, certi che l'uomo li avrebbe riconosciuti a breve. E così fu.

«Ah, siete voi...» disse, con una nota di delusione nella voce. Come le ragazze del bar, anche lui lavorava a percentuale, e ogni ingresso gratuito equivaleva a una coltellata al cuore. Quei due, specie il portoricano, li conosceva bene e sapeva che per evitare rogne non sarebbe servito a nulla conceder-gli consumazioni e ragazze gratis, come con tanti altri poli-ziotti che bazzicavano quel locale a vario titolo.

«È questo l'entusiasmo con cui accogli i clienti, stasera?» lo stuzzicò Sanchez.

«I clienti no, i guai sì. Che volete?»

«Solo dare un'occhiata dentro per guardare che faccia hanno i tuoi clienti».

«E una volta che avete guardato?»

«Dipende dalle facce. Se ci piacciono, ci beviamo un cocktail e ce ne andiamo».

«Cocktail rigorosamente analcolico...» aggiunse Parker, sor-ridendo.

«Claro que sì, niño, siamo in servizio!»

«E se una faccia non vi piace?» li incalzò il buttafuori.

«Gli chiederemo gentilmente di seguirci al distretto».

«E se non accettasse il vostro invito?»

«Beh, in tal caso, glielo chiederemo di nuovo, ma meno gen-tilmente».

«State per mandarmi a rotoli un'altra serata? Il signor Mul-ligan mi toglierà la pelle di dosso per avervi fatto entrare».

«Che vuoi farci, amigo, sono gli incerti del mestiere».

Parker, ansioso di dare la caccia ai cugini Franklin, si inserì bruscamente nel dialogo.

«Andiamo, Julian?»

«Ah, beata gioventù, siempre impacientes!» esclamò San-chez, estraendo due foto dall'interno del cappotto arancione. «Per caso hai visto entrare questi due, stasera?»

Il buttafuori scosse la testa dopo aver osservato per qualche secondo le immagini.

«Non mi dicono niente, assomigliano a cento altri che potete trovare dentro».

«Questi però sono pregiudicati...» provò ad aggiungere Parker.

«Sempre cento sono...» gli rispose il buttafuori con un sorriso beffardo.

«E i nomi di Ray e Caleb Franklin? Pure di quelli ce ne sono altri cento qui dentro?» lo incalzò Parker, indispettito.

«Non chiedo il nome a chi entra, mi basta che abbiano dieci dollari in mano» rispose quello, senza scomporsi.

«Ok, grazie lo stesso. Noi entriamo, tu sta' buono a cuccia qui, eh» lo congedò Sanchez, accarezzandogli la testa come a un cane e facendo cenno a Parker di seguirlo.

Percorsero un corridoio ricoperto su tutti i lati di moquette nera, scesero alcuni gradini, infine spalancarono delle pesanti porte di legno.

La sala del "The Sword" consisteva in due cerchi concentrici: quello più esterno, molto stretto, conteneva i tavolini e il bar, mentre quello più interno era riservato alla musica, con un palco per le esibizioni dal vivo e una pista da ballo in plastica trasparente sotto cui erano sistemate delle lampadine colorate ad accensione intermittente. L'effetto visivo era splendido, coinvolgente, e veniva amplificato dai colori degli abiti dei ballerini, un centinaio di uomini e più o meno altrettante donne, che si agitavano sopra quel pavimento. Appena varcata la porta, i due detective si defilarono dietro una colonna del cerchio esterno, concedendosi qualche secondo per guardarsi intorno. Parker osservò il numeroso gruppo intento a suonare del blues: erano tutti neri, gli uomini agli strumenti e le donne alle voci. Al centro del palco svettava una ragazza in abito rosso: cantava, suonava la chitarra ma, soprattutto, era di una bellezza sconvolgente.

Sanchez notò la distrazione del compagno.

«Se non troviamo i Franklin vuoi fermarti qui?»

«Eh? No, ma che dici...».

«Dai, niño, che problema c'è? Se aspetti di finire il turno quella se n'è già andata... basta che mi dici dove vai, così posso raccattarti se succede qualcosa di grosso».

«Piantala, ti ho detto. Lo sai che non le faccio queste cose».

«Lo so, è per questo che mi diverto a dirtelo!»

Parker scosse la testa, ma un sorriso gli increspò gli angoli della bocca. A lavorare con Julian Sanchez si dormiva poco ma non ci si annoiava davvero. Faceva il turno di notte ormai da molti anni, ben prima che lui arrivasse all'Undicesimo Distretto, e sapeva muoversi nelle pieghe di quella città, di quel quartiere, come nessun altro, come un gatto che trova nel buio il suo habitat naturale.

«Come lo troviamo in mezzo a tutta questa gente?» chiese Parker al collega, indicando l'affollatissima pista da ballo.

«Non è lì che devi guardare, niño» rispose Sanchez accendendosi una sigaretta, che poi usò per indicare una porta laterale.

«Ricordati che gli spacciatori come Caleb Franklin non ballano; non vengono qui a divertirsi, vengono a lavorare. E il loro ufficio, di solito, ha delle tazze da cesso al posto delle scrivanie. Io resto qui a dare un'occhiata alla gente seduta ai tavolini e al bar, nel caso in cui all'altro Franklin fosse venuta un po' di sete. Tu vai a fare un goccio d'acqua e vedi se lì trovi il cugino...»

«E se c'è?»

«Fai finta di niente, lui non ti conosce. E poi ricordati che il nostro obiettivo è Ray. Se non troviamo lui, allora cerchiamo il cugino. Ci rivediamo qui» e senza aggiungere altro iniziò a vagare tra i tavoli, accennando passi di danza e ammiccando alle ragazze sole.

I bagni maschili del "The Sword" facevano schifo anche come ufficio di uno spacciatore. I muri imbrattati da scritte e disegni, osceni nella maggior parte dei casi, erano il degno contorno per le piastrelle rotte del pavimento e per la puzza di fumo e urina che aggrediva violentemente l'olfatto dei suoi "utenti".

Fingendo di cercare un bagno libero, Parker si sforzò di esplorare ogni suo anfratto, tra gente inginocchiata a vomitare e un paio di ragazzi intenti a prepararsi le dosi di eroina. Un nero intorno ai vent'anni ciondolava fingendosi annoiato accanto alla porta; Parker lo studiò rapidamente mentre si lavava le mani, grazie a un residuo pezzo di specchio ancora cocciutamente appeso alla parete. Sì, aveva la scritta "spacciatore" appesa in fronte, ma no, non era Caleb Franklin, cugino di Ray. Spacciatore il primo, probabile stupratore il secondo; quel che si dice una famiglia di sani principi. Parker aveva impresse nel cervello le foto segnaletiche di entrambi, e stava sviluppando una buona memoria per le facce. Caleb era più giovane di quello lì, aveva una fronte più larga, il naso più schiacciato; Ray ci si avvicinava di più, ma il taglio degli occhi, la bocca... era diverso, insomma. "E piantala di guardarlo dallo specchio, deficiente" si disse Parker, temendo di rovinare tutto.

Tornò in sala, dove nulla era cambiato: gente seduta ai tavoli, gente seduta al bancone, gente che ballava e le stesse gambe della stessa cantante in rosso al centro del palco. Fece mezzo giro dell'anello esterno e tornò al suo punto di partenza, dove venne raggiunto da Sanchez un minuto dopo.

«El nuestro amigo?»

Parker scosse la testa con decisione.

«C'è uno spacciatore, ma non è lui».

«Seguro?»

«Vai a controllare, se vuoi. Lo trovi accanto alla porta come il facchino di un albergo».

«No, no, è un rischio inutile».

«E il tuo giro? »

«Inutile como el paraiso» sentenziò Sanchez.

«Che filosofo... perché poi il paradiso sarebbe inutile?»

«Quando sei morto, che importa dove vai a finire?»

«Ma non mi avevi detto di essere cattolico?»

«Certo!»

«E allora non dovresti credere anche nel paradiso?»

«Nessuno dice a Julian Sanchez cosa c'è e cosa non c'è después de la muerte, niño».

Parker lo fissò perplesso: quando aveva deciso di seguire le orme paterne entrando nella Polizia non pensava di poter mai finire a far coppia con un detective portoricano, seduttore impenitente, anarco-cattolico e filosofo metropolitano. In fin dei conti Grady Watts, il suo primo compagno di lavoro, con il suo carico di sfrontato cinismo e grettezza allo stato puro, aveva rappresentato un approdo più prevedibile, un tipo cui si possono associare abbastanza facilmente un distintivo e una pistola.

«Le finestre dei bagni?»

«Hanno delle grate ma roba ridicola, uno non troppo grosso ci passa».

«Bravo niño, buon occhio».

Parker fissò il compagno.

«Te lo ricordavi, vero?»

«Certo, ma ci tenevo ad avere il tuo parere. La lezione di questa noche è...»

«Studia sempre il campo... anche un paio di giorni fa hai detto la stessa cosa. E anche un mese fa, e tre mesi fa...»

Sanchez lo guardò sorpreso.

«Non è che hai qualche lezione nuova, per caso?»

Sanchez era sul punto di ridere, quando il suo sguardo mise a fuoco un volto alle spalle di Parker e il sorriso scomparve.

«Che c'è?»

«La lezione nuova di stanotte è: impara a controllare bene i cessi, niño».

Parker, istintivamente, fece per voltarsi, ma il collega lo

bloccò tirandolo per un braccio.

«Sta' fermo, c'è il nostro caro cugino Caleb alle tue spalle. È appena uscito dai bagni...»

Parker spalancò gli occhi.

«Ma Julian... ti assicuro che li ho aperti tutti, uno a uno, e non c'era! Sarà entrato adesso da una delle finestre!»

«Uhm... non credo, non con quel vestito bianco che ha addosso... hai guardato anche nei bagni delle donne?»

«No...» rispose avvilito Parker, già dandosi mentalmente dell'idiota.

Sanchez scosse la testa. «E allora era lì dentro, a spacciare o a scopare».

«Gli giriamo intorno?» suggerì Parker.

Il compagno annuì. «Passa dall'altro lato della pista, io vado verso la porta dei bagni, sarà lì che tornerà, quando avrà capito che siamo poliziotti, per buttare via la roba che ha addosso. - Sanchez si fermò un attimo a riflettere - A quanto pare dobbiamo accontentarci di lui... cerchiamo di prenderlo in mezzo e di portarlo verso l'uscita senza far troppo chiasso, come fossimo un trio di amici ubriachi. Poi, al distretto, vedremo di farci raccontare qualcosa sul suo amato cugino Ray».

Parker gli diede una pacca su un braccio e lo superò, iniziando a farsi largo tra la folla che intasava l'anello esterno del locale.

Giunto alla prima colonna, si fermò e cercò di inquadrare bene la sua preda. Era un compito piuttosto facile, in realtà: un nero vestito di bianco spiccava un bel po', anche in mezzo a tutta quella gente. Franklin era alto e molto magro, non particolarmente prestante, notò il detective, non sarebbe stato un grosso problema bloccarlo senza fare troppo baccano.

Rassicurato, Parker riprese il suo giro, cercando di non farsi distrarre dalle gambe della cantante in rosso, che sembravano tormentarlo fin dal suo ingresso. Niente e nessuno, nell'affollatissimo "The Sword", poteva competere con quelle gambe: nere, lunghe, muscolose il giusto, sensuali nei movimenti, a Parker sembrò di non averne mai viste prima. Alzò lo sguardo, lo fece scivolare oltre il vestito rosso, e trovò il viso straordinariamente luminoso di una ragazza che forse, giudicò, non arrivava neppure ad avere vent'anni. Fece fatica a tornare a concentrarsi su Caleb Franklin.

Giunto quasi dietro il palco, si accorse di un paio di sguardi interrogativi scoccati dai trombettisti del gruppo, piazzati in fondo, poco davanti a lui, ma scelse di ignorarli, concentrandosi solo sul suo obiettivo.

Vide dall'altro lato della sala Sanchez, già piazzato davanti ai bagni, muoversi disinvoltamente al ritmo del blues che riempiva l'atmosfera; per essere un ballerino solitario era davvero bravo, dovette ammettere Parker.

La sua attenzione tornò su Franklin: in mezzo alla pista aveva afferrato per un braccio un altro ragazzo nero, grasso e con un'enorme cesta di capelli crespi in testa.

Lo tirò via dal suo dimenarsi e i due ripercorsero la strada verso i bagni appena fatta da Franklin. Lo spacciatore usava il corpulento amico per farsi strada più rapidamente tra la folla; un attimo dopo, Parker realizzò che Franklin conosceva Sanchez e che quindi, vedendolo, avrebbe reagito subito. Doveva prenderli alle spalle.

Parker proseguì il suo avvicinamento aggirando il palco dal retro, in un complicatissimo percorso a ostacoli fatto di casse, cavi colorati e attrezzature varie, di cui ignorava completamente la funzione. La fretta e la semioscurità del retropalco lo fecero inciampare in una matassa di cavi; riuscì a restare in piedi, ma alla sua destra, giusto sul palco, sentì il tonfo sordo di un oggetto pesante in caduta. La musica del gruppo ebbe uno sbandamento d'incertezza, ma in pochi attimi riprese più o meno come prima, solo ad un volume un po' più basso. Liberatosi da quegli impacci, tornò a cercare con lo sguardo Julian Sanchez: era ormai vicinissimo a Caleb Franklin, ma aveva avuto l'accortezza di spostarsi sul lato del suo corpulento amico, che quindi lo nascondeva. Parker si fece largo con qualche brusco spintone tra la folla danzante, ma pochi istanti prima del suo arrivo, Franklin posò gli occhi su Sanchez, riconoscendolo all'istante. Reagì in modo fulmineo, spingendo violentemente il ragazzo grasso addosso al detective portoricano, che vacillò all'indietro fino a inciampare su una ragazza intenta a ballare. Nel momento in cui Sanchez e la ragazza toccarono il pavimento trasparente della pista, Caleb Franklin iniziò la sua fuga in direzione dei bagni, ma la sua decisione prevedibile favorì Parker, che gli piombò alle spalle mandandolo a schiantarsi contro la porta, che si spalancò di botto sotto il loro peso.

Franklin riuscì a rimanere in piedi, ma Parker lo immobilizzò parzialmente cinturandogli entrambe le braccia da dietro e afferrandolo quindi per la nuca.

«Polizia! - gli urlò Parker nelle orecchie - Sta' buono! Sta' buono e non fare resistenza o ti spezzo le braccia!»

Franklin incrociò lo sguardo dello spacciatore che Parker aveva squadrato in precedenza.

«Ehi, fratello! Aiutami con questo sbirro bastardo! Aiutami!»

Quello, però, rimase immobile, indeciso sul da farsi. Evidentemente, gli spacciatori non brillavano per spirito di corpo.

«Tu non aiuti proprio nessuno. - disse Parker con piglio deciso - Hai tre secondi per sparire da quella finestra e non farti più vedere. Altrimenti ti perquisisco e vediamo cos'hai addosso».

Parker mollò la presa su Franklin e lo spinse violentemente a terra, mandando in fumo tutto il candore del suo vestito immacolato; sfilò le manette da sotto il maglione, ne assicurò una al polso destro della sua preda e l'altra al tubo di scarico di un lavandino.

Stava per tornare a rivolgersi allo spacciatore indeciso,

quando entrò nel bagno anche Sanchez.

«Alla buon'ora» fu l'accoglienza ironica di Parker.

«Sono un cavaliere galante, niño, lo sai... aiuto sempre le se-
ñoritas a rialzarsi. E questo qui?» chiese Sanchez, indicando
lo spacciatore ancora in piedi accanto alla porta.

«È tutto a posto, ti stava aspettando per salutarti prima di
andar via... vero?»

Quello annuì, corse ad aprire la finestra, spinse via con un
pugno la grata, si arrampicò con i piedi sul termosifone e
uscì.

«Che bravo ragazzo! - esclamò Sanchez - Educato come
non se ne trovano più, al giorno d'oggi».

«Un vero principe...» mormorò Parker, mentre osservava
ancora la finestra spalancata.

«Stai pensando di far uscire anche noi da lì, vero niño?»

Parker annuì. «Per non dare nell'occhio...» aggiunse.

«Ottima idea, andiamo. Sgancia questo stronzo; non vorrai
mica portarti dietro il lavandino, no?»

«E il Miranda?» chiese Parker, sempre attento alla forma.

«Non rimango in questo cesso un minuto di più, glielo leg-
giamo in macchina».

Sanchez uscì per primo, quindi toccò a Caleb Franklin e,
per ultimo, a Noah Parker. Due minuti dopo erano già tutti
e tre al tepore del riscaldamento della Pontiac; assolto l'ob-
bligo di lettura dei diritti del loro prigioniero stabilito dalla
sentenza Miranda, si diressero verso l'Undicesimo Distretto.

Il terzetto passò davanti al bancone d'ingresso, dietro cui il
sergente Clayton stava parlando con una suora, coperta da
un giaccone nero e con in testa il velo grigio di cotone sottile caratteristico del vicino convento di St. Matthew, forse
l'unico luogo ad alta densità di anime candide in tutto il Barrio. Parker notò una certa comicità nella scena, vista la bassa
statura di entrambi: il sergente, pur avendo una pedana di
legno sotto le scarpe, sporgeva dal bancone solo dalle spalle

in su. La suora, bassa anche lei ma senza pedana, si stava alzando sulle punte come una bambina per farsi sentire dal poliziotto.

«Ehm, scusa sergente...» s'inserì Parker, ansioso di registrare il suo uomo per interrogarlo, ma causò un'occhiata di disapprovazione di Clayton e uno scuotimento della testa di Sanchez, che aspettava qualche passo indietro, accanto a Caleb Franklin ammanettato.

«Prego, figliolo» rispose subito la suora con voce sottile, facendosi da parte per lasciarlo avvicinare al bancone.

Parker la ringraziò con cenno deferente della testa e la osservò per un attimo: il viso aveva un'età indefinibilmente compresa tra i trenta e i cinquant'anni e i lineamenti emanavano un naturale senso di serenità ed equilibrio.

«Beh? Che c'è di tanto urgente?» esordì Clayton.

«Abbiamo un fermo da registrare».

Il sergente Clayton sembrò accorgersi per la prima volta in quell'istante che i due detective non erano rientrati da soli al loro distretto.

«Sarebbe quel negro laggiù?»

«Sì, certo». Avere a che fare con l'indolenza del sergente Clayton era una delle poche cose che facevano rimpiangere a Parker il turno di giorno, quando il posto dietro al bancone era occupato dal ben più solare e collaborativo sergente MacGovern.

Clayton si voltò sospirando verso lo schedario appeso al muro dietro di lui, lo fissò per qualche secondo come se attendesse che il modulo volasse di propria iniziativa nelle sue mani e, appurata l'impossibilità di tale evento, si allungò a prenderlo.

Sanchez spinse il suo uomo fino al bancone, tirandogli fuori dalle tasche la patente e passandola a Clayton, che ne copiò le generalità con lentezza insopportabile.

«E il motivo sarebbe?» chiese il sergente, senza sollevare gli occhi dal modulo.

«Possesso di droga, venticinque dosi in bustine singole, probabilmente eroina. E mettici anche la resistenza all'arresto» sentenziò Parker, sventolando il sacchetto contenente le prove e notando con la coda dell'occhio che la suora si stava facendo il segno della croce.

I due detective firmarono il modulo, ne presero una copia e infine si scostarono dal bancone.

«Prego, madre, e mi scusi per averla interrotta, andiamo un po' di fretta» disse Parker.

«Si figuri giovanotto, buon lavoro e che Dio la benedica». Parker fece un cenno di ringraziamento con la testa.

«Ehi, sorella! - sbottò Franklin - Guarda che sono io quello nei guai! Per me niente benedizione?!»

Sanchez gli diede uno scappellotto sulla nuca e iniziò a spingerlo verso le scale, ma la suora lo fermò, prendendogli un braccio.

«Lei è nei guai perché se li è cercati, figliolo, ma non abbia timore per la sua anima: il Signore sa perdonare chi si redime» e lo accarezzò sul volto.

«Dai su, cammina cabròn. Hai sentito? Hai ancora un piccola speranza di non finire all'inferno» lo riprese Sanchez, conducendolo su per la prima rampa di scale.

«Lo portiamo in una sala per gli interrogatori?» chiese Parker al collega, mentre salivano.

«No, niño, risparmiamoci un piano di scale e interroghiamolo qui da noi».

Parker annuì.

La sala della Squadra Investigativa occupava il lato sinistro del primo piano e conteneva le scrivanie di tutti i sedici detective della squadra, accostate in modo claustrofobico, con pochissimo spazio di passaggio tra l'una e l'altra. Durante la notte, con sole due coppie di detective in servizio, la sala sembrava un deposito di mobili e sedie in attesa di un trasloco o, vista la loro vetustà, della distruzione con un bel falò. Di giorno, invece, quell'enorme stanzone si trasformava in uno dei più concreti esempi di caos infernale esistenti sulla terra, con il violento squillo dei telefoni che si sommava al frastuono delle macchine da scrivere, alle voci e al gracchiare dei telex lì accanto. Nel momento del loro arrivo al primo piano, però, Parker e Sanchez erano gli unici padroni di tutto quello spazio: Mitchell e Blackman erano chissà dove in giro per la grande città cattiva e nella sala c'era la tranquillità necessaria per interrogare Caleb Franklin senza ricorrere alle apposite salette del piano di sopra. Sanchez spinse a sedere il prigioniero davanti alla sua scrivania e gli ammanettò un braccio alla sedia, poi fece il giro, si sedette e, come sua abitudine, allungò i piedi sul tavolo.

«Vuoi un po' di caffè?» chiese Parker, rivolto al suo collega, ma il primo a rispondere fu Franklin.

«Sì, grazie, ci vorrebbe proprio».

Parker rimase sorpreso dalla sfacciataggine di quel tipo e si affrettò a rispondergli a tono.

«Caleb, per cosa ci hai presi? Per un bar? Per la cucina di casa tua? Avevi mangiato prima di andare a spacciare o vuoi che ti serviamo anche la cena?»

Franklin si rese conto di non avere alcun interesse a stuzzicare due poliziotti che gli avevano trovato in tasca venticinque dosi di eroina.

«D'accordo, d'accordo, scusate, era solo una battuta. Niente caffè, come non detto».

Parker si avviò scuotendo la testa verso la sala delle telescriventi, dove era stato messo il bollitore del caffè; tornò dopo un minuto con due tazze fumanti, ne porse una a Sanchez e si sedette sull'angolo destro della scrivania.

«Allora, amigo, visto che sei uno sveglio avrai già capito come tirarti fuori dai guai, no?»

Franklin scosse la testa.

«I nomi che vi interessano io non li so. Sono solo un pesce piccolo, con la sua zona e la sua percentuale».

Sanchez accennò una risata.

«Devi avere una bella percentuale per poterti permettere un

vestito come quello!»

«Beh, sapete, sul lavoro anche essere eleganti ha la sua importanza».

«Eh già, mica come noi...» mormorò Parker, con una punta di polemica verso il collega.

«Comunque dobbiamo darti una brutta notizia... - proseguì Sanchez, fingendo di non averlo sentito.

«Ah sì? E sentiamola, quale sarebbe la brutta notizia?»

«Sarebbe che non hai capito niente, amigo».

Stavolta la bocca di Caleb Franklin rimase a secco di parole.

«Noi siamo convinti che tu conosca benissimo i nomi dei distributori di droga, gli indirizzi delle centrali di smistamento, forse anche uno o due piccoli laboratori dove viene raffinata...» disse Parker, fissandolo da vicino dritto negli occhi.

«No, no! Vi ripeto che...»

«Fammi finire, Caleb. - lo zittì Parker - Tu puoi ripetere all'infinito che non sai niente e non conosci nessuno, ma noi siamo convinti del contrario, e non sarai certo tu a farci cambiare idea. Se quei nomi ci servissero davvero, finiremmo per saperli, da te o da qualcun altro del tuo giro. Ma oggi ci trovi di luna buona e così abbiamo deciso di chiudere un occhio su queste cosucce...»

«...e magari anche sulle bustine che ti abbiamo trovato addosso» aggiunse Sanchez, per rendere ancora più golosa l'esca.

«Tagliate corto, che vi serve?» sbottò Franklin, carico di tensione.

«Ecco... in questi giorni noi siamo interessati a un altro pregevole rampollo della tua famiglia, tuo cugino Ray. Dicci dove lo possiamo trovare e te la cavi solo con una notte nelle nostre celle ben riscaldate».

«Sono comodissime, sai? - intervenne ancora Sanchez - Ti fai una bella dormita, domattina ti bevi un caffè a spese della polizia ed esci. Anzi, ci spiace di non poter fare niente per le macchie del tuo vestito, ma il servizio di lavanderia è in sciopero... sai, quei cabrones dei sindacati...»

«Allora?» lo incalzò Parker.

«Non lo vedo da un pezzo, Ray».

«Questo lo sappiamo, ti abbiamo pedinato per qualche giorno nella speranza che ci portassi da lui, e invece frequenti solo spacciatori e pappa».

«Appunto, se lo sapete già cosa me lo chiedete a fare? E poi lui non ha niente a che fare con la droga, Ray è pulito ormai, lasciatelo stare!»

«Niño, mister vestitodibianco ha ragione. Non abbiamo letto da qualche parte che è diventato anche un amico intimo del Signore?» disse Sanchez, puntando un dito verso il soffitto.

«Sì, esatto! - disse Caleb Franklin - In carcere ha conosciuto un prete, un reverendo o qualcosa del genere e da quando è uscito è invasato per non so quale religione. Sta rigando dritto, vi dico, quindi perché lo cercate?»

«Vorremmo iscriverci anche noi in quella parrocchia, tutto qui» disse Parker, spalancando le braccia.

Sanchez decise di stringere i tempi e, tirati giù i piedi dalla sua scrivania, si alzò e si sporse in avanti verso il suo prigioniero, afferrandolo contemporaneamente per il bavero della giacca.

«Amigo, a te non deve interessare perché lo cerchiamo, entiende? Qui le domande le facciamo noi e se ci siamo presi la briga di tirarti fuori da un cesso pieno di tossici è perché tu hai le risposte a queste domande. E ci siamo pure ridotti a uscire dalla finestra per concederti la possibilità di uscirne pulito e senza troppe voci in giro che raccontino di averti visto con due poliziotti. Quindi ora ascoltami bene, perché non te lo ripeterò più: dove troviamo quel fenomeno di tuo cugino? Diccelo, noi lo andiamo a trovare e domattina sei fuori di qui con una pacca sulle spalle e tante scuse del distretto. In caso contrario, non prendere impegni per i prossimi quindici anni».

«Oh, ma che volete da me?! Come fate a chiedermi una cosa

del genere se sapete già che non lo vedo da un pezzo?»

«In famiglia certe cose si sanno, Caleb. - intervenne Parker - Magari abita da un parente, da un altro cugino, da una donna...»

«No, no... - disse Franklin scuotendo la testa - ... da quando ha preso questa fissazione con la religione è letteralmente sparito dalla faccia della terra. Nessuno della mia famiglia lo vede di frequente, nessuno sa dove sia andato ad abitare... vive come in una specie di clausura».

Sanchez scoppiò in una risata che quasi gli mandò di traverso il caffè.

«Clausura?! Hahahaha!!! Questa è bella!! Amigo, mi sa che tuo cugino non l'ha presa troppo sul serio, la sua clausura!»

Caleb Franklin lo guardò stupito, poi si voltò verso Parker, cercando di capire. Il detective capì che lo stupore del prigioniero era reale, e decise di giocare a carte scoperte.

«Tuo cugino è accusato di stupro da due delle sue vittime» disse Parker, con un tono di voce che rendeva la gravità della cosa.

«Ma che state...» provò a ribattere Franklin, allibito.

«Senti, non siamo noi i giudici, sarà una corte a decidere se è colpevole o no; ma due donne lo hanno riconosciuto sulle foto segnaletiche ed entrambe hanno dichiarato che il loro violentatore, durante lo stupro, farneticava frasi della Bibbia e del Vangelo...»

«Insomma, tuo cugino è nei guai, guai seri, Caleb».

«E anche tu lo sarai, se non ci aiuterai a trovarlo».

«Ma vi dico che non so dove vive!!»

«Ok, non sai dove vive, piantala di ripeterlo! - urlò Sanchez - Conoscerai qualcuno dei suoi amici, o delle sue ex, o la chiesa che frequenta...»

Su quell'ultima frase, gli occhi di Caleb Franklin ebbero un sobbalzo; fu un attimo, ma Sanchez, che di interrogatori come quello poteva vantarne a migliaia, lo colse.

«Tu conosci la chiesa dove va Ray» sentenziò.

«No».

«Non dirmi cazzate, coño!! Qualcuno te ne avrà parlato, magari non l'hai mai vista, non ci sei mai stato, ma sai come si chiama!»

«Non posso dirvelo, non posso tradirlo!» urlò di rimando Franklin, ora con le lacrime agli occhi.

Sanchez fece il giro del tavolo e sollevò in piedi il suo uomo, che con le manette si trascinò dietro anche la sedia. Parker scattò in piedi anche lui, pronto a intervenire, visto che il prigioniero aveva comunque un braccio libero. Al contrario di Watts, piuttosto incline ai metodi spicci, Julian Sanchez non aveva mai passato il segno durante un interrogatorio, e Parker sapeva che non l'avrebbe fatto neppure stavolta, malgrado le apparenze.

«Dimmi come cazzo si chiama quella chiesa o ti garantisco che ti faccio fare i capelli bianchi a Prescott!»

Caleb Franklin aveva perso tutta la sua ironia e stava piangendo a dirotto.

«Vi prego... è mio cugino, non posso tradirlo, non posso tradirlo!»

«Caleb... - provò a farlo ragionare Parker - hai già dei precedenti, ti abbiamo trovato addosso un bel po' di eroina, hai anche cercato di fuggire... sei davvero in guai seri. Se invece ci aiutassi a prendere Ray, il giudice ne terrebbe sicuramente conto, noi stessi testimonieremmo in tuo favore, e i tuoi quindici anni potrebbero anche diventare dieci, o magari solo cinque».

«E se ti comporti bene dietro le sbarre, dopo tre anni sei fuori. Altrimenti non esci vivo da Prescott» aggiunse Sanchez.

Franklin non rispose.

«Lo sai dentro Prescott chi comanda, vero? Si dice che ci sia un gruppo di detenuti bianchi neonazisti che si diverte a trattare i detenuti neri come loro schiavi... lo sai questo?»

Franklin smise di piangere, li guardò uno dopo l'altro e scosse la testa.

«Non lo so, non lo so, mi scoppia la testa, ci devo pensare».

«Ehi bello, guarda che non siamo ai tuoi comodi eh!» gli disse a brutto muso Sanchez.

«Fatemici pensare un attimo, porca puttana!» gli urlò Franklin, di rimando.

Parker gli toccò una spalla per richiamare la sua attenzione.

«Noi prepariamo il rapporto sul tuo arresto: hai 5 minuti, non un secondo di più».

Caleb Franklin annuì e la sua testa crollò nuovamente in giù.

«Giralo, niño, non sopporto di vedermelo piantato qui davanti mentre mangio».

Parker voltò il prigioniero, e la sedia a cui era assicurato, verso il centro della stanza, completamente deserta. Giratosi nuovamente verso Sanchez, lo trovò intento a inzuppare dei crackers salati dentro il caffè rimasto, ormai freddo.

«Mio dio, Julian!»

«Che c'è?» gli rispose quello, masticando.

«Fai venire il voltastomaco solo a guardarti... i crackers nel caffè!»

«Non c'è altro e ho fame, niño, non rompere».

Parker, non riuscendo a sostenere la vista di quella merenda improvvisata, andò a sedersi alla sua scrivania, situata un po' più avanti rispetto a quella del collega.

«Inizio a battere il rapporto su questa splendida nottata, - disse senza voltarsi - avvisami quando sei di nuovo presentabile».

Dopo un paio di minuti, Sanchez andò a sederglisi di fronte. Parker pestava sui tasti della macchina da scrivere e, di tanto in tanto, mordeva una banana poggiata su un tovagliolo accanto a lui.

«Avevi ragione, niño, quello spuntino faceva vomitare».

Parker accennò un sorriso e stava per ribattere, quando la loro attenzione fu attratta da insulti e grida provenienti dalle scale.

«Bastardo! Non mi toccare!» diceva la voce femminile.

«E tu allora non farmi perdere tempo e cammina, stronza!» ribatteva l'inconfondibile voce del detective Mitchell.

Sanchez andò ad affacciarsi sul pianerottolo.

«Serve una mano, ragazzi?»

«Per questi due?! - gli rispose Blackman dal fondo della scala con un uomo ammanettato accanto - Ci vorrebbe una bella camicia di forza, altro che una mano».

Ex promessa del football, dopo una sola stagione tra i professionisti Vance Blackman aveva visto svanire i propri sogni di gloria a causa di un brutto infortunio a una vertebra cervicale. Per alcune settimane aveva temuto di rimanere paralizzato dal collo in giù, ma poi la fortuna gli era venuta incontro, facendo saldare correttamente la vertebra e consentendogli, se non di tornare al football, almeno di avere una vita normale. Così si era sposato, aveva messo al mondo tre figli e, nel frattempo, si era arruolato nella Polizia, iniziando dalle pattuglie per poi conquistarsi la placca dorata da detective.

Lou Mitchell, il suo compagno, alto quasi come lui ma infinitamente più magro, nella coppia era considerato quello con il cervello più arguto. Logorroico fino allo sfinimento, motivo principale per cui era stato destinato alla solitudine del turno di notte ormai da quattro anni, Mitchell aveva però due qualità fondamentali per fare il poliziotto: dormiva pochissimo e vantava una strabiliante memoria fotografica. Detective di primo grado con vent'anni di servizio alle spalle, sposato senza figli, Mitchell era dedito quasi unicamente al lavoro e aveva schiumato di rabbia quando, un paio d'anni prima, Jay Bowl era stato nominato, per soli tre mesi di anzianità più di lui, vice responsabile dell'Investigativa al posto di Schuster, promosso tenente e trasferito in un altro distretto. Avere quel ruolo avrebbe significato molto per il suo orgoglio e, soprattutto, gli avrebbe consentito di tornare d'ufficio al turno principale, dalle 8 del mattino alle 4 del pomeriggio: dopo quattro anni non ne poteva più della fauna che popolava il Barrio durante l'oscurità, e pazienza se Blackman non avesse accettato di seguirlo. Ma Bowl gli era davanti e le regole erano le regole.

Tra spintoni e insulti, il quartetto giunse infine nella sala dell'Investigativa, dove Sanchez li accolse con un inchino volutamente goffo.

«Che hanno combinato, questi due fenomeni?»

«Hanno aggredito a colpi di catene un venditore ambulante di hot dog sul Riverfront» rispose Mitchell.

«Hanno ragione, questi poveri ragazzi... - disse Sanchez scuotendo la testa - negli hot dog non si trova più la carne buona come una volta».

«Il problema non era la carne degli hot dog, ma quella del venditore...»

«Cannibali?»

«No, razzisti».

«Ce l'avete con i negri, eh?» disse allora Sanchez, rivolgendosi direttamente ai due.

«Già, proprio con loro. I negri ci tolgono il lavoro, rubano i nostri soldi e si scopano le nostre donne» rispose l'uomo.

«Per caso stai parlando dei negri come quello là?» aggiunse candidamente Sanchez, indicando Caleb Franklin, che alzò di scatto la testa.

Ai due prigionieri si illuminarono gli occhi, ma mentre la donna non riuscì a divincolarsi dalla presa di Blackman, l'uomo scappò a Mitchell e urlando caricò a testa bassa verso Franklin, il quale rimase paralizzato dalla sorpresa.

L'impatto pieno fu evitato solo grazie a Parker, che dalla sua scrivania provò a placcare l'indemoniato e, pur mancandolo quasi completamente, riuscì quantomeno a rallentarne la corsa. Caleb Franklin volò all'indietro mentre la sedia che era sotto di lui si frantumava in mille pezzi, incapace di reggere l'impatto con quel bisonte a due zampe. L'uomo, atterrato sopra la sua preda ma ancora ammanettato dietro la schiena, cercò di mordere Franklin alla gola, ma non ci riuscì e non ebbe il tempo di riprovarci, visto che fu risollevato di peso da Mitchell e Parker.

«Lasciatemi! Lasciatemi! Me lo voglio mangiare, questo negro di merda!» continuava a gridare, mentre veniva allontanato dai detective, che continuavano a urlargli di calmarsi. Blackman, intanto aveva il suo bel da fare per tenere a bada la ragazza del bisonte, che cercava di colpirlo con calci e testate all'indietro affinché lui la mollasse. Aveva anche pensato, ma giusto per un attimo, di mollarle uno sganassone ben assestato ma poi, considerata la pesantezza delle sue mani e il fatto che a scatenare tutta quella gazzarra era stato un suo collega, pensò bene di evitare di dover spiegare al tenente Braxton come mai una sua prigioniera avesse il segno di cinque dita sul volto.

Nel piccolo caos di urla e spintoni generatosi nella stanza, solo Parker notò che l'autore di tutto questo, nonché suo compagno, era scivolato silenziosamente verso Franklin e lo stava aiutando a rialzarsi, per poi porgergli un'altra sedia. Nell'ammanettarlo nuovamente allo schienale, Sanchez gli si accostò all'orecchio, bisbigliandogli: «Questo era solo un assaggio di quel che troverai a Prescott, amico. Sei sempre dell'idea di passarci quindici anni, in quell'inferno per negri?»

Caleb Franklin lo guardò dritto negli occhi e scosse la testa. «Non... non è una chiesa vera e propria, è una specie di chiosco, ci va un casino di gente ogni mattina...»

«Dov'è?»

«L'indirizzo non lo so, ma è una strada poco più a nord del "The Sword", dove mi avete preso, lo riconoscete perché il chiosco è di fronte a un grosso benzinaio».

«Parli dell'altare di Quinn?»

Franklin annuì.

«Lo conosci?»

«Più che altro conosco quel vecchio marpione del reverendo Quinn. Hai idea di quando ci vada Ray? A che ora o se va solo in alcuni giorni...»

«No, questo non lo so davvero, detective».

Sanchez gli diede una pacca sulla spalla e si rialzò. La gazzarra dall'altra parte della stanza era stata placata: Blackman e Parker tenevano per il collo rispettivamente lui e lei, seduti e ammanettati, mentre Mitchell, alla macchina da scrivere, stava riempiendo i moduli con le generalità dei due prigionieri.

Sanchez slegò dalla sedia Franklin e se lo tirò dietro verso l'uscita.

«Buoni voi, a cuccia! - disse in risposta alle occhiate dei due, poi verso Parker - Niño, quando hai finito di fare la guardia ho bisogno di parlarti».

Julian Sanchez scese due piani di scale, chiuse Caleb Franklin in una delle celle vuote e risalì.

Alle 6.30 del mattino, mentre la città andava risvegliandosi, quattro detective erano chini sulle loro macchine da scrivere.

«Tutti al calduccio eh?»

Le quattro teste scattarono all'unisono verso l'ingresso della sala.

«Oh, buongiorno tenente!» esclamò Parker, che istintivamente guardò l'orologio sulla parete di fronte.

«È in anticipo, tenente» aggiunse Blackman.

Joe Braxton, capo della Squadra Investigativa, aveva l'abitudine di prendere servizio intorno alle 7, incrociando per un'ora i detective del turno notturno smontante alle 8, così da poterne ricevere con tutta calma gli aggiornamenti e i rapporti.

«Ho sentito alla radio che per stamattina è prevista un'altra grossa nevicata e non volevo rischiare di rimanere bloccato, così mi sono mosso in anticipo rispetto al solito. Tutto bene qui?»

«Abbiamo qualche novità da raccontarle, tenente. Le stavo giusto scrivendo un promemoria, nel caso non l'avessimo incrociata» disse Parker.

«Siete in uscita?»

Parker annuì.

«Forse abbiamo la pista buona per Ray Franklin».

«Ok, ditemi tutto, ma non prima di avermi portato una tazza di caffè bollente».

Il tenente Braxton spalancò la porta della sua stanza, lanciò il cappotto sulla poltroncina in fondo, vi poggiò sopra il cappello, quindi accese le luci e alzò la tenda della finestra alle sue spalle. Guardò le nuvole: non aveva ancora ricominciato a nevicare ma era solo questione di tempo.

Stirò i muscoli del collo da una parte e dall'altra, vide arrivare i suoi uomini col caffè e si sedette sopra l'angolo frontale della sua scrivania, com'era solito fare negli incontri più ristretti o meno formali.

Parker, avviandosi verso l'ufficio del suo superiore con una tazza in mano, si guardò intorno per qualche secondo: in fondo anche in quella stanza si stava ripetendo la stessa scena di milioni di case in quello stesso momento, con i componenti della famiglia sul punto di consumare intorno a un tavolo il primo caffè della giornata. Riflettendoci bene, però, per lui e Sanchez quello sarebbe stato uno degli ultimi caffè della giornata, e in più era assai improbabile che, nelle colazioni casalinghe, l'argomento di discussione fosse la cattura di uno stupratore. No, pensò Parker scuotendo la testa, era inutile pensare di essere in un posto come gli altri.

«Quindi?» esordì Braxton, attaccando subito dopo il caffè.

«Vai niño, racconta tu, rapido eh» disse Sanchez al compagno, dandogli una sorta di benedizione con la mano.

«L'informazione che avevamo sul "The Sword" era giusta, era lì che spacciava Caleb Franklin, cugino di Ray».

«Lo stupratore» aggiunse il tenente.

«Esatto. Con Sanchez siamo andati là e lo abbiamo trovato: ha cercato di fare un po' di resistenza e di buttare via la droga che portava addosso, ma lo abbiamo bloccato e siamo usciti da una finestra dei bagni, per non dare troppo nell'occhio ed evitare che magari qualcuno corresse ad avvertire il cugino. Ho qui il rapporto completo dell'operazione».

«Ben fatto. Vi ha dato qualche pista interessante, immagino, vedendovi così di fretta».

«Sì, ma è stata più dura del previsto. Pare che non lo veda da un pezzo e che non sappia granché, ma gli è scappato qualcosa sulla chiesa che frequenta, poi però si è cucito la bocca».

«E come lo avete fatto parlare?»

«Ci sono venuti in aiuto due pazzoidi a caccia di negri fermati da Mitchell e Blackman per l'aggressione a un... cos'era?»

«A un venditore di hot dog» disse Mitchell.

«A un venditore di hot dog, ecco. Beh, appena entrati hanno visto Franklin sulla sedia e hanno cercato di aggredirlo. Uno dei due gli si è lanciato contro come un toro e ha cercato di morderlo alla gola, ma siamo riusciti a bloccarlo in tempo. L'aggressione però ha scosso Franklin, che a quel punto ci ha detto che il cugino frequenta sempre le prediche del reverendo Quinn».

Braxton alzò gli occhi al cielo.

«Quel vecchio scimunito?! Non c'è da stupirsi dell'effetto che le sue prediche hanno avuto su una mente bacata come quella di Ray Franklin! Caleb è chiuso di sotto?»

«Sì. A questo proposito, tenente, volevamo avere il suo parere su come regolarci con lui, ovviamente nel caso in cui la sua pista si rivelasse giusta per l'arresto di Ray...».

«Cosa gli avete trovato addosso?»

«25 dosi di droga, probabilmente eroina, ma ce lo confermerà la Scientifica».

Braxton scosse la testa.

«Era in affari, il ragazzo... no, il possesso di droga resta dov'è. Non ci mettiamo a buttare via la droga solo per parare il culo a uno che fino a ieri spacciava ai ragazzi in discoteca. Toglietegli la resistenza all'arresto e, magari, vedete di calcare un po' la mano sui rapporti per il giudice a proposito dell'importanza delle sue informazioni per l'arresto di un pericoloso stupratore eccetera eccetera».

«Va bene, tenente».

«Come pensate di regolarvi con Quinn?»

«Il sabato mattina ci sono due funzioni, alle 7.30 e alle 9, altrimenti si salta al pomeriggio, alle 5 e alle 7. Pensavamo di piazzare la macchina nel benzinaio lì di fronte, magari fingendo un guasto, e da lì tenere d'occhio le facce del pubblico».

Braxton ci pensò su qualche secondo, poi annuì.

«Sì, mi pare una buona posizione; in ogni caso, parlate della cosa al tenente Gilbert e diteglio di tenere una delle sue pattuglie nel raggio di tre isolati da voi, nel caso vi servissero rinforzi. Buona caccia».

«Grazie tenente» disse Parker, alzandosi in piedi e consegnandogli i rapporti dell'arresto di Caleb Franklin.

«Grazie tenente» ripeté Sanchez.

«Ah, Julian... scusa un secondo... - lo bloccò il tenente - sono ancora stupito di come quei pazzoidi fermati da Mitchell e Blackman abbiano fatto, né più né meno, il vostro gioco...»

Sanchez e tutti gli altri detective nella stanza accennarono un sorriso.

«Beh, tenente... sa cosa diceva mia nonna? "Se non hai la gallina, esci a comprare le uova"... entiende?»

Il viso di Joe Braxton si aprì, per la prima volta quel giorno, in un sorriso largo e spontaneo, che mise in mostra la sua dentatura bianchissima, ancor più evidente per il contrasto con la pelle nera.

«Fuori di qui, e non tornate senza quel bastardo di Franklin. - poi, volgendo lo sguardo verso Mitchell e Blackman - E ora raccontatemi della vostra nottata».

«Mi spieghi come hai fatto a inventarti in un attimo quel proverbio così sballato?» chiese Parker, mentre guidava verso l'altare di Quinn.

«Sballato? Perché sballato, niño? Stai per caso insinuando che non sia autentico?»

«Oh, andiamo Julian, non sarebbe la prima volta!»

«Stai insinuando che avrei usato la mia nonna centenaria...»

«Appunto, non sarebbe arrivata a quell'età sparando scemenze come quella. "Se non hai la gallina, esci a comprare le uova"… ma che proverbio è?» e scoppiò a ridere.

«Uomo di poca fede, miscredente! Ti farò ricredere su quello che hai detto della mia povera nonna!» esclamò Sanchez, iniziando a farsi segni della croce in sequenza.

«Io non ho detto un bel niente sulla tua povera nonna! Sto solo dicendo che TU sei un contaballe professionista!»

Rimasero in silenzio per un minuto, durante il quale Sanchez continuò a farsi un segno della croce dopo l'altro, con Parker invece intento a tenere in strada la macchina. Quella zona non era ancora stata pulita, e la neve della notte si era trasformata in pericolose lastre di ghiaccio.

«Ecco il benzinaio» disse a un tratto Sanchez, tornato serio. La stazione di servizio era deserta, ed era facile intuire il perché: esponeva sul ciglio della strada una bandiera rossa, ad indicare che la benzina era esaurita. Parker fissò quel drappo rosso attraverso il vetro, pensieroso. Le conseguenze della crisi petrolifera mondiale si facevano sentire perfino lì, in un Paese quasi del tutto autosufficiente per l'approvvigionamento energetico. Il governo aveva imposto il razionamento del carburante per i mezzi privati, stampando dei buoni per la benzina e imponendo i rifornimenti a giorni alterni, secondo l'ultimo numero della targa. Tutto questo, naturalmente, a patto di trovare una stazione di servizio che non fosse ancora a secco.

Parker si sforzò di interrompere il flusso delle sue riflessioni e sterzò, dirigendosi verso l'officina interna della stazione di servizio.

«Mi pare che da qui si veda bene, no?»

«Sì, perfetto».

Il benzinaio uscì dal suo chiosco e si avvicinò, pensando a un cliente bisognoso di assistenza tecnica, ma appena Parker abbassò il finestrino capì subito che da quella macchina non avrebbe cavato nemmeno un dollaro.

«Salve siamo i detective Parker e Sanchez, Undicesimo Distretto, e abbiamo bisogno della sua ospitalità per un'operazione di polizia» esordì Parker, mostrando la placca dorata dal finestrino.

«Niente officina, quindi?» disse quello, evidentemente deluso.

«No, ci spiace. Lei continui a fare il suo lavoro come se niente fosse, si dimentichi di noi».

Il benzinaio si guardò intorno, perplesso: cosa intendeva quel giovanotto per "continui a fare il suo lavoro"? Quale lavoro? Non vedeva che fottuto deserto era diventata la sua pompa di benzina? Poi vide il chiosco dove predicava quel vecchio invasato di Quinn e capì che quei due dovevano essere lì per lui. Sperava solo che non glielo arrestassero; non che provasse simpatia per quell'esagitato, ma le sue prediche richiamavano sempre un sacco di gente, specie il sabato e la domenica, gente che spesso finiva nella sua pompa a mettere benzina. Quando la benzina c'era, s'intende.

«Ok, fate come volete» disse con un'alzata di spalle.

«Ok, grazie».

Parker richiuse il finestrino e sfregò le mani per scaldarle.

«Vuoi che vada a prendere caffè e ciambelle lì di fronte?»

«Che dio ti benedica, niño, sei meglio di mia madre!» esclamò Sanchez sorridendo.

Parker scese di scatto dall'auto, subito sferzato dall'aria gelida: il tenente Braxton aveva sentito giusto, prometteva neve in abbondanza. C'era solo da sperare che Ray Franklin non li tenesse inchiodati lì tutto il giorno, altrimenti avrebbero avuto difficoltà a tornare al distretto, anche con le gomme da neve.

Tornò dal bar di fronte con un vassoio di cartone, tre bicchieri fumanti e due sacchetti. Si fermò al chiosco e lasciò un caffè e un sacchetto al benzinaio che aveva concesso loro ospitalità, quindi rientrò nell'auto, dove trovò Sanchez impegnato nella pulizia delle lenti dei loro binocoli.

«Ecco qua, caffè e due ciambelle a testa» disse Parker, poggiando le vettovaglie sul cruscotto.

«Ho visto che hai servito anche il benzinaio...»

«Sì, ho pensato che è meglio tenerselo buono, visto che potremmo dover restare qui per diverse ore».

«Sì, hai fatto bene. Povero cristo, spero che questa storia del razionamento finisca presto, per lui e per noi» disse Sanchez, scuotendo la testa

«Hai letto quanti furti di benzina ci sono stati nelle ultime settimane?»

Sanchez annuì.

«Dove andremo a finire di questo passo... beh, assaggiamo queste ciambelle e poi speriamo che il signor Franklin ci mandi a dormire... non so tu, ma io sono stanco morto».

«Anch'io, abbastanza».

«Che sventola la muchacha di stanotte eh?» continuò Sanchez, cambiando argomento mentre mordeva una ciambella.

«La cantante?»

«Sì».

«Beh, sì, mi pare proprio di sì, anche se non l'ho osservata proprio bene...»

Sanchez scoppiò a ridere e quasi gli andò di traverso il boccone.

«Ma se non le hai staccato gli occhi di dosso da quando siamo entrati!»

«Ma no, che esagerato!»

«Esagerato?! Le hai fatto una radiografia completa! E ne valeva la pena eh... madre de dios, che sventola!»

«Ok, d'accordo, era una sventola, e con questo?»

«Niño, quanti anni hai?»

«Ventisette».

«E non hai una fidanzata».

«Sai benissimo che non ce l'ho, visto che vivo sotto casa tua. E quindi?»

«Non sarai mica un maricòn?»

«Tuo fratello sarà un maricòn».

«Andiamo niño, non ti sto dicendo di trovare moglie, io ti sto dicendo che un paio di gambe come quelle sarebbero un buon modo per rendere più sopportabile la nostra vita e il nostro mestiere».

«E se invece me le complicassero entrambe?»

«Oh, beh, non hai tutti i torti, niño, lo fanno, ma di tanto in tanto, solo di tanto in tanto. Ma è il prezzo da pagare per qualunque donna, e allora tanto vale che abbia due gambe così, no?»

«Eh già, tanto vale...»

«Occhio, il reverendo Quinn sta aprendo bottega» lo interruppe Sanchez, cambiando bruscamente tono.

Parker afferrò subito il suo binocolo e guardò con attenzione la scena.

Un uomo nero, molto alto e con la barba bianca, stava dando istruzioni in modo piuttosto brusco ad altri due neri, molto più giovani di lui, inginocchiati nella neve per alzare le quattro piccole saracinesche che chiudevano durante la notte il chiosco normalmente adibito ad altare.

«Quinn è quello con la barba bianca, giusto?»

«Sì, e gli altri due sono i suoi factotum, due esaltati che lui ha tolto dalla strada da bambini e che ora si prendono cura di lui in tutto e per tutto».

I due detective osservarono in silenzio tutti i preparativi per la funzione delle 7.30. Quinn e i suoi ragazzi erano organizzatissimi: in pochi minuti tirarono fuori dal chiosco una sorta di altare smontabile, un leggio, un impianto di amplificazione e diversi crocifissi vennero piantati nella neve, come per delimitare l'area riservata ai fedeli. Su un lato del chiosco, infine, venne montato un tavolino per la vendita dei libri di preghiere del reverendo e vari articoli sacri, ovviamente garantiti dalla benedizione personale del suddetto reverendo.

Già alle 7.15 iniziò ad arrivare gente e bastò poco, ai due detective, per capire che sarebbe stato impossibile svolgere la loro missione al caldo dell'abitacolo dell'auto. A causa del freddo polare, infatti, nessuno dei fedeli era a volto scoperto: chi con un cappello calato fino alle orecchie, chi con una sciarpa sollevata fin sotto gli occhi o chi, addirittura, con un passamontagna, tutti rendevano impossibile il riconoscimento del volto.

«Ci tocca, niño» disse Sanchez, con tono rassegnato all'assideramento.

«Aspettiamo che ne siano arrivati un altro po'?» chiese Parker. Pur essendo più abituato del compagno al clima di quella città, non faceva i salti di gioia al pensiero di quello che li attendeva.

«Sì, meglio. Non vedo l'ora di mettere le mani su Ray-cazzo-all'aria-Franklin per mettergli in conto pure questa...»

«Uhm, mica male come soprannome... – annuì Parker con un sorriso - se lo facesse davvero ci risolverebbe un sacco di problemi... gli si congelerebbe e buonanotte».

Sanchez abbozzò una risata e tornò a scrutare l'altro lato della strada con il binocolo.

Parker finì il suo caffè e infilò i guanti.

«Andiamo?»

«Sì, Quinn sta per attaccare la sua recita, andiamo».

«A proposito, - disse Parker mentre scendevano dall'auto - non mi hai ancora detto niente di Quinn. Non è un vero prete, ovviamente...»

«Certo che no, è un vecchio delinquente che una ventina di anni fa prese a sostenere di essere stato folgorato dal Signore, il quale ha dato guarda caso proprio a lui il compito di ripulire le strade del Barrio dal peccato. In realtà, deve aver capito come grattare un po' di grana da una cosa del genere e allora ci sguazza. In più, ci sa fare con le prediche e la barba bianca e il fisico imponente lo aiutano. Lo abbiamo tenuto d'occhio, in diversi periodi, ma alla fine abbiamo capito che non fa niente di grave e tutto sommato finisce anche per rimettere a posto qualche potenziale delinquente di mezza tacca».

«Con Ray Franklin ha ottenuto l'effetto opposto, però...» obiettò Parker.

«Ogni tanto succede, quando si predica quattro volte al giorno la vendetta del Signore» concluse Sanchez, spalancando le braccia.

I due detective attraversarono la strada, facendosi largo tra piccole lastre di ghiaccio e cumuli di neve sporcata dal passaggio delle auto.

«Tu va' più avanti, - disse Sanchez al compagno - di me potrebbe ricordarsi. Io ti guardo le spalle». Parker rispose solo con un cenno di assenso della testa e prese a farsi largo tra la piccola folla, cercando di guadagnare un posto che gli consentisse di guardarsi intorno.

Parker non andava più a una messa da diversi anni, ma qualcosa si ricordava e rimase sorpreso dalla straordinaria eterogeneità del rito orchestrato dal reverendo Quinn. Un misto di sacro e profano su cui spiccava, unico e solo, il culto per la figura del suo creatore, in un continuo susseguirsi di moniti, minacce divine e annunci di tremende punizioni per chi non avesse seguito la via indicata dall'uomo dalla barba bianca. Parker non riusciva a credere che una cinquantina di persone avesse sfidato il freddo polare alle sette e trenta del mattino per assistere a quella buffonata.

In alcuni passaggi della funzione, Quinn chiedeva ai suoi fedeli di inginocchiarsi; Parker cercò di sfruttare quei momenti per guardare i volti delle persone intorno a lui senza dare troppo nell'occhio, ma ogni tentativo fu vano. Tra quelli che aveva potuto osservare, il viso di Ray Franklin non c'era. Attese la fine della funzione nella tensione mista a speranza di averlo alle spalle, certo che, in tal caso, Sanchez lo avrebbe già individuato.

Quando il reverendo Quinn ebbe dato la sua benedizione da operetta, tutti i fedeli iniziarono a saltellare per riaversi dal freddo patito durante la funzione. Parker si voltò immediatamente, cercando con lo sguardo il compagno: lo vide poggiato a un palo pubblicitario, con il colorito bluastro di chi era prossimo all'assideramento e l'aria sconsolata di un gatto che aveva atteso invano il topo. Non ci fu bisogno di parole tra di loro: comprarono due tazze di cioccolato caldo al bar, quindi attraversarono mestamente la strada e rientrarono nella loro auto.

Parker mise subito in moto, per riportare a temperatura il motore prima di accendere il riscaldamento dell'abitacolo.

«Chiama il distretto e avvisali che la prima messa è andata buca».

«Sì, subito».

Parker poggiò il bicchiere sul cruscotto e impugnò il microfono della radio.

«10-1, 10-1, qui auto 11-7».

«Procedete 11-7».

«Stand by, 10-90 X».

«Ricevuto 11-7, 10-90 X. Rimanete in posizione?»

«Affermativo».

«Ok 11-7, chiudo».

Parker riappese il microfono e si accorse della faccia stupita con cui lo stava guardando Sanchez.

«Che razza di codice è 10-90 X?»

«Arresto non eseguito perché la persona non è stata trovata».

«E come facevi a saperlo? Da quando hanno inserito questi maledetti codici, un mese fa, non lo abbiamo mai usato questo qui».

«Beh... li ho studiati. Il fatto che nel servizio normale usiamo più o meno sempre gli stessi non vuol dire che non dobbiamo sapere anche gli altri».

«Ma sono tantissimi! Non dirmi che li sai tutti!»

«Non proprio tutti ma... insomma, cerco di farmi trovare pronto».

Sanchez accennò un applauso.

«I miei complimenti, niño, sei un'oasi di efficienza in questo mare di cabrones».

Parker rise.

«Puoi interrogarmi, se vuoi».

«Non sfidarmi, niño, non ti conviene...»

«Dai!»

Sanchez ci pensò su qualche secondo poi, mentre Parker finiva il suo cioccolato caldo, prese dal cassetto l'elenco dei codici di chiamata radio.

«Controllo targa».

«10-15».

Un grugnito.

«Disturbo della quiete pubblica».

«10-50».

Altro grugnito.

«Guasto meccanico».

«Della nostra auto?»

«Sì».

«10-62».

Altro grugnito.

«Ferito rifiuta il soccorso medico».

«10-97 R».

Ennesimo grugnito.

«La prossima scommetto che non la sai».

«Un dollaro che la so».

«Andata, un dollaro».

«Segnalazione di deragliamento treno».

«Un'apocalisse, praticamente!»

«Prendi tempo perché non lo sai, niño»

«10-66».

Dopo un attimo di silenzio, Sanchez ributtò in malo modo il libretto dei codici nel cassetto e diede una moneta da un dollaro al compagno, gongolante di soddisfazione.

«È ora di vedere il secondo spettacolo, maricòn de mierda».

Tornarono a mescolarsi nel gruppo di seguaci del reverendo Quinn, ora divenuto più folto, probabilmente grazie all'orario meno proibitivo.

La prima parte della funzione ebbe uno svolgimento assolutamente identico alla precedente; le differenze iniziarono con la prima predica del reverendo. Parker fu sorpreso da questa variazione: si rese conto che Quinn ci sapeva davvero fare con le parole, la sua arte oratoria era straordinaria, degna dei migliori politici, capace di far dimenticare l'essenza squinternata dei suoi dogmi.

In un paio di passaggi del suo discorso, a Parker parve che Quinn lo guardasse direttamente, come se parlasse direttamente a lui, come se avesse capito chi era e cosa era venuto a fare lì.

Nel frattempo aveva iniziato a nevicare, dapprima in modo blando, poi sempre più fitto con il passare dei minuti. Finita la prima predica, il reverendo Quinn ordinò al suo popolo di inginocchiarsi, in segno di sottomissione al Signore.

Come aveva fatto prima, Parker approfittò di quel breve momento di trambusto per osservare la facce dei suoi vicini: nessuna di esse aveva niente a che vedere con Ray Franklin. Era sul punto di voltarsi nuovamente verso l'altare quando il suo sguardo fu attirato dal gesto di un uomo, una decina di posti alla sua destra: aveva il volto completamente coperto dal cappuccio di un giaccone di pelle marrone, ma lo scoprì per scrollarsi un po' di neve. Questo consentì a Parker di guardarlo in viso, e di riconoscere in lui Ray Franklin. Parker sentì l'immediata accelerazione del suo battito cardiaco, ma tornò a voltarsi verso l'altare, come se nulla fosse. Ancora inginocchiato, cercò di rivedere mentalmente l'immagine di quel volto, per essere certo di non aver preso un abbaglio. Erano stati pochi attimi e certo non avrebbe potuto giurarlo con assoluta certezza, ma sentiva di avere alla sua destra Ray Franklin.

Il reverendo Quinn ordinò al suo popolo di rialzarsi in piedi. Parker eseguì e, nel gesto, trovò un attimo per scoccare un'altra occhiata verso destra, ma fu inutile. L'uomo che lui aveva identificato come Ray Franklin era nuovamente una figura generica, con il volto completamente inghiottito dal cappuccio.

Quinn riprese a parlare e Parker si voltò verso di lui, ma

solo per accorgersi, ora senza dubbio, che il reverendo lo stava fissando.

«Siamo stanchi di essere giudicati da chiunque altro non sia il nostro Signore! – sentenziò Quinn – Quello è l'unico giudizio che riconosciamo e temiamo! Perché sappiamo che è un giudizio imparziale, nato da colui che ci segue in tutto ciò che facciamo, in ogni attimo della nostra vita! Siamo stanchi di essere guardati con sospetto! E siamo stanchi di dover tollerare, in mezzo ai veri credenti, figure losche e corrotte come i POLIZIOTTI!»

Al termine di questa frase del reverendo Quinn, la piccola folla di fedeli prese a guardarsi intorno sbigottita; non ci volle molto perché quel gruppo di persone così settario riconoscesse in Sanchez e Parker due estranei. Parker, superata la momentanea sorpresa, percepì subito l'improvvisa ostilità di chi aveva intorno, ma altrettanto veloce fu Ray Franklin, che iniziò a defilarsi verso l'esterno della piccola folla. La funzione si era interrotta e ora tutti gli sguardi erano rivolti verso i due detective: Parker cercò di concentrarsi unicamente sul suo obiettivo, spingendo via le persone che lo separavano da Ray. Riuscì a sbucare fuori dal pubblico, ma troppo tardi per afferrare la sua preda: la vide invece iniziare a correre di gran carriera sul marciapiedi e d'istinto partì al suo inseguimento.

Parker si rese conto subito che non sarebbe stato facile mettere il sale sulla coda al suo sospetto stupratore: la corsa di Ray Franklin sembrava non risentire della neve e del ghiaccio che occupavano buona parte del marciapiedi. Agile come una gazzella, il fuggitivo si lanciò in uno slalom a perdifiato, evitando come un ballerino passanti e ostacoli e anzi rovesciando dietro di sé tutti i cestini dell'immondizia e i distributori automatici di giornali che trovava, per rendere ancora più difficoltosa la corsa dei suoi inseguitori.

Ray Franklin era ancora in vista, ma lo sarebbe rimasto per poco: pur correndo al massimo delle sue possibilità, Parker si rendeva conto di cedergli lentamente ma inesorabilmente terreno. In quell'istante pensò a Sanchez: si voltò a cercarlo con lo sguardo, sicuro di trovarlo dietro di sé, ma non lo trovò. "Sarà caduto sul ghiaccio" pensò, tornando a guardare davanti appena in tempo per saltare sopra un bidone rovesciato da Franklin. Pochi passi dopo, la sua attenzione venne attratta a sinistra dal suono di una sirena e da rumori di clacson: un'auto, la loro auto, stava risalendo contromano la Ramada Avenue a tutta velocità, seminando il panico tra gli automobilisti. Al volante c'era Julian Sanchez.

L'auto senza contrassegni rischiò diversi tamponamenti frontali ma giunse infine all'incrocio dell'isolato seguente, dove rallentò e, all'avvicinarsi di Ray Franklin, sterzò bruscamente, salendo quasi completamente sul marciapiedi. Di fronte all'ostacolo improvviso, Ray provò a cambiare direzione per lanciarsi in mezzo alla strada, ma stavolta una piccola lastra di ghiaccio lo tradì, facendolo cadere e mandandolo a schiantarsi a tutta velocità contro lo sportello destro dell'auto.

Riavutosi dall'impatto, Ray provò a rimettersi immediatamente in piedi, ma Sanchez, dall'interno della macchina, gli spalancò addosso lo sportello, mandandolo nuovamente giù nella neve. Quindi giunse Parker, paonazzo per la corsa e per il freddo, che lo afferrò per le spalle e lo buttò sul cofano. Lo perquisì in pochi attimi, quindi gli recitò, pur col fiatone, il Miranda.

«Hey niño, si no tiene el fisico quedas en casa!» gli urlò Sanchez ridendo attraverso lo sportello aperto.

Parker si limitò ad abbozzare un sorriso, quindi strinse le manette ai polsi di Ray Franklin e lo spinse sui sedili posteriori.

Il ritorno al distretto, reso difficoltoso dalle condizioni delle strade, e la stesura del rapporto dell'arresto portarono via ai due detective più di un paio d'ore. Ray Franklin venne rinchiuso in una delle celle del seminterrato, ben lontano dal cugino Caleb, in attesa del riconoscimento da parte delle sue due vittime. Completata la parte burocratica, i due detective aggiornarono Jackson e Price sul caso Franklin: sarebbero stati loro, infatti, a condurre la procedura di riconoscimento, lunedì mattina, visto che Sanchez e Parker sarebbero stati di riposo.

Era ormai ora di pranzo, quando i due detective poterono dichiarare concluso il loro turno di ben dodici ore e si accinsero a infilare nuovamente i cappotti per riprendere la strada di casa.

«Torni a casa con me, niño?» gli chiese Sanchez imboccando le scale.

«No Julian, grazie, vista l'ora credo che farò un salto da mia madre».

«Està bien, a stanotte».

Dal pianerottolo Parker si voltò ad osservare per un attimo ancora il suo ufficio: di giorno, la sala della Squadra Investigativa dell'Undicesimo era tutt'altra cosa rispetto allo stanzone solitario che lui e Sanchez erano abituati a vivere di notte. Un turbine di voci chiassose, telefonate, passi, macchine da scrivere e telescriventi: non c'era più abituato, e il pensiero di uscirne fu per lui una liberazione. Colse il cenno di saluto di Mike Jackson, una persona affidabile e gentile come poche altre Parker aveva incontrato finora nella sua vita. Come a fare da immediato contraltare, in quell'istante gli passò davanti Grady Watts, che ignorò deliberatamente la sua presenza e, anzi, gli rivolse un rutto. Non si parlavano da due anni e mezzo e tutto il distretto sapeva bene il perché. Parker sospirò rassegnato, quindi imboccò le scale in direzione dell'uscita.

Pochi minuti dopo giunse alla fermata della metropolitana a Byron Street, ma lì trovò un'amara sorpresa: in uno dei tratti all'aperto la neve aveva rotto un cavo elettrico e la linea era interrotta. I treni non avrebbero ricominciato a viaggiare prima di trenta minuti. Stravolto dalla stanchezza e per niente propenso a trascorrere mezz'ora in piedi davanti a un binario deserto, Parker decise di dare ascolto al proprio stomaco e risalì in superficie, entrando nella rosticceria più vicina.

Stava ancora aspettando di ordinare, quando una voce familiare lo chiamò.

«Ehi Parker! Oggi niente frutta?»

Si voltò immediatamente e con grande piacere riconobbe la pelata e il volto sorridente di Bob Schuster. Si strinsero la mano calorosamente.

«Allora? Quanto pesano i gradi da tenente?»

«Un po', ma non troppo. E tu? Sempre all'Undicesimo?»

«Sì, ho smontato ora».

«Anch'io. Ero qui vicino, allora ho pensato di tornare ai vecchi sapori».

Schuster guardò l'orologio.

«Tu vai di fretta?»

«No. La metropolitana è fuori uso per almeno mezz'ora, quindi possiamo anche sederci».

Schuster, vecchia conoscenza del locale, fece un cenno con la mano al proprietario indicandogli un tavolo libero e ricevette subito l'assenso a sedersi.

Ordinarono due birre e due bistecche.

«Beh, sono felice di vedere che Watts non è ancora riuscito a farti la pelle...» riprese Schuster ridacchiando.

«Lasciamo perdere...»

«Come vanno le cose tra di voi?»

«Esattamente come quando te ne sei andato. Non ci rivolgiamo la parola e lui mi ignora completamente».

«Mi pare anche normale, visto che ti sei portato a letto la sua ragazza, no?»

Parker annuì sconsolato.

«Mi chiedo solo per quanto tempo ancora dovrà andare avanti questa ridicola sceneggiata. Per quanto dovrò ancora scontare quella cazzata che ho fatto?»

«Ti è andata di lusso, fidati. Duvall e Braxton avrebbero potuto stroncarti subito la carriera spostandoti in qualche ufficio a mettere timbri dalla mattina alla sera, e non l'hanno fatto. E Watts avrebbe anche potuto trovare il modo di vendicarsi con molta più ferocia... altro che non rivolgerti la parola per due anni. In fondo, credo che tu sia ancora in debito verso quei tre».

Parker annuì nuovamente. Arrivarono le birre, i due ex colleghi brindarono e iniziarono a bere.

«Come ti trovi al Quinto?» chiese Parker, per nulla propenso a rivangare il suo passato.

«Bene, anche se la situazione non è delle migliori».

«Perché? Chinatown sembra tranquilla ultimamente».

«In realtà è solo apparenza, un'apparenza che noi non riusciamo a scalfire. Nessuno dei miei detective parla cinese, né riusciamo a infiltrare nessuno nei loro clan. Sono troppo chiusi, troppo sospettosi verso tutto ciò che è estraneo al loro popolo».

«Sempre gli ultimi a sapere le cose, insomma».

«Esatto, proprio così».

«La tua squadra?»

«I buoni poliziotti non crescono sugli alberi, Noah. In più, lavorare in quel casino sarebbe difficile per chiunque... - Schuster scosse la testa e fissò per qualche attimo il fondo del boccale, quindi preferì cambiare argomento - E da voi? Ci sono facce nuove?»

Parker rifletté qualche secondo, mentre sul tavolo trovavano posto le bistecche.

«Wade e Stone li hai conosciuti?»

«No, i nomi non mi dicono niente».

«Allora sono loro le facce nuove».

«Tipi a posto?»

«Bah... Stone mi pare di sì, è esperto, credo venga dall'Antidroga. Lo hanno spostato da noi dopo che ha portato a termine un'operazione da infiltrato, ma non so dirti di più. Wade è più giovane e un po' schizzato di testa».

«Schizzato?»

«Ha combattuto in Vietnam e, secondo me, è tornato con qualche rotella fuori posto. Per carità, ti riferisco solo quel che mi raccontano gli altri eh... in fondo, per quanto lo vedo...»

«Sei sempre al turno di notte con Sanchez?»

«Sempre».

«Bella scuola».

«Sì, sicuramente. Anche se ti stravolge la vita lavorare con quegli orari. Non capisco come Julian possa farlo da così tanti anni».

«Ci si abitua».

«Mica tanto... dormire diventa un problema quando il resto della città è sveglio».

«Vivi ancora con tua madre e quella specie di uragano sotto forma di zia?»

Parker rise.

«No, vivo da solo da più di un anno».

«Wow! Questa sì che è una notizia!»

«Abito al piano di sotto della casa di Sanchez. Il precedente inquilino era moroso e così, quando il padrone è riuscito a buttarlo fuori, Julian ha messo una buona parola per farmi avere uno sconto sull'affitto in cambio della tranquillità di affidare la casa a un poliziotto, la certezza dei pagamenti puntuali eccetera eccetera».

«Ci stai bene?»

«Sì, ne avevo bisogno. Ormai i miei orari erano totalmente incompatibili con quelli di mia madre e mia zia, e non potevamo più andare avanti come gli ultimi tempi. Stavano male loro e stavo male io. Meglio così. E poi comunque le vado a trovare spesso, e qualche volta vengono loro».

«Non dirmi che Sanchez non si è preoccupato di trovarti anche compagnia...»

«Oh, ci ha provato, eccome se ci ha provato!»

«E tu gli hai detto di no?»

«Diciamo che preferisco aspettare quella giusta».

«Aspettare?! Cazzo, Noah, hai... quanti anni?»

«27».

«Mio figlio a 27 anni era già sposato e aveva un figlio!»

«Ma di' un po': ti ha mandato Sanchez per caso?!»

Schuster rise.

«No, no, per carità, hai ragione. Ci rivediamo dopo due anni e non trovo di meglio che farti la paternale».

«Figurati, ci sono abituato ormai. Quasi tutte le notti è sempre lo stesso disco: le muchachas, i niños...»

«Piuttosto, il mio negro personale con chi lavora adesso?»

Parker rise. Schuster era davvero l'unico uomo in città a potersi permettere di chiamare in quel modo Mike Jackson.

«Tieniti forte, non ti piacerà».

«Con lo schizzato che mi hai detto prima?»

«No, forse peggio. Lavora in coppia con Price».

Schuster strofinò le mani sulla pelata, il suo gesto tipico per risvegliare la memoria.

«Price... quel cretino che lavorava prima con Sanchez?»

Parker annuì.

«Dio mio, allora è un miracolo che Mike sia ancora vivo».

«Faceva la posta da anni al tenente Braxton per tornare ai turni di giorno, pare che la moglie l'avesse addirittura minacciato di divorziare se lui avesse continuato a fare le notti».

«Sì, sì, me lo ricordo. Venne a bussare anche alla mia porta e io gli dissi che gli sarebbe convenuto divorziare...».

«Beh, alla fine c'è riuscito a riprendersi il turno di giorno».

«E Watts?»

«Lavora da solo, con sua grande gioia».

«Lavorava da solo anche prima che arrivassi tu».

«Sì, lo so. E credo che ambisse tornare a quello».

«È sempre stato un lupo solitario, fondamentalmente».

Schuster guardò l'orologio e mandò giù l'ultimo pezzo di carne.

«Noah, io devo rimettermi in moto, scusa».

«Il dovere ti chiama, tenente?»

«No, la moglie, che è peggio!»

Brindarono con l'ultimo sorso di birra, quindi Schuster insistette per pagare il pranzo.

Si salutarono qualche passo prima della porta, prima di rimettersi addosso guanti, sciarpe e cappelli.

«È stato davvero un piacere vederti, Noah».

«Anche per me, Bob».

«Mi raccomando, salutami tutti».

«Lo farò. Grazie per il pranzo».

«Sciocchezze. Piuttosto, vedi di continuare a rigare dritto... c'è un disperato bisogno di poliziotti per bene in questa città».

«Agli ordini, tenente» gli rispose Parker con un sorriso, prima dell'ultima stretta di mano.

Percorse in fretta i passi che lo separavano dalla metropolitana, ma non fece troppo caso alla neve che scendeva copiosa e al freddo polare. Appena sceso nella stazione, vide con suo enorme sollievo che le corse dei treni erano ricominciate: pochi minuti dopo era già lanciato verso la casa di sua madre.

Turno di giorno
Ore 14

Con il motore acceso e il riscaldamento al massimo, Grady Watts stava aspettando il suo informatore nell'angolo della piazza rivolto verso il fiume. La Arlington Mills Place era un luogo dalla doppia vita: anonima rotonda di scorrimento durante il giorno, crocevia dello spaccio di droga durante la notte. Ora, però, di spacciatori non ce n'era nemmeno l'ombra: troppa luce, troppa neve e troppo freddo. Watts guardò i passanti che giravano attorno alla sua auto, brutalmente parcheggiata di traverso sul marciapiedi: tutti infagottati come soldati in ritirata, tutti con il collo incassato nelle spalle come pugili alle corde. Ma non un briciolo di compassione lo attraversò: avevano scelto loro di uscire a piedi con quel gelo, potevano starsene a casa, pensò. La sua unica compagnia era la radio dell'auto, che lo teneva aggiornato sulle vicende del suo distretto. Qualche ora prima aveva anche sentito la voce di Parker, il suo ex compare, che prima aveva comunicato uno stand by (sempre pignolo, il ragazzo) e poi aveva richiamato per comunicare un arresto.

"Tutta la notte a correre dietro a un negro col cazzo fuori dai pantaloni... - pensò - ...bella vita che fanno quei due. Se Braxton lo rimette di giorno gli faccio sputare sangue, altro che turno di notte..."

Con suo grande disappunto gli era toccato incrociarlo anche al distretto, Parker, ma si era almeno tolto la soddisfazione di salutarlo come meritava, quel giuda.

Azionò i tergicristalli per togliere un po' di neve dal vetro, e vide dall'altra parte della strada la sagoma familiare del suo uomo. Lasciò che si avvicinasse ancora, quindi fece lampeggiare i fari e quello salì al posto del passeggero.

«Ciao Grady».

«Chiudi subito quel fottuto sportello» fu la risposta.

L'uomo eseguì. Per un attimo lo sbalzo di temperatura gli fece mancare il respiro, quindi pensò di togliersi il cappello ricoperto di neve.

«Non pensarci nemmeno. – lo gelò Watts - Mi bagneresti tutta la macchina, deficiente».

«Questa è la tua?»

«Certo. Con questa cazzo di crisi siamo a corto di benzina anche al distretto».

«Ah, ecco, mi pareva...»

«Allora? Al telefono mi hai detto di avere notizie di prima mano su quei ricatti... beh, sono tutto orecchie».

«Sì, Grady... sono venuto per dirti che la tua idea è giusta». Watts accennò un sorriso.

«Certo che è giusta, va avanti. Se non hai finito prima che la neve si sciolga in macchina ti butto fuori a calci».

"Capacissimo di farlo davvero, quest'animale" pensò l'informatore, e preferì andare al sodo.

«Dietro le ragazze c'è la mafia. È tutto preparato a tavolino: agganciano gli imprenditori sposati con cui la mafia vuole fare affari, si fanno fotografare mentre ci vanno a letto, poi spariscono e i mafiosi possono trattare da una posizione di forza ricattandoli».

«Capito. Storia vecchia come il mondo. Quale famiglia c'è dietro?»

«Non lo so».

«Andiamo! Non farmi incazzare! Cos'è? Vuoi tirare sul prezzo?»

«Ma se del prezzo non ne abbiamo nemmeno parlato!»

«Appunto, quindi non c'è niente su cui tirare!» ribatté Watts, scoppiando in una risata sguaiata. In quell'istante il cicalino della radio suonò a un volume più alto, segno che la chiamata era diretta proprio a lui.

«Auto 11-9, auto 11-9 rispondi, passo» disse una voce femminile.

Watts scostò bruscamente la gamba del suo interlocutore e afferrò il microfono.

«11-9, detective Watts, passo».

«11-31 richiede intervento per un 10-20 con tre morti. Ripeto, 10-20 con tre morti in una gioielleria, 27 Saunders Street, passo».

«10-4, sono lì tra due minuti, passo e chiudo». Riappese il microfono con un gesto rabbioso, quindi si rivolse al suo informatore.

«Ehi, cosa sono tutti questi numeri? Sei passato alla CIA?»

«Stronzate da polizia moderna, nulla che possa interessarti. Ora hai dieci secondi per dirmi il nome della famiglia che tira i fili di quelle troie, altrimenti ti arresto».

«Mi arresti? E con quale accusa?»

«Non preoccuparti, qualcosa da metterti in tasca la trovo facilmente...» gli rispose Watts con il sorriso di una jena.

«Ehm... i Russo... pare che siano i Russo a dirigere l'orchestra».

«Ok. Ora smamma».

«Ehi, ma non abbiamo ancora parlato di soldi!»

«Sparisci o ti butto fuori dall'auto in corsa. Una rapina con tre morti ha la precedenza su tutte le zoccole e i mafiosi di questa città».

«Ok ok! - disse Fred riaprendo lo sportello – Ma ricordati che mi devi qualcosa eh... ciao».

Mentre quello chiudeva la portiera, Watts stava già attaccando il lampeggiante magnetico al tetto della sua auto. Un secondo dopo partiva di gran carriera, scendendo bruscamente dal marciapiedi e piombando come una furia in mezzo al traffico di Arlington Mills Place.

Watts fu di parola. Con la sirena gli ci vollero davvero due minuti per arrivare alla gioielleria, dove la pattuglia 11-17 lo stava aspettando.

Rientrato all'Undicesimo due ore più tardi, Watts gettò con disgusto il giaccone sulla sua sedia e si diresse verso i bagni. Mike Jackson ne colse subito lo sguardo torvo, ed evitò accuratamente di rivolgergli la parola.

Poco dopo, Jackson vide accendersi la spia di chiamata interna del suo telefono.

«Sì, tenente».

«Mike, ho visto passare Grady o sbaglio?»

«Sì, è appena rientrato. Credo sia in bagno».

«Appena torna mandalo subito da me».

«Ok» e mise giù il telefono.

«Rogne?» gli chiese Price, ricevendo in risposta solo un'alzata di spalle.

Dopo un minuto ricomparve Watts.

«Grady, se l'hai fatta tutta ti vuole il tenente...» gli disse Jackson, indicando con un cenno della testa la stanza del loro comandante.

«Vuoi controllare?» disse Watts, fingendo di sbottonarsi i pantaloni.

Jackson scosse la testa, schifato, e gli mostrò il dito medio. Watts rise sguaiatamente, quindi prese il suo taccuino dal giaccone e si avviò.

Attraverso il vetro smerigliato della porta vide che non c'erano ombre di altre persone all'interno, quindi non si prese neppure la briga di bussare.

Braxton non alzò nemmeno la testa dai rapporti che stava leggendo. Watts era l'unico tra i suoi detective a prendersi la libertà di entrare senza bussare.

«Chiudi e siediti».

Watts eseguì, sprofondando con aria stanca in una delle due poltroncine che fronteggiavano la scrivania del suo tenente. Ingannò la breve attesa guardando fuori dalla finestra. Era già buio e la nevicata non accennava a diminuire d'intensità. Lui odiava la neve, ma non per il freddo. Era quella patina di pulizia, di verginità che tutto quel bianco soffice donava alle strade, a rendergliela odiosa. Lui conosceva l'anima vera di quella città, vedeva ogni giorno il sangue, la droga e la violenza che le scorrevano nelle vene. Non c'era nulla di puro in quelle strade.

«Dimmi della gioielleria».

Watts aprì istintivamente il taccuino, pur non avendone

alcun bisogno.

«Tre morti, tutti uccisi con pistole automatiche. A prima vista i bossoli sono di tre armi diverse, ma naturalmente aspettiamo il rapporto di Spielman».

«I morti chi sono?»

«I due proprietari, Doug e Melanie Walker, e il loro unico figlio, Matt. I primi due sono stati trascinati dal bancone d'ingresso al laboratorio sul retro. Li hanno costretti ad aprire una cassaforte e poi li hanno giustiziati con un colpo alla nuca».

«Forse sono stati uccisi per aver fatto partire l'allarme...»

«No, non sono stati loro. I sigilli del pulsante sotto il bancone erano integri».

«Ma la segnalazione non ci è arrivata dall'antifurto del negozio?»

«Sì, ma a farla partire è stato il figlio, prima di essere ucciso anche lui».

«E il figlio dov'era?»

«Nello stesso laboratorio dove sono stati giustiziati i genitori, stava lavorando a dei gioielli su un tavolo. Lì accanto aveva anche un monitor collegato a una telecamera: deve aver visto l'aggressione ai genitori, quindi ha dato l'allarme ma subito dopo è stato ucciso anche lui. Due colpi alle spalle».

«Aspetta, aspetta: hai detto telecamera? Ci sono registrazioni?»

«No, la telecamera serviva solo a tenere d'occhio l'ingresso quando si spostavano nel laboratorio, nessuna attrezzatura per la registrazione».

Il tenente Braxton imprecò sommessamente; per un attimo anche lui aveva sperato di avere in mano una carta buona, una volta tanto.

«Teniamo d'occhio i ricettatori di preziosi» si limitò a dire, ma Watts scosse la testa.

«No, Joe, niente ricettatori, stavolta. Non manca un solo grammo d'oro in tutto il negozio. Nessuna delle vetrine è stata forzata, perfino la piccola cassaforte dei preziosi è intatta. Hanno preso solo i soldi, dalla cassa e dalla cassaforte nascosta in un mobile del laboratorio, quella che gli hanno aperto i proprietari».

«Strano».

«Sì, molto strano. E c'è un'altra cosa strana: la serratura della porta d'ingresso era comandata elettricamente dall'interno e non è stata forzata».

«Quindi i proprietari hanno aperto di loro volontà».

«Esatto. E non penso che abbiano fatto entrare due o tre persone scambiandole per clienti».

«Sono d'accordo. Nel gruppo c'era qualcuno che conoscevano e di cui si fidavano».

«Un parente, un amico…»

«O un ex dipendente, uno che conosceva bene il negozio. - aggiunse il tenente Braxton con un sospiro – Che idea hai sulla sequenza dei fatti?»

«Parliamo di tre o quattro persone. Si fanno aprire grazie alla conoscenza di qualcuno di loro con i proprietari. Appena dentro, tirano fuori le pistole e aggrediscono i due Walker senior, li bloccano e li trascinano sul retro».

«Stop. – lo interruppe Braxton – Perché non ucciderli lì e subito?»

«Per due motivi: sono troppo vicini alla strada e gli spari si sentirebbero. E poi hanno ancora bisogno di loro per aprire alla svelta la cassaforte».

«Ok. Vai avanti».

«I rapinatori sono dei professionisti e, come abbiamo detto, conoscono bene il negozio. Mentre due di loro si occupano dei vecchi Walker, l'altro o gli altri due vanno dritti nel laboratorio, dove sanno esserci il monitor della telecamera e, soprattutto, un secondo pulsante d'allarme. Non fanno in tempo a impedire che il figlio prema il pulsante, ma lo freddano subito dopo, sparandogli alle spalle. A quel punto sanno di avere quattro, massimo cinque minuti di tempo prima dell'arrivo dei nostri, quindi prendono i soldi dalla cassa, si fanno aprire la cassaforte, la svuotano, ammazzano i due Walker e spariscono».

«Quindi secondo te non hanno preso i gioielli solo perché non hanno fatto in tempo?»

Watts si grattò il mento per qualche secondo, come in cerca d'ispirazione, quindi scosse la testa.

«Non ci credi neanche tu, vero?» chiese al suo comandante.

«No, infatti. Sei circondato da gioielli e pietre preziose e sai che tra pochi minuti arriverà la polizia: un rapinatore normale arraffa d'istinto quello che ha sotto gli occhi e sparisce».

«Sì, sono d'accordo. – concordò Watts – Quelli erano già entrati con l'idea di prendere solo i soldi. Se così non fosse stato, avrebbero ammazzato subito i tre Walker e si sarebbero presi tutti i valori che avevano a portata di mano, senza perdere del tempo prezioso con la cassaforte».

«E un comportamento così anomalo come lo spieghi? Cosa la rapini a fare una gioielleria se poi non prendi i gioielli?»

«È tutta lì la questione. Potrebbero averlo fatto per metterci fuori strada, oppure perché, non dovendo passare da un ricettatore, sanno che sarà più difficile per noi rintracciarli».

Braxton annuì pensieroso.

«Ora come pensi di muoverti?» chiese.

«Inizio come al solito: informatori, controllo della situazione familiare dei defunti Walker e dei conti della gioielleria, verifica di eventuali dipendenti o ex dipendenti... tutto ciò in attesa del rapporto di Spielman, naturalmente».

«Gli hai detto di sbrigarsi?»

«No, spero che lo capisca da solo».

Braxton sospirò.

«Hai problemi anche con lui, ora?»

«Io non ho problemi con nessuno, Joe; sono loro, casomai, che hanno problemi con me».

«Loro, chi? Chi c'è nella lista oltre Parker?»

«Non c'è nessuna lista, Joe... diciamo solo che con molti di questo distretto abbiamo caratteri incompatibili...»

«Grady... - disse Braxton alzandosi e facendo il giro della sua scrivania - ...non è possibile che tu sia in rotta con metà della mia squadra e che l'altra metà ti tolleri a malapena... ti è mai venuto il dubbio di avere un carattere di merda?»
Watts scattò in piedi.
«Mi avevi chiamato per avere notizie della rapina e te lo ho date. Questo è tutto, Joe».
Braxton, per nulla intimorito dalla stazza superiore del suo detective, gli si parò davanti in modo altrettanto aggressivo, indicandogli la poltrona con il dito.
«Nel mio ufficio un subordinato non si alza finché non sono io a ordinarglielo, è chiaro? Seduto!»
«Non resto seduto a farmi dare dello stronzo!»
«Tu resti seduto a farti dare dello stronzo e anche di peggio, se voglio! Diventa tenente con dieci anni di anzianità e allora potrai alzarti a buon diritto, anche se dubito che lo diventerai mai, continuando così. Quindi, SEDUTO!»
«Non me ne frega un cazzo dei gradi, Joe».
«Oh, eccoci alla solita storia: il poliziotto duro e puro che sceglie di rimanere tutta la vita sulle strade a combattere da solo il crimine della grande città cattiva. Lasciatelo dire, Grady: è una grandissima stronzata, e lo sai! Il nostro è un lavoro di squadra, ti piaccia o no. Nel nostro lavoro arriva un momento in cui si mettono gli anni di esperienza al servizio e al comando di uomini più giovani, lasciando a loro le notti insonni, le ore di appostamento, gli inseguimenti e tutte le cose più rischiose. In cambio, si riceve una dose pazzesca di stress. Questo, naturalmente, - e qui Braxton abbassò volutamente la voce - se vuoi dimostrare di non essere un incapace; in caso contrario, finirai con l'essere comandato da un tenente con la metà dei tuoi anni, che ti terrà il guinzaglio corto fino a soffocarti. Perché questa è la fine che farai, detective Watts, se continuerai così».
Watts rimase in silenzio e sbuffando tornò a sedersi. Braxton riprese con tono calmo.
«Ti ho chiesto se ti ha mai anche solo sfiorato il dubbio di

avere tu per primo qualcosa da farti perdonare dai tuoi colleghi. O almeno il dubbio che non sia questo il modo giusto per entrarci in sintonia... Quando colleghi di tutti i tipi e di tutte le età, giovani e anziani, bianchi e neri, fanno di tutto per non avere a che fare con te, porsi almeno questo dubbio mi sembrerebbe normale».

Watts lo fissò con sguardo feroce. Se non fosse stato il suo diretto superiore, e uno dei pochi amici rimastigli nell'intero corpo di Polizia, lo avrebbe probabilmente preso a pugni. Invece, si limitò allo sguardo.

«No, mai avuto dubbi. - rispose seccamente – Ora posso alzarmi?»

«Sì, vai. – disse il tenente con un sospiro – Ma fammi avere subito quel rapporto. E domani niente riposo, ovviamente».

«Ovviamente. Per chi mi hai preso? Per uno di quei bambocci là fuori che se saltano un riposo devono giustificarsi con la moglie per un mese?»

«Non mi interessano gli altri, questo caso è tuo».

«E puoi scommetterci la paga che ti porto i bastardi che hanno fatto questa roba» gli disse, agitando minacciosamente il suo taccuino nell'aria prima di infilare la porta.

Domenica 9 dicembre 1973
Turno di notte
Ore 0.00

A causa della neve sui binari, la metropolitana percorreva i tratti all'aperto a passo d'uomo, così Parker impiegò un'ora per arrivare alla stazione di Byron, tragitto che normalmente non richiedeva più di trenta minuti. Una volta sbucato sulla strada, però, si rese conto che mettersi a correre sarebbe stato il modo più sicuro per finire nel reparto di ortopedia del più vicino ospedale: troppo ghiaccio sui marciapiedi e troppa poca illuminazione. Per fare fronte alla crisi petrolifera, il sindaco aveva stabilito che si mantenesse acceso solo un lampione ogni tre, e in più, a quell'ora, il passaggio di auto era scarsissimo. Le ampie zone buie dei marciapiedi cittadini erano così diventate una manna dal cielo per stupratori come Ray Franklin, spacciatori come il suo degno cugino Caleb, rapinatori in genere e, con l'arrivo della neve, ortopedici. Parker si rassegnò quindi a non rispettare il canonico quarto d'ora d'anticipo sull'inizio del turno, utile per il passaggio delle consegne dai colleghi del turno precedente.

La giornata passata da sua madre lo aveva rilassato: aveva dormito qualche ora nella sua vecchia camera, zia Mary aveva cucinato, senza combinare disastri, una cena straordinaria e una volta finito di mangiare erano rimasti in cucina a chiacchierare, come ai vecchi tempi. Gli avevano chiesto del lavoro, se a casa sua era tutto a posto, se gli serviva che gli facessero la spesa e, ovviamente, l'immancabile domanda sull'eventuale presenza di una fidanzata, cui Parker rispose sorridendo con rassegnata sopportazione. Il tempo di prendere un altro caffè caldo ed era già arrivata l'ora di salutarsi, il momento più difficile per sua madre, sempre.

Varcò il portone del distretto a mezzanotte in punto e subito dovette fronteggiare lo sguardo di riprovazione del sergente Clayton. Come piccola vendetta, Parker decise di scrollarsi tutta la neve di dosso proprio davanti al suo bancone. Era pur sempre un suo subordinato, che diamine.

«Beh? Tutte queste occhiate per cinque minuti di ritardo?»
Il sergente scosse la testa, poi indicò le scale con il pollice destro.

«Sarebbe che non è bene far aspettare donne così...»
«Donne? Quali donne?»
La risposta del sergente non fece in tempo ad arrivare: dalle scale si sentirono due voci in avvicinamento, una femminile e un'altra senza dubbio appartenente al detective Sanchez.

«...e allora puoi dire al tuo collega ritardatario che domani riceverà notizie dall'avvocato della nostra casa discografica!»
«Ma su, señorita Davis, sono sicuro che potremo risolvere la faccenda anche senza avvocati, no?»
«Beh, intanto sarebbe un buon inizio se il tuo collega ritardatario fosse qui!» disse la ragazza, piuttosto agitata, sbucando nell'ingresso del distretto.

«Il collega ritardatario è qui» le disse Parker con calma assoluta.

La ragazza restò di sasso, per un attimo.

«Sono il detective Parker. Ti fidi sulla parola o vuoi vedere il distintivo?»
«Lo so che siete Parker e Sanchez, me l'ha detto il buttafuori!»
«Che problema c'è?»
«Problema?! Mi hai fatto 150 dollari di danno e hai il coraggio di chiedermi se c'è qualche problema?!»
Stavolta toccò a Parker rimanere di sasso.

«150 dollari di danno?! Scusa, ma credo proprio che tu mi stia confondendo con qualcun altro...»
Sanchez, alle spalle della ragazza, si mise una mano sulla faccia in segno di disperazione.

«Non ti ricordi di me?!»
Parker scosse la testa.

«Mi spiace ma...»
«Ieri sera con il tuo collega hai fatto irruzione al "The

Sword", dove io stavo cantando, e tu, per inseguire uno spacciatore vestito di bianco, hai fatto cadere il mio miglior amplificatore, rompendolo! Ora mi riconosci?»

A Parker fu tutto chiaro in un attimo: il filo in cui era inciampato, il rumore che aveva sentito, la musica più bassa da quel momento in poi... e tutto per colpa di Caleb Franklin. D'istinto avrebbe voluto risponderle "mi scusi, con i pantaloni non l'avevo riconosciuta", ma si morse la lingua: era già partito col piede sbagliato e non voleva peggiorare la sua situazione. La cassa del fondo rimborsi del distretto era perennemente in rosso e, se la cosa non fosse stata appianata in modo pacifico, i soldi gli sarebbero stati tolti dallo stipendio.

«Sì, ora ricordo tutto, scusami. - Parker si tolse il cappotto - Possiamo andare a parlarne in ufficio? Sono certo che troveremo un accordo».

La ragazza guardò l'orologio sulla parete.

«D'accordo, ma facciamo una cosa veloce, perché tra un'ora devo essere al "Phantom"».

«Canti anche stasera?»

«Sì, certo».

«Con lo stesso gruppo di ieri?» le chiese Parker, invitandola con un gesto cortese a riprendere le scale.

«No, con quelli ci suono solo ogni tanto. Stasera sono da sola».

Salendo verso la sala dell'Investigativa, Parker non poté fare a meno di notare che il cappotto e quei pantaloni marroni così larghi non rendevano davvero giustizia a quei due capolavori divini che aveva ammirato la sera precedente.

Giunti al pianerottolo del primo piano, Parker aveva già saputo che la ragazza si chiamava Donna Davis, che aveva vent'anni e che aspirava a diventare la nuova regina della black music.

«Io comunque mi chiamo Noah» disse Parker.

«Che razza di nome è Noah?» fu la risposta.

«Oh, beh, sai... quello che salvò tutti gli animali dal diluvio universale costruendo l'arca... viene da quella storia lì».

«Allora dovevi provare a fare il veterinario, magari saresti stato meno impacciato che come poliziotto».

Parker rispose con un sorriso di circostanza. Nei primi due minuti di conoscenza si era già beccato del ritardatario e dell'idiota. "Niente male come inizio, bravo" pensò.

«Prego, accomodati» disse Parker una volta giunti nella sala dell'Investigativa, indicandole una delle due sedie squinternate che aveva di fronte alla scrivania. Stava per sedersi al suo solito posto, quando gli venne in mente il tenente Braxton e la sua postura sull'angolo del tavolo che tanto gli piaceva. Decise di seguire l'esempio del suo capo e si accomodò sullo spigolo della scrivania. Vista finalmente da vicino e con un po' di calma, Parker dovette ammettere che le gambe non erano l'unica arma di seduzione di quella ragazza. I suoi occhi erano di un nero assoluto, perfetto, perfino più della pelle, le labbra carnose si aprivano in un sorriso bianchissimo, che alla freschezza dell'età univa qualcosa in più, come la promessa dell'enorme sex appeal che il futuro le avrebbe donato. I capelli, corvini e foltissimi, erano raccolti sulla nuca a formare un enorme e inestricabile cesto di ricci.

Julian Sanchez, accomodatosi alla scrivania accanto, guardava il suo allievo con quel misto di orgoglio e stupore che prova un padre nel vedere il figlio andare per la prima volta in bici da solo.

«Gradisci un caffè?» chiese Parker, sforzandosi di sfoggiare tutta la sua galanteria.

«No, grazie, me l'ha appena offerto il tuo collega» rispose la ragazza indicando Sanchez, il quale scoccò in direzione di Parker uno sguardo da "non sono mica nato ieri".

«Beh, io invece ne prenderei volentieri uno... ti spiace, Sanchez?»

La semplice presenza della ragazza ebbe il potere di trasformare quella che sarebbe stata la risposta abituale a una richiesta del genere, e cioè "fattelo da solo, maricòn de

mierda", in un accomodante «certo Noah, te lo porto subito».

E così Sanchez si alzò, diretto verso il bricco del caffè nella
sala delle telescriventi. Appena entrato, vide il bollitore
pieno e il caffè solubile lì accanto, ma lasciò ogni cosa al
suo posto e si dedicò alla noiosa lettura dei telex in arrivo.
Il suo niño meritava qualche minuto di solitudine.

«Dunque, Donna... - riprese Parker, appena sparito il collega, con un'audacia per lui insolita nei rapporti umani -
...posso chiamarti Donna, vero?»

«Tutti mi conoscono come D.D.» rispose lei, per nulla inti-
midita dalla confidenza.

«Ok. Dunque, dicevo... sarò franco con te, D.D. Se inoltri
un reclamo formale al distretto, con la relativa richiesta di
rimborso, otterrai solo una cosa: vedere i tuoi soldi forse, e
sottolineo forse, tra un anno».

«Un anno?!»

Parker annuì.

«L'Ufficio Rimborsi vorrà avere un rapporto dettagliato del-
l'accaduto sia da me che dal mio collega, poi verrai convo-
cata per esporre le tue ragioni, si dovrà fare un'esatta
valutazione del danno... insomma, la burocrazia».

«Ma che buffonata è questa?! Un anno?! Ma siete pazzi! E
io nel frattempo come me lo ricompro l'amplificatore?
Come lavoro?»

«Aspetta, non scaldarti. Finora ti ho detto cosa succede se
fai un reclamo formale».

«D'accordo, taglia corto allora. Come la risolviamo se non
scrivo niente al distretto?»

«Andiamo insieme a comprarlo e te lo pago io».

D.D. lo studiò con lo sguardo.

«Sei solo gentile o mi stai chiedendo un appuntamento?»

Parker cercò di sfoderare il suo sorriso migliore.

«Beh... tutt'e due, in realtà. È un problema?»

«Dipende. Ti togli la fede quando vieni a lavoro?»

Parker, sorpreso, si guardò istintivamente la mano.

«Ah... no, non sono sposato, se è quello che intendi».

«Fidanzato?»

«Nemmeno».

«Un po' mi scoccia farmi vedere in giro con un bianco, ma a parte questo... no, non è un problema andarlo a comprare insieme. Sembri un tipo a posto, agente Parker».

"Agente un corno, sono un detective!" le stava per rispondere Parker, che si trattenne per non sentirsi aggiungere subito anche la qualifica di "insopportabile pignolo".

«Beh, meno male, almeno questo…» le disse, accennando un nuovo sorriso.

«E posso scegliere l'amplificatore che voglio?» lo incalzò D.D.

«Sì, beh... entro certi limiti, ovviamente. Non sono mica il capo della Polizia eh!»

«Nei 150 dollari però!»

«Beh... - Parker si guardò istintivamente intorno, anche se la sala era completamente vuota - ...diciamo che se riuscissi a stare più vicina ai 100 che ai 150 il mio conto in banca te ne sarebbe grato...»

D.D. ci pensò su un secondo, poi gli tese la mano.

«Affare fatto, ci sto».

Parker si affrettò a stringergliela.

«Tanto anche la valutazione dei 150 era un po'... come dire... gonfiata» disse lei, facendogli l'occhiolino.

«Ecco, a maggior ragione, allora…» ribatté Parker, restituendole la strizzata d'occhio.

«Quando sei libera?» riprese subito Parker, ansioso di concludere l'accordo.

«Anche domani, se vuoi. Ho bisogno di quell'amplificatore».

«Perfetto, domani è giorno libero anche per me. Dove vuoi comprarlo?»

«Al Music Inn, un negozio tra la Settima e la Chester, lo conosci?»

«No, ma lo troverò. A che ora?»

«Mezzogiorno, prima non ce la faccio».

«Sicura che il negozio non sia chiuso di lunedì mattina?»

«Il Music Inn è sempre aperto, lo sanno tutti».

«Tutti tranne me, evidentemente».

«Beh, si sa che voi siete sempre gli ultimi a sapere le cose, no?»

"Oh, non sai quanto, tesoro" pensò Parker dietro un sorriso di circostanza.

«Hai la macchina, vero?» gli chiese.

«Sì, certo, perché?»

«Io non ce l'ho, e un amplificatore pesa...»

«Ok, vorrà dire che nel rimborso sarà compreso anche il trasporto!»

D.D. guardò l'orologio e scattò in piedi.

«Oh dio com'è tardi! Devo scappare!»

«Vieni, ti accompagno giù».

In quell'istante comparve Sanchez con una tazza fumante in mano.

«Ecco il caffè».

«Torno tra un minuto, Julian».

«Arrivederci, agente Sanchez» gli disse D.D.

«Hasta luego, señorita».

I due ragazzi scesero le scale di volata.

«Ma come ci arrivi al Phantom?»

«Prendo un taxi al volo, altrimenti non ce la faccio».

«Questa non è zona dove aspettare taxi al volo, specie a quest'ora».

D.D. lo guardò quasi con tenerezza.

«Per un ragazzo bianco e per bene, forse. Non per me. Ciao, a domani».

Parker rimase a guardarla mentre scendeva i gradini esterni del distretto. Dopo pochi passi venne inghiottita dalla notte nevosa. Si voltò per tornare dentro, richiuse il portone di legno e guardò l'ingresso: con l'uscita di D.D. sembrava essersi spenta la luce.

Fece le scale sospirando, quindi trovò Sanchez intento a sorseggiare il suo caffè.

«Beh? Ma non l'avevi fatto per me quel caffè?» gli chiese Parker, pur conoscendo già la risposta.

«La ragazza è andata, la tregua è finita. Ritorni a fartelo da solo, niño».

Parker rise.

«Beh? Com'è andata? Hai seguito gli insegnamenti del tuo maestro?»

«Tipo "chiedere subito un appuntamento"?»

«Exactamente».

«Domani a mezzogiorno è troppo tardi?» gli rispose Parker con un sorriso furbo.

Sanchez scattò in piedi.

«Verdad?! – e quando Parker annuì, si avvicinò ad abbracciarlo – Niño, niño mio, queste sì che sono soddisfazioni!»

In quell'istante squillò il telefono di Sanchez. Era una chiamata dalla linea interna.

Parker si liberò dall'abbraccio e spinse via scherzosamente il compagno verso la sua scrivania.

«Sanchez».

«Sono il sergente Clayton... sarebbe che ho in linea la madre superiora del convento di St. Matthew...»

«Quella che abbiamo visto ieri qui al distretto?»

«Sì, lei. Era venuta per segnalare alcuni schiamazzi notturni nei pressi del suo convento...»

«E ora che vuole?»

«Sarebbe che ha richiamato per dire che continuano anche stanotte, e che sono anche più forti».

«Ma tu ieri ci hai mandato una pattuglia?»

«Ehm... no, in realtà no... ho pensato che con tutta quella neve non era il caso di spedire due dei nostri laggiù... magari era solo qualcuno che sentiva la musica un po' forte».

«Quindi ora dobbiamo pensarci noi a coprirti il culo, sergente?»

«E dai, Julian... un piccolo favore... ci fate un salto, li fate smettere e vi prendete la loro benedizione».

"Maledetto incompetente" pensò Sanchez, ma decise di non infierire.

«Passamela».

«Sì, subito e… grazie eh».

«Passamela, ti ho detto».

Si udì uno scatto secco sulla linea, quindi di nuovo silenzio.

«Salve, sono il detective Sanchez».

«Buonasera detective, mi scusi per l'ora, sono suor Grace, madre superiora del convento di St. Matthew».

«Sì, madre, credo che ci siamo incrociati nell'atrio del distretto ieri sera…»

«Ah, sì, lei era uno dei due poliziotti che avevano arrestato il nero, giusto?»

«Giusto».

«Ma lei è quello giovane o quello anziano?»

«Quello anziano… - rispose Sanchez a denti stretti – ehm… madre… potrebbe dirmi perché ci ha chiamati?»

«La musica assordante che mi aveva spinto a venire ieri sera da voi, in realtà oggi è addirittura aumentata. Questo è un convento, sa, ed io e le mie consorelle ci svegliamo alle cinque, la sera andiamo a dormire molto presto… ma da due notti veniamo svegliate di soprassalto da questo frastuono!»

«Non si preoccupi, madre, io e il mio collega veniamo subito a controllare. Da dove proviene la musica?»

«Dall'ultimo villino sulla strada prima del nostro convento».

«Ok, madre, non si preoccupi, ci pensiamo noi».

«Dio la benedica, grazie».

Sanchez posò la cornetta e guardò Parker, che dalle risposte del collega aveva già capito di dover uscire e si stava infilando il giaccone scamosciato che sempre Sanchez lo aveva costretto a comprare.

«Ecco, bravo niño, copriti bene. Non è il caso di beccarsi la febbre proprio il giorno di un appuntamento importante».

«Ma che voleva ancora quella suora?» gli chiese Parker mentre infilavano le scale in discesa.

«Qualche allegrone sta facendo festa con musica a tutto volume da due notti in una casa accanto al loro convento, e così non riescono a dormire. Ieri era venuta personalmente a chiedere una mano per farli smettere, ma quel genio del sergente Clayton ha pensato bene di non segnalare la cosa a nessuna pattuglia…»

«Così oggi ha chiesto a noi di evitargli una lisciata di pelo dal tenente domattina» concluse Parker.

«Esatto. – nel frattempo erano giunti nel garage seminterrato, davanti al pannello dov'erano appese tutte le chiavi degli automezzi – Lascia, guido io» disse Sanchez, scegliendo una Dodge a quattro ruote motrici. Uno dei vantaggi del turno di notte era di avere la disponibilità pressoché totale dell'intero parco auto del distretto. Uscendo dalla rampa incrociarono Blackman e Mitchell che rientravano da chissà dove; le due coppie si scambiarono un cenno di saluto, a finestrini rigorosamente chiusi.

I due detective conoscevano bene l'ubicazione del convento, ma arrivarci fu comunque complicato. Di notte gli spazzaneve passavano solo sulle arterie principali, quindi l'agibilità delle strade secondarie era lasciata al buon cuore degli abitanti e al passaggio delle auto, che mantenevano liberi almeno i due "binari" di scorrimento delle ruote. Aveva smesso di nevicare, ma il gelo non accennava a diminuire: uomini, mezzi e infrastrutture della città erano ormai davvero allo stremo.

La strada senza uscita che terminava davanti al convento era in condizioni proibitive. Sanchez riuscì a procedere solo per un centinaio di yard, poi dovette annunciare la sua resa.

«Scendiamo e andiamo a piedi» disse, la voce cupa che tradiva quanto poco gli sorridesse questa opzione.

«Sì, da qui in avanti ci vorrebbe una jeep» gli rispose Parker.

«Inverno de mierda…» ripeté sommessamente Sanchez mentre apriva lo sportello.

In quella breve ma impegnativa passeggiata, con la neve alle ginocchia e il freddo che sembrava bruciargli i polmoni, Parker non fece che pensare a D.D. Non vedeva l'ora che arrivasse mezzogiorno, non vedeva l'ora che lei spuntasse all'angolo di quel negozio, non vedeva l'ora che, una volta comprato quel benedetto amplificatore, arrivasse il momento di chiederle "hai da fare per pranzo?" o qualcosa di simile. A patto di non farsi venire prima una polmonite, come gli aveva detto Sanchez, il quale nel frattempo, due passi avanti a Parker, stava maledicendo ininterrottamente tutte le suore, i conventi, i sergenti, gli inverni e le feste del mondo.

Già da metà strada la musica si sentiva distintamente. Arrivati davanti all'ultimo villino prima del convento, videro che la casa era ancora in piena festa. Davanti al cortile, una decina di jeep parcheggiate in ordine sparso bloccavano l'ingresso alla casa e al monastero. La musica era ad un volume pazzesco, da far vibrare perfino il cervello.

Parker fece leva con la gamba sinistra sulla grossa ruota anteriore del mezzo più vicino e salì sul cofano. Si voltò per offrire la mano a Sanchez, che accettò volentieri. In pochi salti di cofano in cofano, i due detective furono davanti alla porta della casa.

«Scimmie, ecco cosa siamo! Scimmie!» imprecò Sanchez pulendosi dalla neve.

Parker bussò.

Nessuna risposta.

Bussò di nuovo.

Niente.

Bussò più forte.

Stavolta la porta si aprì.

Un bianco sui vent'anni, con i capelli neri lunghi e a torso nudo, guardò i due poliziotti come fossero marziani con tre teste. Parker sentì subito la puzza di alcool del suo alito e l'odore dolciastro della marijuana proveniente dall'interno della casa.

«Salve, siamo i detective Parker e Sanchez dell'Undicesimo Distretto» disse Parker, mostrando il distintivo assieme al compagno.

Il ragazzo fissò con sguardo ebete i due distintivi, quindi si voltò verso l'interno.

«Ehi, Frank! Frank! – gridò a squarciagola – Qui ci sono due poliziotti!»

«Si fottessero! Non abbiamo invitato poliziotti alla nostra festa!» fu la risposta del fantomatico Frank.

«Mi spiace, ragazzi. – disse il ragazzo alla porta, rivolto nuovamente ai poliziotti – Ma la festa è di Frank e decide lui chi entra e chi no» quindi sbatté la porta in faccia ai detective, che si guardarono perplessi.

«Tua nonna cosa avrebbe detto in un momento così?» Sanchez si grattò il mento, mentre un sorriso compariva sulle sue labbra.

«Se ti chiudono la porta in faccia, bussa più forte».

«Ecco, questo sì che mi pare un proverbio sensato».

Parker caricò un calcio a tutta forza dritto sulla serratura, che cedette di schianto senza opporre resistenza.

Dalla faccia del ragazzo, ancora lì davanti, mancava poco che schizzassero gli occhi fuori dalle orbite.

«Mi permetto di insistere. – gli disse Parker – Sai, io e Frank siamo amici d'infanzia».

«Potevi dirlo prima, bello!» gli rispose quello, accompagnando le parole con una gran risata.

Nel salone della casa c'erano una cinquantina di persone. Tutti si erano voltati verso lo schianto; la maggior parte di loro rideva inebetita, erano tutti ubriachi e strafatti. Qualcuno si diresse verso i due detective; altri non smisero neppure di ballare.

«Niño, come prima cosa sarebbe il caso di fare un po' di silenzio, che ne dici?» disse Sanchez. Parker annuì, si guardò intorno e vide subito un impianto stereo nuovo di zecca, collegato a quattro enormi casse nere poggiate sul pavimento. Forte della sua fresca esperienza al "The Sword",

Parker non perse tempo a ragionare sui fili che correvano dietro lo stereo, ma li afferrò in un'unica matassa e li strappò via. La musica finì all'istante.

Sanchez guadagnò il centro della scena, sventolando il distintivo.

«Stiamo cercando il festeggiato, il nostro caro amico Frank! Dove cazzo sei, Frank?»

Un biondino magrissimo e pieno di lentiggini si fece avanti dal gruppo.

«Sono io Frank. Che volete?»

«Tu e i tuoi amici state tenendo sveglio da due giorni tutto il quartiere, Frank. Sarebbe ora che la faceste finita».

Quello, completamente stordito da 48 ore passate a bere alcool e fumare erba, ci pensò un po' su, quindi finalmente trovò una risposta.

«Due giorni? Sono passati solo due giorni?! Io la casa l'ho affittata per tutta la settimana, allora abbiamo ancora cinque giorni per festeggiare!»

«Risposta sbagliata, Frank. Agua, niño».

Parker afferrò una brocca piena di birra dal tavolo più vicino.

«Cosa festeggi, Frank?»

«La laurea».

«Wow! La laurea! Bravo, paparino può essere fiero di te dopo tutti i soldi che gli hai fatto spendere. Bravo davvero!»

«Va bene lo stesso se è birra?» disse Parker, passandogli la brocca.

«Es fria?» gli chiese Sanchez con un ghigno che non prometteva niente di buono per il neolaureato Frank.

«Rigorosamente» gli rispose Parker.

«E allora va benissimo».

Sanchez svuotò tutta la brocca sulla faccia di Frank, che fece un salto indietro urlando.

Alcuni tra gli amici si avvicinarono, ma Parker li tenne a distanza, sfoderando il distintivo e aprendo il giaccone quel tanto che bastava per far vedere la fondina ascellare con la pistola.

Nel frattempo Sanchez aveva afferrato Frank per i capelli e lo teneva sotto il suo sguardo.

«Ora ti sei snebbiato, Frank? Mi ascolti bene?»

Frank annuì, pur senza troppa convinzione. L'alcool della birra gli bruciava gli occhi, ma il buonsenso gli consigliava di non chiuderli.

«Allora stammi bene a sentire: - proseguì Sanchez - non me ne frega niente per quanto tempo hai affittato la casa per la tua festa. Sto cercando di dirti con le buone che tu e i tuoi amici avete mezz'ora di tempo per sloggiare e per cavarvela senza problemi. Tra 31 minuti io e il mio collega ripasseremo da qui, e se troveremo anche uno solo di voi lo arresteremo per disturbo della quiete pubblica, spaccio di droga e resistenza all'arresto. Annuisci se hai capito».

Frank annuì ancora.

«Bravo, Frank, si vede proprio che sei laureato. Ricordati, 30 minuti e non un secondo di più. Ciao, e a mai più rivederti».

Sanchez e Parker uscirono dalla casa, ora avvolta in un silenzio irreale, e tornarono sui loro passi lungo la strada innevata.

D'un tratto, Parker vide che il compagno lo stava fissando.

«Beh? Che c'è?»

«Al posto tuo avrei preso una di quelle stupende casse per la tua bella».

Parker si grattò il mento.

«Ti dirò… in effetti ci ho pure pensato… ma sarebbe stato un furto a tutti gli effetti… e poi me la sarei dovuta caricare in spalla fino alla macchina».

Sanchez scosse la testa.

«Ai miei tempi si sarebbe fatto questo e altro per le grazie della signorina Davis!»

«Mi ha detto di chiamarla D.D.» disse Parker, dopo qualche secondo di silenzio.

«D.D.?»

«Sì, è il suo nome d'arte, credo. Sta per Donna Davis, ma è più bello».

«Niente signorina Davis?»

«No».

«Nemmeno Donna?»

«No, direttamente D.D. Perché? Non ti piace?»

«No, no, anzi: D.D. fila bene, deve averglielo trovato qualche manager o roba simile».

«Spero solo che non sia già occupata... una così deve averne a pacchi di gente che gli ronza intorno» disse Parker, dando voce ai suoi pensieri.

«Buono, niño, a cuccia. Non starci a ragionare troppo su, non serve a niente per ora. Prendi quello che viene, ok?»

«Oook».

«E ricordati di chiederle se ha una sorella maggiore con le stesse cosce eh!»

«Sì, figuriamoci».

«Vorresti abbandonare il tuo hermano alla sua vita triste e solitaria?»

«Triste e solitaria... questa è bella! – Parker rise – No, vorrei solo evitare di vederti anche nel mio tempo libero, quindi niente sorella».

«Nemmeno una cugina?»

«No, niente cugina, nemmeno di terzo grado».

Sanchez raccolse un pugno di neve e la tirò al compagno, che subito gli rispose per le rime. Fu così che i due detective tornarono fino alla loro auto: tirandosi palle di neve.

Rimasero appostati in macchina finché non videro una lunga fila di jeep uscire dalla strada che portava al convento, quindi rientrarono al distretto.

Il resto del turno filò via liscio. Sanchez e Parker non furono più chiamati a uscire e poterono così dedicarsi con tranquillità al completamento dei rapporti del doppio arresto dei cugini Franklin e a quello sul loro intervento per ristabilire la quiete del convento di St. Matthew. La pattuglia che su loro ordine era passata a controllare la situazione circa un'ora e mezza dopo, aveva confermato che la casa era stata abbandonata.

Finita la sua parte di lavoro, Parker si dedicò come d'abitudine alla lettura dei rapporti dei turni precedenti, un buon metodo per rimanere sempre aggiornato sull'attività dei colleghi e per evitare pericolose sovrapposizioni con le loro indagini. Fu così che lesse del triplice omicidio su cui stava indagando Watts.

«Ehi, ragazzi, - disse rivolto anche a Mitchell e Blackman, seduti alle loro scrivanie – avete letto questo rapporto di Grady?»

«La rapina alla gioielleria?» disse Mitchell.

Parker annuì.

«Bella rogna gli tocca grattarsi, a quello stronzo» fu il commento lapidario di Mitchell.

«Che è successo?» chiese Sanchez.

«Marito, moglie e figlio uccisi durante la rapina a una gioielleria. La cosa strana, a quel che scrive Grady, è che non è stato toccato un solo gioiello: i rapinatori hanno preso solo i contanti nella cassa e in una piccola cassaforte».

Ora Sanchez lo stava seguendo con interesse.

«Un'altra cosa importante: - proseguì Parker – la porta del negozio è stata aperta dall'interno, senza alcun segno di scasso».

«Li conoscevano».

«Un familiare, un amico o un ex dipendente, ipotizza Grady».

«Mi pare corretto. Come sono stati uccisi?»

«Colpi di pistola automatica a distanza ravvicinata. I due genitori sono stati trascinati nel laboratorio sul retro, dove sono stati costretti ad aprire la cassaforte e poi sono stati giustiziati con un colpo alla nuca. Il figlio è stato ucciso subito dopo aver dato l'allarme».

«Registrazioni? Tracce?»

«Telecamera senza sistema di registrazione».

Parker mise a posto il rapporto di Watts, quindi tornò a sedersi alla sua scrivania, con aria pensierosa.

«Julian, non ti ricorda niente questa rapina?»

Sanchez lo fissò per qualche istante in silenzio, poi scosse il capo.

«Dovrebbe?»

«No, sei giustificato se non te ne ricordi, visto che non era un caso tuo. Era mio e di Jackson».

«Aspetta un po'… aspetta un po'…»

«Ti do un indizio: tu stavi indagando sui Los Fantasmas e io lavoravo con Jackson perché Grady era ancora in convalescenza per una ferita…»

«La rapina al drugstore! Quattro persone, se non sbaglio, trascinate nel seminterrato e giustiziate, ed erano spariti i contanti sia dalla cassa che dalla cassaforte».

Parker accennò un applauso al suo collega.

«Ma, scusa, non era il caso finito agli Affari Interni perché si sospettava il coinvolgimento di poliziotti?»

«Bravo».

«Ehi, niño, guarda che questo distintivo non me l'hanno mica dato per fargli prendere aria!»

Parker rise.

«Ma poi gli Affari Interni sono arrivati a qualcosa?» chiese Sanchez.

Parker spalancò le braccia.

«Non l'ho mai saputo. Quando arriva lo chiedo al tenente».

«Sì, mi sembra un'ottima idea… magari ti mette sull'indagine insieme a Watts!» disse Sanchez, scoppiando in una risata fragorosa. Parker non gradiva affatto che a distanza di anni venisse ancora tirata in ballo la sua vicenda con Zampisi e Watts, ma fece buon viso a cattivo gioco e accennò un sorriso di circostanza.

«Dammi retta, niño, pensa ai fatti tuoi. Meno t'impicci delle faccende di Watts e meglio è per la tua salute».

**Turno di giorno
Ore 8.00**

A Grady Watts bastò varcare la soglia del garage del distretto per divenire oggetto di una lunga serie di sguardi sorpresi e di frasi pressoché identiche tra loro.

«Ehi, Grady, che diavolo ci fai qui?» gli disse Jarrod, uno dei meccanici più giovani.

«Rogne» gli rispose Watts scendendo dalla sua auto.

Salite le scale, s'imbatté nel sergente Mac.

«Ehi, Grady, che ci fai qui? Non dovrebbe essere il tuo giorno di riposo?»

«Non so che farmene del giorno di riposo. Tu, piuttosto, dove cazzo stai andando? Il tuo fottuto bancone da bar è al piano di sopra».

«Una ricerca d'archivio per ordine di Braxton» gli disse quello con noncuranza.

«Salutami i topi, allora» fu il congedo di Watts.

Arrivato nella sala dell'Investigativa, fu il turno di Derek Stone.

«Niente riposo, oggi, Watts?»

«No, stavo andando al cinema ma ho sbagliato strada. Sai... la forza dell'abitudine...»

Stone finse di non aver sentito la risposta sarcastica del collega.

«È per quella brutta storia della gioielleria, vero?» gli chiese. Stone aveva uno sguardo magnetico e profondo da cui era difficile sganciarsi, perfino per uno come Watts. Era un poliziotto esperto, girava anche voce che avesse collaborato con l'FBI come infiltrato, ed era un uomo molto poco incline all'umorismo. A Watts non piaceva questo suo modo di prendersi sempre sul serio, ma rispettava le qualità professionali di Stone, ed era già un bel passo avanti rispetto a gran parte della squadra. Si guardò intorno, cercando con lo sguardo gli altri tre detective in servizio domenicale: Marlon Wade, il compagno di Stone, era intento ad arrotolarsi una sigaretta, operazione che stava compiendo con una certa difficoltà. Fu un attimo, ma a Watts non sfuggì il lieve tremolio che aveva alle mani. Mike Sprewell, un cinquantenne obeso e saltuariamente dedito alle bustarelle, stava leggendo dei rapporti mentre con una mano pescava delle patatine fritte da un sacchetto poggiato sulla sua scrivania. Jay Bowl, il suo compagno, era al telefono, probabilmente con la sua onnipresente moglie o con la sua soffocante mamma. Era davvero ridicolo che un territorio come quello del Barrio fosse controllato da poliziotti così inetti e svogliati, pensò Watts.

«Sì, è per quella storia» rispose Watts a Stone, uscendo dai propri pensieri.

Arrivò alla sua scrivania, e la trovò tale e quale a come l'aveva lasciata il giorno prima. Nessuna traccia della busta gialla tanto attesa.

Gettò il cappotto sulla sedia e tornò sui suoi passi, stavolta a gran velocità. Imboccò le scale in salita e, giunto al piano superiore, attraversò come una furia la porta di accesso all'ampia ala del palazzo riservata ai laboratori della Scientifica. Gli venne incontro Seabrook, uno dei vice di Spielman.

«Ciao, Watts, serve qualcosa?»

«Dov'è il tuo tenente?» gli disse a bruciapelo Watts, saltando ogni convenevole.

«A casa, come tutte le domeniche».

«Pensavo che tre morti valessero un suo disturbo domenicale, cazzo».

«Ah, stai lavorando tu su quella rapina in gioielleria?»

«Sì, e ho bisogno dei vostri rapporti».

«Ci stiamo lavorando, Watts. Il tenente ci ha lasciato tutti i test da fare, ma non sarà pronto niente prima di domani pomeriggio».

Mancò poco che Watts mettesse le mani al collo del malcapitato collega.

«Domani pomeriggio?! Ma dove cazzo credete di essere?!?!»

«In un laboratorio dove si lavora, ecco dove siamo, e datti una calmata».

«Ehi, caccola, non azzardarti a darmi ordini, capito?»

«Senti Watts, stiamo lavorando, ma oggi è domenica e siamo a organico ridotto, lo sai. È inutile che ogni volta ci mettiate tutti pressione per avere i nostri risultati, sai benissimo come funziona. C'erano parecchi reperti in quella gioielleria, impronte, bossoli, la cassaforte…»

«Lo so cosa cazzo c'era in quella gioielleria, non c'è bisogno che me lo ricordi…»

«Ecco, allora sai quanta roba abbiamo da analizzare. Domattina finiamo, poi il tenente vorrà rivedere tutto prima di firmarlo, quindi eccoci a domani pomeriggio. Ora, se non hai altro, vado a lavorare per te».

Watts si arrese e scosse il codino biondo.

«Bene, a domani» gli disse gelidamente Seabrook prima di voltargli le spalle.

Watts tornò alla sua scrivania e, fissando la cartina della città appesa sulla parete vicina, ripassò mentalmente lo stato della sua indagine.

Dalla Scientifica niente fino a domani pomeriggio.

Dall'ufficio del Procuratore assegnato all'indagine non era ancora arrivata l'autorizzazione ad accedere ai conti correnti dei defunti Walker, e certo non sarebbe arrivata oggi. E in ogni caso, di domenica le banche erano chiuse. Idem la Camera di Commercio per avere l'elenco di eventuali dipendenti della gioielleria. E infine la Morgue non avrebbe certamente completato tre autopsie in meno di ventiquattro ore.

Tanto valeva partire con familiari e informatori, che magari avrebbero anche potuto dargli indicazioni sui dipendenti.

Con un po' di fortuna sarebbe tornato a casa in tempo per il secondo tempo della partita dei Chicago Bears. Il Soldier Field con la neve prometteva splendido football.

Un'ora dopo bussò alla porta di un signorile appartamento di Maya Hills.

Venne ad aprirgli un uomo anziano, intorno ai 75 anni, basso di statura e quasi completamente calvo. Gli occhi arrossati tradivano un pianto recente.

«Salve, è lei Jefferson Walker, padre di Doug Walker?»

L'uomo annuì in silenzio.

«Sono il detective Watts dell'Undicesimo Distretto, - disse mostrando il distintivo - sto indagando sulla rapina alla gioielleria di suo figlio. Ho bisogno di parlare con lei e sua moglie».

Jeff Walker non fu affatto sorpreso.

«Prego, detective Watts, si accomodi. Aspettavamo qualcuno di voi» disse spalancando la porta.

Un lato del grande salone era occupato da un lungo divano di pelle marrone, sul quale erano sedute sei persone.

«Maddie... c'è la polizia...» disse Jeff Walker, rivolgendosi a una donna seduta al centro del gruppo.

«Scusate...» disse, rivolta alle altre persone, quindi si alzò e strinse mollemente la mano a Watts. Era una donna molto elegante, probabilmente molto bella in gioventù, ma ora distrutta dal dolore.

«La signora Magdalene Truth?»

«Sì, sono io».

«Il detective Watts sta indagando su quello che è successo... » disse Jeff, senza pronunciare l'accaduto. La moglie annuì.

«Ho bisogno di parlare con entrambi, in privato» disse subito Watts, accennando con la testa alle persone sedute sul divano.

«Sono degli amici venuti a trovarci per le condoglianze, se ci concede un minuto per congedarli siamo da lei».

Watts annuì.

Jeff aveva lasciato la gioielleria al figlio Doug da cinque anni e in famiglia erano tutti orgogliosi del fatto che anche il nipote Matt avesse deciso di seguire quella strada; una tradizione destinata a perpetuarsi, finché una banda di assassini non aveva deciso di porre fine a questa storia.

Doug non aveva mai sentito il figlio lamentarsi di come andavano le cose al loro negozio, quindi non aveva motivo di pensare che l'attività avesse debiti o altri problemi. Pochi mesi prima Doug e Melanie avevano perfino acquistato una casa in Florida, dove sarebbero dovuti andare a trascorrere il prossimo Natale, lontani dal gelo di quella città.

Stesso discorso a proposito di eventuali nemici: nel Barrio c'erano pochissime gioiellerie, quindi con i concorrenti non c'erano mai state particolari gelosie o episodi di concorrenza sleale. Di rapine ne avevano subita una sola, quattro anni prima, ma era stato uno scasso notturno, nulla di paragonabile a quanto accaduto ora. I ladri avevano forzato la serratura della saracinesca, spaccato le vetrine interne e portato via tutti i gioielli esposti; la cassa era vuota e non avevano neppure provato ad attaccare le casseforti.

I coniugi Walker fornirono a Watts la copia delle chiavi di casa del figlio, oltre all'indirizzo e al telefono dei consuoceri, i genitori di Melanie Joseph in Walker.

Riguardo i dipendenti, Jeff Walker diede a Watts tre nomi. I primi due avevano cambiato da tempo posto di lavoro, mentre l'ultimo era quello di una ragazza che da qualche mese faceva pratica nel loro laboratorio come apprendista orefice. Avrebbe dovuto esserci anche lei, nel negozio, al momento della rapina, e questo la fece balzare immediatamente in cima alla lista di caccia di Watts.

Madison Devine viveva poco distante dai Walker, nell'East River, ma il contesto era completamente diverso. Dalle ville di Maya Hills si passava, nel raggio di poche miglia, a un paesaggio di altissimi palazzi, figli della cementificazione degli anni Sessanta. La ragazza viveva al decimo piano di un palazzo che ne aveva ben diciotto, e il cui unico pregio era di affacciarsi direttamente sul fiume Chain.

Venne ad aprirgli una ragazza mora di una bellezza prorompente, che lo squadrò dalla testa ai piedi.

«Sei Madison Devine?» disse Watts, mostrando il distintivo.

«No, ma mi piacerebbe esserlo, visto che la cerchi…»

«Dov'è?»

«A letto, dove vuoi che vada?»

«Perché?»

«Ha la febbre alta da tre giorni. Pensavo fossi il dottore, ma evidentemente mi sbagliavo».

«Devo vederla lo stesso» disse Watts, spalancando la porta con una mano.

«Wow, che aggressività! – esclamò la ragazza facendosi da parte – Fai sempre così?»

Watts la osservò per qualche secondo. Aveva probabilmente la metà dei suoi anni ma era un vero schianto, la ragazza.

«Fuori servizio di più».

La ragazza gli sorrise.

«Dov'è?»

«La seconda porta nel corridoio».

La ragazza lo precedette e bussò.

«Madison, c'è un poliziotto che vuole vederti. Posso aprire?»

«Un poliziotto?! Sì, sì certo…» rispose una voce piuttosto flebile.

Watts entrò. Madison Devine era una ragazza minuta, sui diciotto anni, con i capelli rossi e pallida come uno straccio.

«Sono il detective Grady Watts, dell'Undicesimo Distretto. Sei Madison Devine?»

«Sì…»

«Stai lavorando come apprendista nella gioielleria Walker, nel Barrio?»

«Sì ma… cos'è successo? Cosa vuole da me?»

Watts si mise comodo su una sedia e raccontò brevemente alla ragazza i fatti del giorno precedente. Lei scoppiò a piangere, visibilmente sconvolta.

«Come mai non eri a lavoro, ieri?»

«Ho la febbre alta da tre giorni. Con questo freddo maledetto il padrone di casa non si decide a riparare il riscaldamento e alla fine mi sono ammalata. Non ci andavo da venerdì».

In quell'istante Watts si rese conto di non essersi tolto il giaccone e di non aver per niente caldo. Sul pavimento della stanza c'era una piccola stufa elettrica, il cui effetto era però quasi nullo.

«Com'erano gli Walker?»

«Gentili, simpatici, una bella famiglia».

«Nessun problema, quindi?»

«No, nessuno».

«Neppure col figlio?»

«Figuriamoci, era lui a insegnarmi il mestiere. Ed era bravo».

«C'era qualcosa tra te e lui?»

«No, lui aveva occhi solo per la sua ragazza».

«Nome?»

«Kim Heidl».

Watts scrisse il nome sul suo taccuino, aggiungendolo alla lunga lista di persone da sentire. Per un attimo pensò alla partita di football come qualcosa di estremamente lontano…

«Da quanto tempo lavoravi lì?»

«Cinque mesi».

«C'è stata qualche visita strana durante le ultime settimane?»

«Che vuol dire strana?»

«Parenti, amici, qualcuno che non vedevano da molto tempo… oppure tecnici di qualche ditta per controlli… non parlo di normali clienti, intendo qualcuno che abbia potuto curiosare anche nel laboratorio sul retro».

La ragazza ci pensò un po' su.

«Beh, i genitori di Jeff venivano spesso, il padre soprattutto. Era lui il titolare della gioielleria prima, lo sapeva?»

Watts annuì.

«Una decina di giorni fa è venuto un amico di Matt per un

anello di fidanzamento…»

«È entrato nel laboratorio?»

«Sì, Matt e il padre gli fecero vedere delle pietre…»

«Nome?»

Madison fece una smorfia.

«Non me lo ricordo».

«Andiamo, Matt lo avrà pure chiamato per nome no?»

«Sicuramente, ma non me lo ricordo…»

«Ok, altro?»

«No, non mi pare... ah, i poliziotti!»

«Che poliziotti?»

«Due, nella vostra divisa blu, quella che usate per strada. Ma non mi chieda i loro nomi perché non credo che li abbiano detti!»

«Erano entrati per comprare qualcosa?»

«No, era un controllo. Melanie mi disse che al loro distretto avevano ricevuto alcune chiamate dal nostro allarme, per cui doveva esserci qualche contatto».

«Quindi hanno girato tutto il negozio».

«E anche il laboratorio, sì».

«E poi?»

«Niente, hanno controllato tutto e poi sono andati via».

«E sono tornati?»

«No, io non li ho più visti».

«Quando è successo?»

«Un paio di settimane fa».

«Com'erano i due poliziotti?»

«Uomini, entrambi sui 45-50, uno con i baffi».

«Alti, bassi…»

«Normali… più bassi di lei, voglio dire».

«Capelli?»

«Non me lo ricordo, avevano i cappelli in testa».

«Hanno tenuto i cappelli in testa per tutta la visita?» disse Watts, con tono stupito. La prima cosa che insegnano ai militari e ai poliziotti è di togliersi il cappello quando entrano in luoghi chiusi.

«Sì, perché?»

«Nulla, andiamo avanti. Sulle divise hai notato niente? Gradi, numeri, spille particolari...»

«Quello coi baffi mi pare avesse due o tre strisce gialle sulla manica, l'altro niente».

«Sapresti riconoscerli se li vedessi?»

«Beh, credo di sì. Forse...»

Watts rimase in silenzio per un po', intento a scrivere nervosamente i suoi appunti. Infine, tornò a guardare la ragazza.

«Quando pensi di poterti rimettere in piedi? Ho bisogno che tu venga al distretto, per firmare la tua deposizione e per guardare un po' di foto...»

«Non lo so... finché non passa questa febbre...»

«Siete solo tu e quell'altra ragazza qui?»

«No, ce n'è anche un'altra, ma è già partita per il Montana, per passare il Natale con i suoi».

«Tu ce l'hai una famiglia?»

«Mio padre vive qui. I miei sono separati da dieci anni».

«Potresti trasferirti da lui per qualche giorno?»

«Oh mio dio, perché? Sono in pericolo?»

«Se gli assassini sono gli stessi due che hanno fatto il sopralluogo travestiti da poliziotti, immagino che si siano resi conto che manchi una persona all'appello...»

«E... potrebbero cercare di uccidermi?»

«Io al posto loro lo farei».

Madison si coprì il volto con le mani e pianse di nuovo. Entrò l'amica.

«Che succede?»

«Nulla che ti riguardi. Piuttosto, aiuta Madison a preparare la valigia, va via per qualche giorno».

«Valigia?! Ma...»

«Niente spiegazioni, fallo e basta».

Watts accompagnò Madison Devine dal padre, a cui spiegò

la situazione, dandogli infine il suo biglietto da visita.

«Finché questa storia non sarà chiarita non la lasci mai sola e non apra a nessuno, anche se sono poliziotti. Mi chiami appena Madison sarà in grado di uscire per venire al distretto e in qualsiasi momento se notasse qualcosa di sospetto. ».

«In questi casi non si mette un'auto a sorvegliare la casa?»

«Normalmente sì, ma questo è un caso un po' particolare».

«Ho capito. Non sa di chi si può fidare…»

Watts annuì amaramente. Appena uscito si accese una sigaretta. Le stava giusto diminuendo, prima che due poliziotti assassini gli facessero tornare il bisogno di nicotina.

La domenica di Grady Watts proseguì con l'incontro con i due ex dipendenti della gioielleria, dai quali non ricavò nulla di interessante. Ebbe solo una conferma: durante il loro periodo di lavoro dagli Walker non ricordavano di aver mai ricevuto visite della polizia per controllare la sicurezza del negozio.

Watts passò quindi ad ascoltare i genitori di Melanie Joseph, defunta moglie di Doug Walker, ma anche qui non saltò fuori nulla di nuovo. Al momento dei saluti, Chris Joseph volle seguire Watts fino alla sua auto e lì, abbassando la voce per non farsi sentire dalla moglie, gli disse di essere stato un cecchino durante l'ultima guerra, sul fronte europeo. E allo sguardo interrogativo di Watts aggiunse: "basta che mi dia un indirizzo, detective, e ci penserò io a dare giustizia alla mia bambina… mi ricordo ancora come si uccide, sa?"

Watts lo fissò per qualche attimo. Non era la prima volta che riceveva una richiesta simile. «Non so quanti crucchi hai ucciso in guerra, ma qui non siamo a Berlino, Chris, né in nessun altro fottuto fronte di guerra. Tieni il fucile appeso al muro e non fare cazzate».

Quindi risalì in macchina. Lungo la strada ripensò alla sua esperienza di guerra, in Corea, e rifletté su quanto fosse più semplice lì: c'erano amici e nemici, divise diverse, lingue diverse, facce e capelli diversi. Ora, in quella città, era tutta una merda indistinta, in cui sapere di chi fidarsi e di chi no era difficile. E le divise, tra amici e nemici, erano le stesse, a quanto pareva.

Giunto a un incrocio, stava per sterzare a sinistra, in direzione di casa sua, Chesapeake Circle, quando cambiò idea e andò dal lato opposto. Un'automobile dietro di lui lo riprese con un lungo colpo di clacson, cui Watts rispose mostrando il dito medio fuori dal finestrino. Quindi richiuse il vetro e spinse l'acceleratore verso casa del tenente Braxton, rassegnandosi a non vedere neppure un touchdown di quella maledetta domenica. Aveva degli assassini in divisa blu in giro per la città, si fottesse il football.

Lunedì 10 dicembre 1973
Ore 12.00

Grady Watts era già in servizio da diverse ore quando Parker vide spuntare dal lato opposto della strada del Music Inn il viso luminoso di Donna Davis, in arte D.D.

Entrarono, lei scelse il suo nuovo amplificatore, Parker pagò e lo afferrò per la maniglia superiore, mettendolo al sicuro nel bagagliaio della sua auto.

Il freddo gli sembrava diminuito, o forse, a scaldarlo, era la sottile agitazione di dover fare il prossimo passo.

«Senti D.D., visto che è l'una… ti andrebbe di pranzare insieme?»

I grandi occhi neri di lei lo fissarono come per studiarne le intenzioni.

«Dove?» rispose bruscamente.

«Conosco un posto abbastanza vicino dove si mangia bene».

«Non è casa tua, vero?»

Parker rimase spiazzato.

«No... casa mia?! Che c'entra?»

«Niente, niente, scusami. – disse lei con tono rassicurato – Ok, va bene, andiamo dove dici tu».

Salirono in macchina, lungo il tragitto Parker non disse una parola. Erano quasi arrivati quando fu D.D. a rompere il silenzio nell'abitacolo.

«Ok senti, scusa per prima, ti ho fatto una domanda davvero stupida, non volevo offenderti».

Parker accostò al marciapiedi, quindi si voltò verso la ragazza.

«Senti, non sono né un maniaco né un marito in cerca di avventure con ventenni che lo facciano ringiovanire. La cosa dell'amplificatore l'abbiamo risolta, quindi non devi venire a pranzo con me per forza. Se non ti va la cosa o se non ti vado a genio io o se hai un fidanzato geloso basta che me lo dici, ti riaccompagno dove vuoi e tanti saluti».

D.D. parve sollevata dal breve sfogo di Parker.

«Pranzo con te perché mi fa piacere. Non hai niente che non va e non ho fidanzati, né tranquilli né gelosi. Ora basta chiacchiere, ho fame» disse con un sorriso, prima di scendere agilmente dalla macchina.

Grady Watts era stufo di girare a vuoto. Il traffico non era granché, visto il razionamento della benzina, ma faceva fatica a ricordare un'altra mattinata inconcludente come quella. All'una, quando si era fermato a mangiare due hot dog strabordanti di salse, aveva già incontrato uno dopo l'altro i suoi tre migliori informatori, che però non sapevano nulla di finti poliziotti che facevano sopralluoghi nei negozi per poi rapinarli.

Il tenente Braxton, nel frattempo, si era dato parecchio da fare: aveva fatto ripescare nei meandri dell'archivio dal sergente Mac la cartella di un caso simile di quasi tre anni prima, appartenuto a Parker e Jackson prima che la Divisione Affari Interni ne avocasse la titolarità. Aveva dato al tenente Spielman e al medico legale il limite inderogabile delle ore 16 perché gli presentassero i rispettivi rapporti sul caso. Infine, aveva telefonato ai responsabili dei due unici reparti che avrebbero potuto compiere una visita di controllo al sistema d'allarme della gioielleria: la Squadra Antirapina e il 911, le pattuglie di pronto intervento. Chiamò prima il capitano Di Gruccio e poi il capitano Pavlicek, comandanti dei reparti per l'intero quadrante Ovest della città, quello in cui si trovava il Barrio, ed entrambi confermarono quello che Braxton già sapeva, cioè che i loro uomini non si occupavano di quegli interventi da almeno un decennio. Vista la carenza cronica di uomini e mezzi, era fuori discussione che venissero impegnate risorse per un controllo preventivo degli allarmi dei negozi. E così in tutto il resto della città.

Braxton avrebbe voluto tirar dentro fin da subito anche Parker e Jackson, ma che gli assassini di sabato fossero gli stessi di tre anni prima era ancora tutto da dimostrare e questo, unito alle violente rimostranze di Watts (furibondo all'idea di dover mollare l'indagine a Parker), lo aveva fatto desistere dal convocare gli altri due detective. Che si godessero il loro giorno di riposo, una volta tanto.

«Mi stai dicendo che prima di sentirmi cantare al "The Sword" non avevi mai sentito la musica pop fatta dai neri?!» Gli hamburger erano stati spazzati via con appetito da entrambi. Rimanevano sul tavolo solo un po' di patatine fritte e, soprattutto, ancora molte cose da dirsi. A Parker non piaceva raccontarsi, parlare di sé, specialmente con le ragazze; aveva sempre il timore di risultare noioso o troppo bravo ragazzo, il tipo ideale con cui rimanere amici, insomma, ma non abbastanza intrigante da poter pensare a una storia.
Che lui e D.D. venissero da galassie distanti era stato evidente fin da subito. Lui bianco, figlio unico di famiglia borghese, cresciuto a North Banks, diplomato, passabilmente cattolico e poliziotto; lei nera, quarta di cinque figli di famiglia poverissima, nata in Alabama e arrivata in città per provare a far carriera, liceo non finito per seguire la musica e guadagnare i primi dollari. Malgrado gli anni luce che sembravano separarli, però, il loro chiacchierare era stato fin lì torrenziale e, almeno per Parker, interessante. La trovava brillante e acuta, oltre che sensazionalmente bella.
Parker si grattò la fronte per guadagnare qualche secondo in più prima di rispondere.
«Esagerata! L'avevo sentita, certo, ma... alla... radio, ecco».
«Dimmi qualche nome, su».
«Oh santa pace...»
«Paura eh?»
«Sai com'è, a furia di farle io, le domande, trovo difficile rispondere».
«Stai perdendo tempo, come prima quando ti grattavi la

fronte».

Beccato. Iniziava ad adorare lo spirito d'osservazione di quella ragazza.

«Dunque… mi piacciono Stevie Wonder, i Commodores… valgono?»

«Diciamo di sì. E donne niente? Mai sentito parlare delle cantanti Motown?»

«Uhm, no. Tipo?»

«Diana Ross, Mary Wells, Tammi Terrell, le Marvelettes… ti dicono niente?»

«Tammi Terrell… non è quella morta pochi anni fa?»

«Wow, bravo sì, come fai a saperlo?»

«Non ascolto tanta musica ma leggo i giornali. Tu vorresti diventare come loro?»

D.D. sfoggiò il suo miglior sorriso.

«Sì, certo! Da viva, magari…»

«Ah beh, certo, non intendevo quello… insomma, una star della musica?»

«Puoi scommetterci! Una star come si deve: con i dischi nei negozi, le mie canzoni in tutte le radio d'America, concerti a Broadway, show in tv e soldi a palate!»

Per deformazione professionale, Parker era più esperto dei modi illegali con cui fare i soldi a palate. Tra quelli legali, comunque, non aveva mai contemplato la musica.

«Ora ce la fai di sicuro, con il tuo amplificatore nuovo fiammante» le rispose, sorridendo.

«E visto che leggi tanto i giornali che mi dici della politica?»

«Cioè?»

«Di Nixon, del Vietnam, della crisi petrolifera…»

«Cavolo, quante ore hai?»

«Oh, non dirmi che sei di quegli uomini che leggono solo le pagine sportive!»

«Non che ci sia nulla di male eh…»

«Allora? Che ne pensi del Watergate? Fai pure il poliziotto…»

«Penso che sia un gran pasticcio. Da quel che si legge sul

Post sembra che i ladri siano i delinquenti più maldestri della storia. E ti pare che la CIA o l'FBI o chi per loro vada ad affidare un incarico così delicato a degli imbranati simili?»

D.D. si sporse in avanti sul tavolo, abbassando la voce. Parker provò un brivido sottile nel vederla così vicina a sé.

«Ma secondo te il presidente c'è dentro davvero?»

«E che cavolo ne so io?! Sto dietro ai delinquenti del Barrio, non sono mica il capo dell'FBI!»

«E dai, con me puoi sbilanciarti! A sensazione, che mi dici?»

Parker scosse la testa, quindi si guardò istintivamente intorno e si sporse in avanti anche lui.

«La faccia è da furbacchione, ma sarebbe bello...»

In un attimo, D.D. coprì quel poco spazio che separava i loro volti al di sopra del tavolo e spense le sue parole con un bacio. Un bacio breve, ma che accese il volto di Parker.

«Scusami, ma volevo sapere che sapore hai».

«Sapore di hamburger, immagino».

«No, non intendevo quello».

«Io invece non ho fatto in tempo a capire bene...» disse Parker, e stavolta fu lui ad allungarsi ancora per baciarla.

Stavolta il bacio fu più lungo, più vissuto.

«Ehm... dolce? Caffè?» disse la voce della cameriera, che li interruppe senza pietà.

I due si staccarono con un certo imbarazzo.

«Caffè per me» disse Parker, provando a fingere indifferenza.

«Anche per me, grazie» aggiunse D.D.

Il tavolo venne avvolto dal silenzio per qualche secondo, in cui Parker e D.D. si guardarono intensamente.

«Come fai a fare il poliziotto con quella faccia da irresistibile bravo ragazzo?»

«Non so che dirti, forse non ci sono più i poliziotti di una volta» provò a ribattere Parker con tono ironico.

«Intendi quelli violenti, corrotti e razzisti? Oh, ci sono ancora, ci sono eccome!»

«Parli come se ci avessi avuto a che fare...»

«Chi ha la pelle nera non può non averci avuto a che fare».
Parker annuì, consapevole della situazione. Il suo distretto
era un'oasi felice, almeno da questo punto di vista, grazie
alla presenza di un tenente nero, che costringeva tutti, vo-
lenti o nolenti, a mettere da parte ogni sentimento razzista,
dentro e fuori le stanze dell'Undicesimo.

«Hai avuto problemi?»

«Vuoi sapere se ho la fedina penale pulita?» rispose D.D.,
indispettita.

«No, era per…»

«Sì, comunque. Puoi controllare».

Arrivarono i caffè, bollenti come imponeva la stagione.

«Comunque non volevo chiederti quello…»

«Invece sì, ma non c'è problema, non ho niente da nascondere. È solo che mi sembri un tipo a posto e allora non capisco come fai a stare tutti i giorni in mezzo a quegli stronzi
che si fanno forti dietro un distintivo».

«Non siamo tutti così, te lo assicuro, e non parlo solo per
me. Potrei farti conoscere diversi colleghi a cui non importa
niente del colore della pelle di chi stanno arrestando. Come
capo ho un tenente nero, e un detective nero è uno dei miei
migliori amici, e lavoro con un portoricano che…»

«Sì, lo so, l'ho conosciuto, Sanchez».

«Proprio lui, è un tipo strano a prima vista, lo so, ma è un
ottimo poliziotto, che non guarda in faccia nessuno».

«Beh, allora sei fortunato, lasciatelo dire».

«Sì, probabilmente lo sono, ma secondo me non è la polizia
la culla del razzismo di questa città. Molti giudici hanno due
pesi e due misure secondo la pelle dell'imputato, gli ospedali
ti curano se sei bianco o ti lasciano morire se sei nero o portoricano o cinese, ci sono perfino lavanderie che si rifiutano
di lavarti i vestiti se sei nero. È il Paese che è ancora razzista».

«Wow, suona forte detto da un poliziotto bianco».

«Suona per quello che è. Vivo il Barrio tutte le notti da tre
anni e ne ho viste parecchie. Me ne intendo di razzismo,

purtroppo».

«Ma non l'avevano abolita quella roba? O sbaglio?»

«Non sbagli D.D., ma una cosa è abolirla sulla carta, un'altra nella vita di tutti i giorni. E in quella io faccio il mio meglio, e spero che le cose cambino. Ma non posso cambiare il mondo da solo».

«Tu sei il mondo».

«Oh, per favore D.D., lasciamo stare gli slogan! Ti assicuro che non è così. Abbiamo il guinzaglio corto, tutti, chi più chi meno».

La discussione proseguì accesa per un'altra ora, quando all'improvviso D.D. posò lo sguardo sull'orologio appeso alla parete.

«Oddio, ma è tardissimo!!!»

Il grido fece voltare di scatto i pochi clienti del ristorante.

«Che devi fare?»

«Devo andare a casa a cambiarmi e poi andare alle prove!»

«Dove canti stasera?»

«Al Jarrod's – e di fronte allo sguardo interrogativo di Parker aggiunse – Nel Bracket. Ma tanto che te lo dico a fare che non ne conosci uno!!» e si alzò in piedi.

«Dai, andiamo».

Parker lasciò i soldi sul tavolo e uscirono. Dopo 15 minuti erano sotto casa di D.D., con il detective intento a estrarre con la massima attenzione l'amplificatore nuovo dal bagagliaio.

«Me lo porti fino a su, vero?» chiese lei.

«Sì, certo…»

«Ah, meno male, sono sei piani senza ascensore!»

Parker trasalì, ma non voleva venir meno ai suoi "doveri" maschili.

«Beh, negli accordi era compreso il trasporto no?» disse in tono risoluto, afferrando la maniglia del grosso amplificatore mentre D.D., voltandosi ad aprire il portone, si lasciò andare ad un sorriso.

Parker fece i primi tre piani di slancio, al quarto iniziò ad accusare una certa fatica, al quinto gli venne il fiatone. Arrivò al sesto sorretto solo dall'amor proprio davanti a D.D.. Poggiare l'amplificatore a terra, davanti alla porta del suo appartamento, equivalse a una liberazione.

Rimasero per diversi secondi sulla porta, con Parker che cercava di riprendere fiato il più velocemente possibile e D.D. che osservava divertita.

«Ora tu vorresti che io ti invitassi a entrare, vero?»

«Mi piacerebbe molto» rispose Parker.

«Ma oggi è la prima volta che usciamo insieme… che fretta c'è?»

«Io non ho fretta, ho voglia. È diverso».

«Non hai fretta?! A me pare proprio di sì, invece! Sei ansioso di vantarti con Sanchez davanti a una birra?»

Parker si fece serio.

«Se pensi questo non hai capito niente di me, allora».

«Permaloso. E allora perché ti sei quasi fatto venire un infarto a venire quassù? Dai, dimmelo…» disse lei, sorridendo.

«Avevo voglia… di sentire ancora il tuo sapore!» le disse Parker, rubandole un bacio improvviso.

D.D. si ritrasse e accostò la porta.

«Ora che l'hai sentito tornatene a casa, signor detective. – disse sorridendo attraverso il piccolo spiraglio ancora aperto – E smettila di importunare le ragazze oppure… chiamo la polizia!»

«Ok, ho capito, me ne vado».

«Aspetta, vieni qui» gli disse D.D. con dolcezza. Riaprì la porta quel tanto che bastava ad afferrare il cappotto di Parker e tirarlo a sé, costringendolo ad abbassarsi fino a che le due teste furono poggiate l'una sull'altra. Rimasero così, in perfetto silenzio, per un tempo indefinito, in cui a Parker sembrò che le loro due menti si fondessero in una sola entità.

Fu D.D. la prima a staccarsi. Si alzò sulle punte, gli diede un bacio sulla fronte e tornò ad accostare la porta.

«Ciao signor detective. Te lo sei segnato il mio numero?» disse sorridendo.

«Certo».

«Bravo, vedi di usarlo presto allora».

D.D. concluse la frase facendogli l'occhiolino e chiuse la porta.

Watts stava battendo rabbiosamente sui tasti della sua macchina elettronica per redigere i rapporti sui numerosi quanto inutili giri mattutini, quando sul suo telefono si accese la spia della chiamata interna.

«Grady, - disse il tenente Braxton con voce cupa – c'è qui il tenente Spielman con il suo rapporto e quello del medico legale, vieni».

Watts arrivò in un pochi secondi.

«Allora? È saltata fuori altra merda?» esordì appena entrato, ma le sue parole non divertirono nessuno dei due ufficiali.

«Ecco le copie del mio rapporto con le prime risultanze delle mie analisi. In allegato c'è anche quello delle autopsie, mandatoci dal dottor Lee» tagliò corto il tenente Spielman. Aveva saputo dal suo tecnico di come Watts fosse piombato nel suo laboratorio il giorno prima, e non l'aveva presa bene. La sua squadra Scientifica lavorava 24 ore al giorno, 7 giorni su 7, ed era stufo di sentirsi mettere fretta su ogni indagine.

«Era ora, cazzo…» mormorò Watts, che si beccò un'occhiataccia da Braxton.

Spielman distribuì due fogli a testa, prima di tornare a parlare.

«Come potete leggere, abbiamo a che fare con un lavoro pulito, fatto da professionisti, sia per il numero di colpi sparati, solo lo stretto necessario per uccidere le tre persone, sia sui residui. Abbiamo tre bossoli uguali per tipo, 9 e 19 Parabellum, ma con tre diverse segnature».

«Quindi tre pistole…» aggiunse Watts, che non aveva degnato neppure di uno sguardo i fogli datigli dal suo tenente, ma fu subito fulminato da Spielman, che lo aspettava al varco.

«No, le pistole sono quattro, tre automatiche e un revolver. Dalle segnature sui bossoli abbiamo individuato una Browning Hi-Power, una Smith & Wesson 59 e una Walther P38. La pallottola di cui manca il bossolo, quindi quella presumibilmente appartenente al revolver, è una calibro 38 Special, ma non ci è possibile stabilire che tipo di pistola abbia sparato, visto che la pallottola ha attraversato il corpo di Matt Walker, il figlio, e si è deformata contro il muro».

«Il figlio è stato l'unico a ricevere due colpi…» disse Braxton.

«Sì, entrambi nella schiena. Nel muro davanti a lui abbiamo trovato la pallottola 38 Special e la Parabellum sparata dalla Hi-Power. I due genitori sono invece stati uccisi con un colpo alla nuca: l'uomo con la 59 e la donna con la P38, a giudicare dalle posizioni dei bossoli sul pavimento. Non siamo ancora riusciti a recuperare queste due pallottole, perché vista la distanza ravvicinatissima si sono conficcate parecchio sotto il pavimento».

«Uccisi a bruciapelo, quindi».

«Sì, assolutamente. Lo conferma anche il dottor Lee, i fori d'entrata presentano anche delle bruciature provenienti dalla sfiammata delle pistole».

«Quelle del figlio invece no, giusto?»

«No, i colpi diretti a lui sono stati sparati dall'ingresso del laboratorio, è lì che abbiamo trovato il bossolo segnato dalla Hi-Power».

Nella stanza cadde qualche secondo di silenzio.

«Ok, - riprese quindi Braxton - ora che abbiamo tutti gli elementi principali, mi pare che possiamo riconfermare la prima ricostruzione fatta da Grady. I proprietari conoscevano almeno una delle quattro o più persone che stiamo cercando, hanno aperto la porta, poi un paio degli assassini li hanno immobilizzati e trascinati alla cassaforte dei contanti, mentre gli altri due sono andati direttamente nel laboratorio, uccidendo il figlio ma non prima che il ragazzo attivasse l'allarme. Presi i soldi, hanno giustiziato i due proprietari e quindi sono fuggiti, senza prendere i gioielli, prima che arrivasse la nostra pattuglia».

Spielman e Watts annuirono.

Braxton aprì un cassetto laterale della sua scrivania e ne trasse una cartellina gialla piuttosto sottile che gettò sul tavolo. Sopra c'era il timbro dell'archivio dell'Undicesimo.

Watts sapeva già di cosa si trattava, mentre Spielman la guardò incuriosito.

«E rispetto a questo caso qui che ne pensi?»

Spielman la prese e iniziò a sfogliarne rapidamente il contenuto.

«Sì, me lo ricordo… è quel caso che venne poi avocato dagli Affari Interni perché pareva che ci fossero di mezzo dei poliziotti… beh, il modus operandi è identico però i bossoli… - quindi si interruppe - … scusate, volete dirmi che anche nella gioielleria c'è di mezzo gente in divisa blu?»

Braxton e Watts si scambiarono uno sguardo d'intesa.

«Sì, forse» disse il detective.

«E voglio sapere se secondo te potrebbero collimare i reperti di allora con quelli di oggi» aggiunse Braxton.

Spielman tornò a immergersi nei fogli.

«Gli unici bossoli in comune sono i 9 e 19, ma le segnature sono diverse. Armi diverse ma stesso stile».

«Insomma, per te potrebbero gli stessi, John?» chiese Braxton.

Spielman annuì dopo qualche secondo di riflessione.

Watts saltò su come fosse stato morso da una tarantola.

«Ma se le armi sono tutte diverse!!»

«In tre anni ne hanno avuto di tempo per trovare altre armi…» rispose Spielman senza scomporsi.

«Oh, andiamo Spielman, da quando ti sei messo a fare il detective?»

Il capo della Scientifica, visibilmente offeso, non lo degnò più di uno sguardo e si volse verso Braxton.

«Mi hai chiesto un parere e io te l'ho dato, Joe. Ora grattatela tu, questa rogna. Io ne ho già abbastanza da risolvere nel mio laboratorio».

Spielman lasciò l'ufficio senza neppure un cenno di saluto verso Watts.

«Complimenti, ti annuncio ufficialmente che sei riuscito a farti un altro nemico, qui dentro» disse Braxton, rimettendo nel cassetto la cartellina.

«Oh, se è per quello stronzo puoi star tranquillo che non ci perderò il sonno».

«No, Grady, non hai capito un niente: l'amico che hai perso sono io, ed ero forse l'unico che ti era rimasto qui dentro».

Watts rimase spiazzato.

«Da oggi hai finito di prenderti certe libertà, di entrare senza bussare nel mio ufficio, di rivolgerti senza alcun rispetto ai tuoi superiori, di non fare rapporti quotidiani su tutti i tuoi spostamenti, e hai finito perfino di lavorare da solo! Da oggi la misura è colma, Grady. Alla prima infinitesimale cazzata che fai partirà una nota disciplinare, rifallo e ti faccio ficcare il distintivo su per il culo dal capo della polizia in persona. Ho finito di sopportarti, da oggi non una riga fuori posto o qui hai chiuso!»

«Ma Joe...»

«Come cazzo ti permetti di rivolgerti così a un collega come Spielman, che ti è superiore di grado e di anzianità?! E tutto questo solo perché non potresti sopportare di vederti togliere quest'indagine a favore di Parker!! Togliti dalle palle, Grady, fuori!»

Watts era già con la mano sulla maniglia quando la voce di Braxton lo fermò ancora una volta.

«E un'ultima cosa: se scopro che nascondi qualche indizio che potrebbe collegare questi due casi ti denuncio al procuratore per intralcio alle indagini, ricordatelo bene».

Watts uscì sbattendo la porta.

Parker era passato da casa per una doccia, quindi aveva attraversato buona parte della città per andare alla sua vecchia abitazione, dove aveva cenato con sua madre e zia Mary. Da quando era andato a vivere da solo tornava alla sua vecchia casa solo una o due volte a settimana, ma la cena del lunedì era un appuntamento a cui Parker non poteva, e non voleva, mai mancare. La cena era stata eccezionale, come sempre, visto che riuniva le capacità culinarie di due eccellenti cuoche, ma stavolta la testa di Parker era stata un po' meno presente. Colpa di D.D., naturalmente, che era entrata come un uragano nella sua vita e dalla quale aveva faticato enormemente a staccarsi, sul suo pianerottolo. Durante la cena Parker si guardava intorno, in quella cucina di cui conosceva a memoria ogni angolo, come per indovinare da dove sarebbe spuntata D.D., da quale finestra, da quale porta. Poi ebbe un'idea, e iniziò a scoccare continue occhiate verso l'orologio sulla parete; partecipò distrattamente alla discussione con sua madre e sua zia. Si considerava un figlio e un nipote piuttosto presente per loro, ma questa volta aveva altre priorità per la testa.

«Zia, puoi farmi il solito caffè forte?» chiese educatamente appena finita la deliziosa cheese cake preparata da sua madre.

«Devi andare via subito?» gli chiese la madre, con una punta di delusione nella voce.

«Sì, mamma, scusami, ma stasera non prendo servizio al distretto, ci vediamo con Julian fuori città per un appostamento e non voglio fare tardi».

Bevve il caffè, poi le ultime chiacchiere e i saluti, con il consueto abbraccio avvolgente, unico, che sapeva dargli sua madre.

Le due donne lo salutarono dalla finestra del salone mentre saliva in macchina.

«Questo fatto che lo facciano lavorare sempre di notte mi angoscia…» disse la madre sospirando.

«Oh, andiamo, sarebbe ora che ci facessi l'abitudine no? E

poi ormai ha imparato il mestiere» rispose zia Mary con il sorriso sulle labbra.

«Sarà che le mamme pensano sempre ai figli come a dei bambini indifesi…»

«Noah è cresciuto, e crescerà ancora».

L'auto di Parker era sparita dalla vista, quindi la madre si voltò a guardare la sorella. Aveva colto un tono strano nelle sue parole.

«Che vuoi dire?»

«Che qualcosa bolle in pentola, ecco cosa voglio dire. Non hai visto quante volte ha guardato l'orologio durante la cena?»

«Beh, aveva l'appuntamento fuori città con Sanchez e…»

«Sì, buonanotte, e credi ancora a queste scemenze?» disse zia Mary ridendo.

Andò ad accendere la tv, quindi sprofondò nel divano coprendosi le gambe con una coperta. Poco dopo la sorella la raggiunse.

«Dici che ha una fidanzata?»

«Dico di sì. Non so se è una fidanzata, ma è una che ha colpito nel segno».

«Speriamo solo che vada meglio dell'ultima volta…» disse la madre con un altro sospiro, concentrandosi ad ascoltare Johnny Carson che sfotteva Nixon alla tv.

Altri 45 minuti e sarebbe dovuto andar via per prendere servizio. Con le strade in condizioni normali non gli ci sarebbero voluti più di 15 minuti per andare dal "Soul Break" all'Undicesimo Distretto, ma con tutta quella neve il discorso era completamente diverso. E non voleva rischiare di arrivare nuovamente in ritardo, come due giorni prima. Era immerso in questi ragionamenti quando la piccola orchestra jazz che aveva accompagnato la cantante precedente tornò sul palco. E dopo pochi secondi, ecco D.D., in un vestito giallo che spiccava ancor di più sulla sua pelle nera, con le spalle nude e una gonna lunga, con un lungo spacco che lasciava intravedere la gamba sinistra. Parker notò che sul palco non sembrava affatto avere vent'anni, si muoveva con una sicurezza, con una padronanza dello spazio e del ritmo che la facevano apparire come una cantante esperta, da grandi platee. Alle orecchie musicalmente ignoranti di Parker sembrava che D.D. stesse andando alla grande, ma la miglior conferma la ebbe con gli occhi, osservando il pubblico nella sala intorno a lui. Erano seduti ai tavoli, ma molti si agitavano, tenevano il tempo con i piedi o battendo le mani, cose che non avevano fatto con la cantante precedente. Accanto a D.D., Parker notò l'amplificatore che avevano comprato quella mattina insieme, e sentì come se un pezzetto di lui fosse lassù a farle coraggio.

Parker pensò a quanto lui sarebbe stato totalmente incapace di fare un mestiere del genere, anche se Dio gli avesse dato in dono una voce degna di un microfono.

D.D. era già alla quarta canzone e Parker non era sicuro di essere stato visto; non saliva su un palco dai tempi delle recite scolastiche, ma con le luci negli occhi sapeva come fosse praticamente impossibile riconoscere i volti del pubblico. Tornò a guardare l'orologio, pensò che non aveva ancora molto tempo ma non gli andava di uscire da lì prima di aver incrociato, anche solo per un attimo, lo sguardo di D.D.

Non appena rialzò gli occhi dall'orologio il suo desiderio fu esaudito. A metà di "Lonely hearts" D.D. prese a scendere lentamente i quattro gradini che separavano il palco dal resto della sala, uscendo così dall'accecante luce dei fari. Scendeva lentamente, attenta a non inciampare, guardando un po' il pubblico e un po' gli scalini; Parker sentì il suo cuore accelerare, sapeva che ora non avrebbe potuto non vederlo. E infatti, appena superato l'ultimo gradino, gli occhi di D.D. si posarono su di lui, e un sorriso rapidissimo le passò sul volto. Dopo qualche secondo, D.D. dovette sforzarsi di tornare a guardare anche il resto del suo pubblico, ma al termine della canzone, prima di voltare le spalle per risalire sul palco, si voltò ancora verso Parker, che applaudiva entusiasta.

Ancora due canzoni e Parker dovette, a malincuore, alzarsi. Uscito dalle porte del "Soul break", si ritrovò nella notte ghiacciata della grande città cattiva. Era ora di tornare al dovere.

Martedì 11 dicembre 1973
Turno di notte
Ore 0.00

«Sarebbe che ora sono cazzi vostri» disse il sergente Clayton appena li vide, senza neppure alzarsi dalla sedia.

"Niente male come benvenuto" pensò Parker, iniziando a scorrere mentalmente i casi in sospeso da cui potevano essere arrivate rogne. Aveva incontrato Sanchez nel garage, e ovviamente il collega non aveva perso neppure un attimo per far partire l'interrogatorio sulla giornata con D.D.

«Buona serata anche a te, Clayton, - gli rispose Sanchez con un finto sorriso – come mai così di buonumore stanotte?»

«Andate su dal tenente Gilbert, e poi voglio vedere il vostro, di buonumore!»

I due detective imboccarono le scale scambiandosi sguardi interrogativi, ma giunti sul pianerottolo del primo piano girarono a destra, anziché entrare nella sala dell'Investigativa a sinistra. Giunti davanti alla porta dell'ufficio del tenente Gilbert, ufficiale responsabile del turno notturno, bussarono timidamente.

«Avanti».

Parker fece capolino per primo.

«Tenente, ci hanno detto che voleva vederci...»

«Ah Parker, sì entra. C'è pure Sanchez?»

«Sì, eccolo».

«Buonasera tenente, c'è qualche problema?» disse Sanchez entrando a sua volta nella stanza.

«Venite venite, che vi faccio vedere il problema, anzi I problemi...»

Gilbert si alzò e si diresse verso un'altra porta del suo ufficio, che si apriva dentro un minuscolo bagno. I due detective lo sapevano, quindi si scambiarono ancora un'altra occhiata interrogativa.

«Ecco qua, con i ringraziamenti e la benedizione di tutte le suore del convento di St. Matthew…»

I due detective si sporsero per allungare lo sguardo oltre la mole del tenente Gilbert e sul pavimento videro… due gattini! Uno, quello striato bianco e rosso, dormiva della grossa, mentre l'altro, nero con qualche macchia bianca, li stava osservando con sguardo impaurito.

«Ma, tenente, cosa c'entrano le suore con questi due gatti?» chiese Parker.

«Due giorni fa siete intervenuti per degli schiamazzi vicino al loro convento no?»

I due detective annuirono.

«Beh, la superiora, che ha detto di conoscervi, si è presentata qui stasera insieme ad altre due suore e ha regalato al distretto queste due palle di pelo, come ringraziamento per il vostro intervento».

Sanchez si grattò la fronte. Ne aveva viste tante nella sua carriera, ma questa mancava alla collezione. Parker, invece, si era già chinato ad accarezzare quello sveglio.

«Ma… dobbiamo tenerli noi?»

«Gli "eroi" che hanno causato questo siete voi, quindi la soluzione trovatela voi. Portateveli a casa, fateveli arrosto, buttateli in archivio a dare la caccia ai topi, quello che volete, basta che non stiano qui. Siamo la Polizia porca puttana! Non un fottuto zoo!» disse il tenente, afferrandoli entrambi per la collottola e sbattendoli senza troppe cerimonie in mano a Parker.

«Ok tenente, ce ne occupiamo subito» disse Sanchez, cercando di mascherare la sua perplessità sul da farsi.

Arrivati nella sala dell'Investigativa, Parker li poggiò sulla sua scrivania: ora erano entrambi svegli, e stavano per scoprire quel magnifico parco giochi chiamato macchina da scrivere.

In quel momento entrarono nella stanza anche Blackman e Mitchell, che guardarono incuriositi i gatti e si avvicinarono per accarezzarli.

«Ehi, avete arrestato roba grossa stanotte eh?» disse Blackman ridendo. Era impressionante vedere il gattino rosso nella mano enorme di Blackman, una tenaglia da ex giocatore di football che avrebbe potuto spezzarlo in due in un attimo e che invece lo stava accarezzando morbidamente, fino a fargli fare le fusa.

Parker raccontò ai colleghi come erano arrivati lì dentro quei due gatti, sperando segretamente, ma invano, che qualcuno di loro si facesse avanti per portarseli a casa.

«Penso che dobbiate trovargli una sistemazione prima di domattina, - concluse Mitchell, tornandosene alla sua scrivania – altrimenti non vorrei essere nei vostri panni quando arriverà Braxton».

Gli altri annuirono.

«Direi di iniziare dandogli un nome, no?» propose Parker.

«Direi di iniziare a lavorare, magari...» disse Mitchell, tirando fuori dal suo cassetto un pacchetto di arachidi salate.

«Guarda che tua moglie s'incazza se mangi quella roba, ti fa alzare la pressione...» gli disse con tono paterno Blackman, ottenendo però in risposta solo un dito medio alzato.

«Io invece direi di iniziare a capire se sono maschi o femmine!» disse Sanchez.

Parker e Blackman annuirono ancora una volta e, fatte le dovute indagini, stabilirono che erano entrambi maschi.

«Ok, ora sotto coi nomi. Avete qualche proposta?» disse Parker.

«George e Abraham!» gridò Mitchell dall'altro lato della sala.

«Oh, andiamo, siamo seri!» gli rispose il compagno.

«Ehi! Sono due padri della patria!»

«Altre proposte?» tagliò corto Sanchez.

Per diversi minuti i tre detective attinsero alla loro (scarsa) fantasia, sfornando i nomi più assurdi e inverosimili: dai presidenti ai giocatori di football, fino ad attingere alla loro memoria in fatto di pregiudicati. Si fecero un bel po' di risate, ma non saltò fuori neppure una proposta davvero convincente.

«È l'una e ancora non avete trovato due fottuti nomi?!» disse

Mitchell tornando a sedersi dopo essere stato al bagno. Ma subito dopo trovò una sorpresa.

«Ehi, ma che... - ehi, questo piccolo bastardo sta leccando le mie arachidi!»

Presi dalla discussione, i detective avevano perso di vista i due gatti, che avevano pensato bene di partire in esplorazione. Il rosso stava leccando con gusto il sale di cui erano ricoperte le arachidi di Mitchell mentre, pochi passi più in là, trovarono il fratello sulla scrivania di Price, il compagno di Jackson nel turno di giorno. Il gatto si guardò intorno, poi notò con gioia una piantina che Stuart Price teneva lì, in un piccolo vaso, circondata da terra e sassolini, e la elesse a luogo prediletto per i suoi bisogni urgenti. In un attimo salì sul vaso e fece quel che doveva fare.

«Cazzo, no!» gridò Sanchez, fiondandosi a riacciuffare il gatto, ma in quell'istante Parker ebbe l'idea.

«Peanuts e Pebbles!» esclamò.

Gli altri si voltarono a guardarlo.

«Peanuts, - disse indicando le arachidi – e Pebbles! – indicando i sassolini appena battezzati dal fratello. Stavolta nessuno trovò nulla da ridire.

Qualche ora più tardi, Sanchez e Parker erano in auto, diretti verso la casa di un pregiudicato agli arresti domiciliari per un controllo a sorpresa. Nei momenti di minor pressione era un buon passatempo, secondo Sanchez; scaricava un po' di lavoro dalle spalle dei colleghi delle autopattuglie e faceva vedere ai detective un po' di facce nuove, in cui probabilmente si sarebbero imbattuti in indagini future.

«Dici che Braxton non ce li farà mai tenere al distretto, vero?» disse Parker, mentre l'auto passava davanti alla vetrina di un negozio di animali.

«No, non credo proprio, niño».

«Peanuts e Pebbles potrebbero essere le mascotte dell'Undicesimo, sarebbe divertente».

Sanchez scosse la testa.

«E chi gli darà da mangiare? Chi pulirà la loro merda? Chi li porterà a fare i vaccini? E se facessero danni? Se pisciassero sopra un rapporto, o su un telex, credo che il tenente ci toglierebbe la pelle di dosso».

«Ma io non saprei proprio a chi darli!»

«Portane uno a casa tua e uno a tua madre, no?»

«Da me sarebbe quasi sempre solo, poverino… e a casa di mia madre rischierebbe di essere messo in lavatrice da zia Mary!»

«Aspetta! – Sanchez si colpì la fronte con il palmo della mano – Il vecchio Julian ha avuto un'idea geniale!»

«Sarebbe?»

«Regalali alla tua cantante! Cosa c'è di più dolce e romantico che regalare due cuccioli a una ragazza?»

«Non se ne parla nemmeno».

«E perché?»

«Vive in un buco di appartamento, insieme a un'altra ragazza e sta sempre in giro e canta tutte le sere… no, D.D. è esclusa».

«Pensaci bene niño, pensaci bene! Con la mia idea la vedresti sciogliersi ai tuoi piedi!»

«Piantala e accosta, siamo arrivati».

Dopo aver effettuato il controllo, i due detective erano sulla via del ritorno al distretto, quando la radio interruppe i loro discorsi sulla collocazione dei gatti.

«A tutte le unità, a tutte le unità! 11-22 segnala un 10-100 sulla Madison, tra la Metropolitan e Sussex Road, ripeto 10-100 sulla Madison tra la Metropolitan e la Sussex, rispondete».

«10-4 da 11-7, detective Parker, siamo a due isolati, interveniamo subito, passo».

«Ricevuto 11-7, passo e chiudo».

Parker riappese il microfono al cruscotto con la mano sinistra, mentre la destra già afferrava il lampeggiante magnetico per attaccarlo al tetto dell'auto.

«Cazzo, qualcuno dei nostri s'è beccato una pallottola…» mormorò Sanchez mentre accelerava al massimo consentito dalla strada ghiacciata.

Furono i primi ad arrivare sul luogo del conflitto a fuoco. L'autopattuglia dell'Undicesimo era accostata al marciapiedi, con lo sportello sinistro spalancato. Poco più avanti un agente era inginocchiato accanto al collega ferito.

Parker e Sanchez gli arrivarono accanto, e videro subito che la neve intorno al poliziotto era intrisa di sangue. Il compagno gli aveva aperto il giubbotto e a mani nude tentava di bloccare i fiotti di sangue che zampillavano dal lato sinistro del petto. Per Parker era un miracolo che il collega respirasse ancora.

Sanchez riconobbe il collega illeso.

«Gruber! Gruber, sono Sanchez, hai già chiamato l'ambulanza?»

«Sì, ma è uscita di strada per il ghiaccio e ora ne stanno mandando un'altra, ma non c'è tempo, non c'è tempo!»

«Niño, prendi subito la roba del pronto soccorso!»

Parker corse indietro alla loro auto e tornò poco dopo con la valigetta che tenevano sempre nel bagagliaio.

«Spostatevi, faccio io!» disse Parker ai due colleghi, inginocchiandosi nella neve rossa e togliendosi i guanti con i denti. Prese i tamponi di garza più grossi che aveva e iniziò ad applicarli sulla ferita da cui il sangue zampillava in modo incontenibile. Il freddo intenso lo aiutava a contenere l'emorragia, ma se l'ambulanza non fosse arrivata in pochi istanti non avrebbe saputo che altro fare. Parker stava premendo da diversi secondi con le mani sulle garze già zuppe di sangue quando si rese conto di non aver ancora guardato con attenzione il volto del suo collega ferito. Era giovane, nero, il suo volto gli era familiare. Un attimo dopo gli venne in mente il nome: era l'agente Tucker, Stanley Tucker.

«Com'è successo?» chiese Sanchez a Gruber, qualche passo

più indietro.

«Abbiamo fatto accostare un'auto che non aveva rispettato un rosso e che ci aveva quasi speronato. Tucker è sceso per chiedere i documenti, aveva la mano sul calcio della pistola ma appena si è avvicinato gli hanno sparato e sono ripartiti subito. Io ho sparato un paio di colpi mentre scendevo dalla macchina e poi ho soccorso Tucker».

«Hai la targa?»

«Charlie Edward John 867».

«Che macchina era?»

«Era una sportiva nera, una Oldsmobile Toronado».

«Sicuro?»

«Mio fratello ne ha una rossa, ti dico che era una Toronado».

«Niño come va?» disse Sanchez, tornando ad avvicinarsi a Parker e al ferito.

Parker si volse e scosse la testa.

«Se quell'ambulanza non si sbriga Tucker ci lascia la pelle».

«Vado a sollecitarla ancora».

Sanchez tornò di corsa all'auto, mentre da una via laterale sbucò un'altra pattuglia dell'Undicesimo. Quel tratto della Madison era forse l'angolo più animato della città, in quel momento, tra le sirene e i fasci blu dei lampeggianti che si riflettevano sulle finestre dei palazzi intorno. Non si era affacciato nessuno, ma era la norma nel Barrio.

Sanchez stava riagganciando il microfono dopo aver sollecitato i soccorsi e dato le coordinate sull'auto degli assassini, quando sentì in lontananza una sirena diversa da quella degli uomini in blu: finalmente era in arrivo l'ambulanza.

Parker fu quasi spostato di peso dai paramedici: non voleva abbandonare Tucker, capiva che non ce l'avrebbe fatta. Non aveva mai ripreso conoscenza, ma Parker aveva continuato a parlargli e a premere sulla sua ferita, sperando in una ripresa miracolosa o in una frase con le sue ultime volontà.

L'agente Stanley Tucker morì prima ancora che riuscissero a caricarlo sull'ambulanza.

«Sei tutto sporco di sangue, niño…» gli disse Sanchez appena risaliti in macchina.

«Non me ne importa niente».

«Non vuoi tornare al distretto a metterti qualcosa di pulito?»

«No, è tempo perso. Giriamo un po', e intanto speriamo che qualcuno ci dia notizie di quella macchina».

«Come vuoi».

Malgrado tutti i distretti della città avessero ricevuto i dati di quell'auto, che risultava rubata, non arrivò nessuna segnalazione. Era già passata l'alba quando Parker e Sanchez si rassegnarono a tornare alla base. L'auto era quasi a secco a furia di girare per informatori e luoghi di ritrovo notturni del Barrio e la stanchezza iniziava a farsi sentire. In più, Parker iniziava ad aver bisogno di una doccia e di un cambio, visto che il sangue di Tucker gli si era seccato sui vestiti.

Fece una doccia veloce e indossò un vecchio abito blu che teneva sempre di riserva nel suo armadietto. Era un po' leggero per quel freddo, ma pazienza.

Trovò il tenente Gilbert a colloquio con Sanchez nella sala dell'Investigativa. Peanuts e Pebbles dormivano della grossa sotto un termosifone.

«Tenente, mi dispiace per Tucker…» disse Parker, sinceramente addolorato.

Gilbert annuì. Era l'ufficiale a capo delle pattuglie e Tucker era un suo uomo. Non era la prima volta che gli succedeva da quando era stato promosso ufficiale, ma nel viso portava i segni di una nottata davvero difficile. "Evidentemente è un tipo di cosa a cui non riesci mai a fare l'abitudine", pensò Parker.

«Mi raccomando, Parker. Il caso è vostro e non voglio che finisca così. Io sto uscendo per andare a dire a una moglie di 25 anni con un figlio di 5 mesi che il marito è morto, e non so ancora dirle chi è stato… Trovatemi quei figli di puttana!»

«Certo, tenente, può contarci».

Gilbert uscì, mentre Sanchez andò a prendersi una tazza di caffè bollente nella sala delle telescriventi. Parker fece per sedersi, ma non fece quasi in tempo a toccare la sedia che piombò nella stanza il tenente Braxton. Erano solo le 7 ma, a giudicare dall'espressione sul volto, aveva già saputo tutto.

Parker e Sanchez riassunsero al loro superiore il loro intervento sulla scena del delitto, gli consegnarono il relativo rapporto e lo aggiornarono sui tentativi infruttuosi fatti nelle ore seguenti la morte dell'agente Stanley Tucker.

«E ora che altro pensate di fare?» chiese quindi Braxton.

«Dormire un paio d'ore in una delle celle, se possiamo…» rispose subito Sanchez.

«Sì sì, d'accordo, e poi?» insistette il tenente, spazientito.

«Appena aprono, mettere pressione ai meccanici che trattano auto rubate e poi… Parker avrebbe avuto un'idea…»

«Sarebbe?»

«Provare a chiedere nel giro del mercato nero della benzina. La Toronado è una macchina sportiva, che beve come un diavolo… non la riforniscono di certo con i buoni del governo. Magari troviamo chi gli dà la benzina e da lì risaliamo agli assassini».

Braxton si grattò per qualche istante il mento, riflettendo.

«Ottima idea, sì, mi piace. Ok, riposatevi un paio d'ore ma alle 9 in punto vi voglio fuori di qui a caccia di quei bastardi».

«Certo, tenente» disse Sanchez, accennando l'uscita.

«Ah, tenente… - lo bloccò Parker – ehm… ci sarebbe un'altra questione, infinitamente meno importante di questa eh… però…»

Sanchez si mise una mano sul volto, quasi in segno di disperazione.

«Cosa c'è?»

«Dai niño, vieni via…»

«Aspetta… ecco, tenente, ieri sera la madre superiora del

convento di St. Matthew è passata qui prima che noi arrivassimo, e in segno di ringraziamento per averle liberate da quegli schiamazzi notturni hanno portato un regalo al distretto...»

«Beh, apriteli in sala telex e dividete con gli altri come al solito, no?» rispose Braxton in tono sbrigativo, pensando a vettovaglie di qualche tipo. Parker sorrise.

«No, signore, non sono commestibili...»

«O almeno non senza un barbecue!» aggiunse Sanchez ridendo.

«E piantala, scemo! Ecco, tenente, sono due gatti».

«Cosa?!»

«Due cuccioli, per la precisione due maschi. Li abbiamo chiamati Peanuts e Pebbles e... con il suo permesso vorremmo che diventassero le mascotte del nostro distretto, della nostra squadra».

Braxton fece il giro della scrivania.

«Parker, mi stai chiedendo di tenere qui due gatti?!»

«Sì, in effetti... sì, tenente».

Braxton lo scrutò, quindi spalancò la porta del suo ufficio.

«Dove diavolo sono?»

Sanchez fu il primo ad avvistarli.

«Eccoli lì, tenente, si stanno azzuffando dentro il cestino della carta straccia di Sprewell...»

Braxton si avvicinò al cesto di plastica che sembrava posseduto dagli spiriti, visto che pareva muoversi senza causa apparente mentre fogli di carta arrotolati saltavano fuori spargendosi sul pavimento. Quando li vide, un sorriso, forse il primo di quel giorno, gli aprì il volto.

«Che belli che siete! Su, venite fuori!»

Li estrasse dal cestino, iniziò ad accarezzarli e le fusa partirono all'istante.

Braxton li poggiò per terra.

«Qual è Peanuts?»

«Quello rosso» rispose Parker.

Braxton si fermò ancora qualche secondo a riflettere, quindi sventolò un indice imperativo sotto il naso dei due detective.

«E sia, potete tenerli qui. Ma è chiaro che ne siete responsabili: voi pensate al mangiare, voi a ripulire quello che faranno in giro e sempre voi ripagherete eventuali danni combinati da questi due diavoli, chiaro?»

«Grazie, tenente, grazie!» gli disse Parker di slancio. Non credeva alle sue orecchie.

«Al diavolo, non ci stanno male due anime pure in questa stanza dove parliamo sempre di morti ammazzati, spacciatori e tutto il resto, no? - poi, afferrando per la collottola i due cuccioli - Quanto a voi, da oggi siete ufficialmente i primi gatti della storia ad indossare la divisa blu, almeno che io sappia. Comportatevi bene eh!»

Li poggiò con delicatezza sul pavimento e tornò a chiudersi nel suo ufficio.

Turno di giorno
Ore 8

«Grady, guardati subito i rapporti della notte. Hanno ammazzato uno dei ragazzi delle pattuglie, quindi priorità uno su tutto il resto» disse imperiosamente Jay Bowl a Watts, appena lo vide comparire nella sala dell'Investigativa.

Quello rispose con un brontolio e andò a prendere la sua copia del rapporto firmato da Parker e Sanchez.

«E questi due ritardati dovrebbero trovare gli assassini?» sibilò quando vide le due firme in calce.

«Grady!» gridò il tenente Braxton per convocare il suo detective.

«Dimmi Joe» rispose poco dopo Watts, chiudendo la porta.

«Non c'è bisogno che chiudi, tanto è una cosa veloce. Volevo solo avvertirti che da stamattina sei in coppia con Price».

A Watts mancò quasi il fiato per la sorpresa.

«Price?! Quel fottuto def...»

«Non mi interessano i tuoi commenti. È tutto, puoi andare» concluse gelidamente Braxton.

Watts schizzò fuori dall'ufficio del suo superiore mormorando una sfilza di bestemmie che avrebbero fatto impallidire un ergastolano. Giunto alla sua scrivania, sprofondò con aria avvilita nella sedia e prese a scorrere il rapporto sulla morte di Tucker.

«Ehi, ho saputo che da oggi lavoreremo insieme!» disse Price, provando a rompere il ghiaccio, ma ricevette in risposta solo un grugnito.

«Come ci muoviamo?»

«Cerchiamo di beccare gli assassini della gioielleria».

«Non lavoriamo su Tucker?»

Watts scosse la testa.

«Non lascio raffreddare la mia pista».

«Ma Bowl ha detto che...»

«Bowl non ha visto una famiglia sterminata. E poi non vorrai mica intralciare le indagini di quei due fenomeni di Parker e Sanchez no?»

«Ok, il capo sei tu».

In quell'istante si avvicinò Bowl, che aveva sentito le parole di Watts.

«No, il capo sono io, e voi aiutate i due fenomeni a battere tutte le officine della città per trovare quella dannata auto, intesi? Se avete qualcosa da dire ditelo a Braxton, io non faccio eccezioni. Gli elenchi sono appesi nella sala telex, quando arrivano Sanchez e Parker ci dividiamo il lavoro».

Appena risvegliatosi da un sonno breve quanto ristoratore, Parker andò al telefono a gettoni appeso al muro del corridoio, davanti alle celle di sicurezza. Normalmente da quell'apparecchio partivano solo chiamate per avvocati, ma stavolta era differente.

D.D. rispose dopo molti squilli.

«Pronto…» disse una voce appena strappata dal sonno.

«D.D. sono Noah…»

«Oh, il mio signor detective… ma che ore sono?»

«Le nove. Scusami se ti ho svegliata».

«No, figurati…»

«Avevo solo bisogno di sentirti un attimo».

«È successo qualcosa?» Ora nella voce di D.D. c'era una punta d'improvvisa preoccupazione.

«Una brutta nottata. E la giornata sarà anche peggio».

«Mi dispiace. Ma tu stai bene, comunque, vero?»

«Sì, sì, sono tutto intero».

«Beh, allora è tutto a posto dai…»

Parker alzò gli occhi verso la sedia dove aveva poggiato i suoi abiti sporchi del sangue di Stanley Tucker. Ripensò alla neve rossa e al fatto che l'agente morto avesse la sua stessa età.

«Sì, tutto a posto, certo» rispose, con tono amaro.

D.D. non trovò parole per rispondere.

«Ci sei ancora?» disse Parker, dopo qualche secondo di silenzio.

«Sì, è solo che non so che dire…»

Parker fece un profondo sospiro. Alzò lo sguardo e vide Sanchez che gli faceva segno di andare.

«Sei stata grande ieri sera sul palco».

«Grazie, sì, è andata bene. E mi hai fatto una bellissima sorpresa a venire…»

«Scusami, devo andare, il mio collega mi aspetta».

«Ok».

«Scusa se ti ho svegliata, davvero. Ma avevo bisogno di sentirti».

«Ciao signor detective, torna a lavoro fai tornare me a dormire».

«Se gli sguardi potessero uccidere tu saresti già stecchito, niño. Hai visto come ti guardava Watts durante la riunione?» disse Sanchez mentre guidava la loro auto fuori dal garage. Avevano diviso gli obiettivi in una riunione: Watts, Price, Stone, Wade, Sprewell e Bowl avrebbero passato al pettine fitto tutte le officine "sospette" della città, mentre loro due, Jackson, Blackman e Mitchell si sarebbero concentrati sul mercato nero della benzina. In più, erano stati richiamati Sanders e Klay dal giorno di riposo: loro due si sarebbero occupati di cercare tra i rapporti e le denunce di tutti i distretti della città un legame con una Oldsmobile Toronado.

«Peggio per lui se è ancora fermo a tre anni fa. – gli rispose bruscamente Parker - In compenso hai visto come tutto il resto dei nostri guardava lui? Credo che i tempi di Watts padre padrone della squadra stiano finendo, Julian».

«Gira voce che anche Braxton lo abbia scaricato…»

«E questo spiegherebbe anche la decisione di togliere Price da Jackson e metterglielo dietro».

«Madre de dios, povero Price…» mormorò Sanchez scuotendo la testa.

Parker guardò in alto, oltre i grandi palazzi in mattoni rossi caratteristici del Barrio: il cielo mattutino era sereno, completamente sgombro da nubi.

«Oggi non nevicherà» sentenziò Parker.

«Por gracia de dios!» rispose Sanchez, facendosi il segno della croce.

«Allora iniziamo dal negozio di Ramirez a cercare la nostra Oldsmobile Toronado?»

«Sì, iniziamo da lì. Ramirez è un tipo con pochi scrupoli, venderebbe anche la madre per un pugno di spiccioli».

Parcheggiarono proprio davanti alla vetrina del piccolo negozio di autoricambi gestito da Hector Ramirez. Non fecero in tempo a scendere dall'auto che un ragazzino saltò giù dall'idrante stradale su cui era seduto e venne loro incontro.

«Non potete parcheggiare lì, è vietato!»

«Niño, da quando in qua arruolano anche i nani tra i vigili?» disse Sanchez al compagno, che rise.

«Ehi, mi avete sentito?» insistette il bambino, con tono autoritario.

«Siamo della polizia, sgombra e pensa ad andare a scuola».

Il ragazzino li squadrò da capo a piedi con aria di chi se ne intende di sbirri, quindi sfoderò un dito medio e tornò al suo posto di osservazione sull'idrante.

Sanchez e Parker entrarono. Nel negozio c'era un caldo soffocante.

«Ramirez, hai portato un pezzo della tua Cuba qui dentro eh?» esclamò Sanchez, slacciandosi il cappotto.

«Sì, quel maledetto freddo là fuori non lo sopporto proprio! Come state, ragazzi? Che vi serve? Qualche pezzo di ricambio?»

«Siamo a caccia di una Oldsmobile Toronado nera» disse Sanchez.

«La targa è CEJ 867» aggiunse Parker.

«Io non tratto macchineintere, lo sapete ragazzi, solo pezzi di ricambio».

«Prima che tu dica cazzate, Ramirez, ti avverto che questa è una cosa seria. Da quell'auto hanno sparato a uno dei nostri, stanotte, e lo hanno ammazzato. Quindi se sai qualcosa diccelo subito, perché se veniamo a scoprire dopo che ci sei dentro finisci a Prescott per quindici anni».

«Senti Parker, lo siento, mi dispiace per il vostro collega, ma non so niente di quella macchina».

«E dei buoni benzina che mi dici?»

«In che senso?»

«Quelli che rivendi al mercato nero. Negli ultimi giorni non hai avuto qualche cliente che te ne ha chiesti parecchi?»

«No, nessuna richiesta strana. Quasi solo tassisti, che con quello che gli passa il governo non riuscirebbero a fare abbastanza corse per arrivare alla fine del mese».

«E bravo Ramirez, a sentirti sembreresti una via di mezzo tra la Croce Rossa e l'Esercito della Salvezza… che dici, Julian?»

Sanchez scrutò Ramirez per qualche istante, in silenzio.

«Ok, andiamo. – disse infine – E tu spera che non ci si debba rivedere per questa storia, perché in quel caso faresti meglio a risalire sul canotto con cui sei sbarcato in Florida».

«No no, ragazzi, vi giuro che non so niente di questa storia».

«Meglio per te. Ma se senti qualche voce in giro faccelo sapere subito, ok?»

«Ok».

Tornarono in auto.

«Secondo appuntamento galante?» chiese Sanchez a Parker, che aveva in mano una lunga lista di nomi e indirizzi.

«Johnny Scaletta».

Parker aveva sempre trovato una certa dose di ironia nel fatto che Johnny Scaletta spacciasse buoni per la benzina al mercato nero dall'interno di un vecchio distributore abbandonato. In fondo, era il luogo più logico dove svolgere quel tipo di lavoro.

Appena svoltato l'angolo tra la Terza Strada e la Monroe si trovarono davanti, come previsto, il distributore in disuso, ma la loro attenzione fu subito attirata dalla partenza a ruote fumanti di un'auto. Una Chevrolet Monte Carlo beige, targata TYA 199.

«Ehi, guarda là!» gridò d'istinto Parker al compagno.

«Quanta fretta quei niños, eh?»

«Già, troppa. Entriamo subito da Scaletta!»

Sanchez piombò tra le vecchie pompe arrugginite frenando bruscamente. Parker saltò giù e corse dentro. Non c'era nessuno, e questo era già preoccupante. Attraversò la prima stanza e piombò nell'ufficio che Johnny Scaletta usava per i suoi traffici. Lo vide subito, riverso sul pavimento in un lago di sangue. Lo sollevò per un lembo della giacca, solo per assicurarsi che fosse morto. Era stato crivellato di colpi. Sentì i passi di Sanchez in avvicinamento, si guardò intorno: i cassetti della scrivania erano tutti spalancati.

«Per lui non c'è più niente da fare, che facciamo?» disse Parker.

«Torniamo subito alla macchina e diamo l'allarme!»

Sanchez si mise alla guida e partì a razzo nella direzione in cui avevano visto sparire la Monte Carlo. Parker accese la sirena e agganciò al tetto il lampeggiante magnetico rosso, quindi afferrò il microfono della radio.

«10-1, 10-1, qui 11-7, rispondete».

«10-1, avanti 11-7».

«10-88 sulla Monroe nord, ripeto 10-88 sulla Monroe in direzione nord! Stiamo inseguendo una Chevrolet Monte Carlo beige targata Tom Young Adam 199, ripeto Chevrolet Monte Carlo beige targata Tom Young Adam 199. Chiediamo supporto a tutte le unità in zona ma raccomandiamo massima cautela, gli occupanti dell'auto potrebbero essere coinvolti in un omicidio quindi armati e molto pericolosi, passo».

«10-4, inoltriamo la vostra richiesta a tutte le auto, passo».

«Segnalo anche un 10-85 alla stazione di servizio abbandonata tra la Terza e Monroe, nell'ufficio interno troveranno un uomo, Johnny Scaletta, ucciso a colpi di arma da fuoco. Verificato il decesso lo abbiamo abbandonato per proseguire l'inseguimento alla Chevrolet, passo».

«10-4, inviamo una pattuglia. Sul vostro 10-88 stanno intervenendo 11-19 e 11-6, coordinatevi con loro sulla frequenza 3, passo».

«10-4, passo e chiudo».

La Monroe Avenue, essendo una delle arterie principali di quella parte della città, era stata ben ripulita dagli spazzaneve ed era stato sparso il sale, quindi Sanchez stava spingendo al massimo la loro auto. Ma dell'auto beige nessuna traccia.

«Laggiù c'è la soprelevata, se non li vediamo prima vuol dire che li abbiamo persi» disse Sanchez, già con una punta di scoramento nella voce.

Parker ruotò una manopola della radio fino a bloccarla sulla tacca numero 3.

«11-19 e 11-6 sono Parker, dove siete?»

«11-19, stiamo percorrendo la Monroe da nord, incrocio con la Lexington».

«11-6, siamo sulla soprelevata, vi stiamo venendo incontro».

«11-6, proseguite sulla soprelevata verso sud senza uscire sulla Monroe. – disse Parker, immaginando in pochi attimi una sorta di manovra a tenaglia – 11-19, proseguite sulla Monroe tenendo d'occhio entrambi i sensi di marcia. Noi saliamo sulla soprelevata in direzione nord».

Ci furono un paio di minuti in cui Parker sperò di sentir suonare il cicalino della sua radio; aveva la chiara sensazione che lui e Sanchez non fossero sulla strada giusta per intercettare la loro preda. Infine, colse lo sguardo perplesso del suo collega e tornò a farsi sentire.

«11-19 e 11-6, niente di nuovo?»

«11-19 negativo».

«11-6 negativo».

Parker tirò un profondo sospiro, quindi si rassegnò all'inevitabile. Doveva dare il codice di cessato inseguimento; non potevano continuare a correre all'infinito. Incrociò per un attimo il suo sguardo con quello del compagno, che annuì.

«10-80, ripeto, 10-80, date conferma» disse Parker alla radio. «Qui 11-9, 10-80 chiudo».

«11-6, 10-80... mi spiace Parker» disse la voce di Stone.

Parker modificò di nuovo la frequenza: doveva comunicare il loro fallimento all'operatore radio dell'Undicesimo.

«10-1, qui 11-7, passo».

«Avanti 11-7».

«10-80 sul precedente 10-88... rientriamo, passo».

«10-4, passo e chiudo».

Il tenente Braxton stringeva una tazza di caffè fumante, l'ennesima di quella giornata, e fissava assorto il pavimento della sala riunioni, dove i suoi detective stavano prendendo posto alla spicciolata. Detestava che venissero uccisi poliziotti, e non solo per l'ovvio spirito di corpo o per il banale fatto che era un poliziotto e che quindi prima o poi sarebbe potuto toccare a lui. In realtà di quelle situazioni, e ne aveva vissute già molte, detestava lo stravolgimento delle priorità nelle indagini; casi importanti, su cui magari lui e i suoi uomini avevano lavorato per settimane, cadevano in un attimo nel dimenticatoio, superati dall'urgenza di dimostrare, a loro stessi e all'intera comunità, che uccidendo un poliziotto non c'era scampo per nessuno. La vita di un poliziotto era quindi più preziosa, importante e intoccabile di quella di un comune cittadino? In teoria no, in pratica sì. Buoni o cattivi che fossero, i poliziotti sembravano essere l'ultimo baluardo tra la civiltà e la barbarie, quindi ogni aggressione ai loro danni scatenava una caccia all'uomo che avrebbe trovato sosta solo al momento dell'arresto di un colpevole, vero o presunto. Ne andava della pace sociale, ma ne andava anche della faccia della Polizia stessa. Che credibilità avrebbe avuto un corpo incapace di proteggere o almeno vendicare i suoi stessi membri?

Tutto questo, però, voleva dire doppi turni per tutti, con poche ore di sonno, una montagna di stress e un rischio più alto di errori e abbagli nelle indagini. In più con il fiato sul collo dei giornali, che su queste storie sfamavano l'urgenza di aumentare le vendite richiesta dai loro editori.

«Tenente, quando vuole ci siamo tutti…» gli disse Bowl in tono sommesso, distogliendolo dalle sue riflessioni. Braxton annuì, quindi si rivolse a Sanchez e Parker, i titolari delle indagini sulla morte dell'agente Tucker.

«Ragazzi, mi spiegate cos'è successo sulla Monroe? Perché avete mollato le ricerche degli assassini di Tucker?»

«Siamo arrivati lì col cadavere di Scaletta ancora caldo… - disse Sanchez - e un attimo prima avevamo visto quell'auto che era ripartita come se avesse avuto il diavolo a inseguirla… ho dovuto decidere in un attimo, tenente, e non me la sono sentita di lasciarli andare senza nemmeno provare a prenderli. Era un ricettatore, lo so, ma l'hanno ammazzato come un cane».

«E poi non è detto che i due omicidi non siano collegati…» s'inserì Parker, lasciando di stucco i colleghi e il tenente.

«Collegati?! E da cosa?» sbottò Watts dal fondo della sala.

«Dalla coincidenza. - ribatté prontamente Parker - Sei stato proprio tu a insegnarmi a non credere mai alle coincidenze in questo mestiere, no?»

«Non provare a tirarmi dentro alle tue idee sballate».

«Allora vogliamo credere che sia una coincidenza che qualcuno chiuda la bocca a uno dei più importanti ricettatori del mercato nero di questa città proprio quando noi decidiamo di spremerli per risalire a chi ha ucciso un nostro agente?»

«Ma di pratico cosa abbiamo?» chiese Braxton, ansioso di capire quanto c'era davvero di concreto nella sensazione dei suoi due detective.

«Anche la Chevrolet non è pulita. - rispose Sanchez - Auto e targa risultano rubate un paio di settimane fa qui nel Barrio, lo stesso quartiere dove era stata rubata la Toronado. Inoltre, c'è l'assassinio di Scaletta; dobbiamo aspettare i risultati della Scientifica per sapere se le pallottole che hanno ucciso lui sono uguali a quella che ha ucciso Tucker, ma non ha senso l'uccisione di un ricettatore se non quello di metterlo a tacere e di tagliare i ponti sapendosi ricercati da tutti i poliziotti della città. Gli hanno svuotato la scrivania e la cassaforte, hanno preso i contanti e, soprattutto, i buoni per la benzina».

«Con tutti i buoni di Scaletta possono arrivare in California» aggiunse Blackman, riflettendo a voce alta.

Parker annuì.

«E ora abbiamo due auto e due targhe da non lasciarci sfuggire fuori città» aggiunse Sanchez.

«No, su questo non sono d'accordo, scusami Julian. - disse Braxton alzandosi in piedi - Ricordo a tutti che la priorità assoluta è l'omicidio del nostro collega, e al momento l'unica auto sicuramente collegata a quello è la Toronado nera, non la Monte Carlo. Per collegarle o meno aspettiamo il primo rapporto balistico della Scientifica, che solleciterò al massimo personalmente».

«Quindi proseguiamo a battere meccanici, carrozzieri e informatori sulla Toronado?» chiese Blackman, interpretando il pensiero della sala.

Il tenente Braxton studiò i volti dei suoi uomini per qualche secondo, quindi riprese la parola.

«Tu, Mitchell, Sanchez e Parker siete in piedi da troppe ore; prendetevi un po' di riposo ma restate immediatamente reperibili per quando arriveranno notizie dal tenente Spielman. Gli altri tornino in strada e mettano alle strette gli informatori per avere qualche pista; l'uccisione di un poliziotto è una cosa di cui si parla molto, di solito. Di nuovo a lavoro, forza ragazzi» disse Braxton, segnando con questa frase la chiusura della riunione.

«Ah, un'ultima cosa. Fuori dal portone è pieno di giornalisti in attesa di scoop su questa storia. Ovviamente non avete alcuna autorizzazione a rispondere alle loro domande; a tempo debito convocherò una conferenza stampa».

Come spesso gli accadeva da quando vivevano a un piano di distanza, Parker sfruttò un passaggio del compagno per tornare a casa. Sanchez diede gas per uscire dalla rampa del garage dell'Undicesimo senza rischiare di slittare sul ghiaccio, ma in cima dovette frenare bruscamente per evitare di investire un uomo. Parker fu costretto a pararsi con le mani per non sbattere la faccia sul parabrezza dell'auto; appena furono fermi abbassò il finestrino rabbiosamente.
«Ehi! Sei stanco di vivere?! Non lo vedi che questa è l'uscita di un garage della polizia?!»
Quello, riavutosi dallo spavento, si avvicinò al finestrino.
«Scusatemi, in realtà cercavo proprio qualcuno della Polizia: mi chiamo Stan Abbott, e scrivo per il City Herald» e si tolse il guanto destro per porgere la mano a Parker, che ricambiò il gesto e gliela strinse.
«Ehi, un momento... - disse Abbott dopo averli osservati meglio - Siete i detective Parker e Sanchez, vero?»
Parker guardò con stupore il collega.
«Non mi pare di conoscerla...» disse Parker, subito sospettoso.
«No, in effetti non abbiamo mai avuto il piacere. Ma mi piace informarmi sulle persone su cui ho in mente di scrivere. Siete voi due i responsabili delle indagini sull'omicidio dell'agente Tucker, giusto?»
«Come diavolo...» sbottò Parker, ma fu subito interrotto dal compagno.
«Nada, amigo, non abbiamo niente da dirti!» gli urlò Sanchez, tornando a dare gas all'auto.
«Ma io sto facendo solo il mio lavoro, ragazzi!» gli gridò di rimando Abbott, riparandosi dagli schizzi di neve.

«E noi il nostro, lo siento hermano!»

Tornati alla quiete del loro abitacolo, Parker scosse la testa.

«Lo conoscevi già?»

«Non di persona, ma è uno piuttosto conosciuto nel nostro ambiente, segue per l'Herald la cronaca nera del Barrio».

«Lavoro impegnativo...»

«Il suo o il nostro?» disse Sanchez abbozzando una risata, ma la battuta gli venne fiacca, forse per la stanchezza.

«Tipo a posto?» insistette Parker.

«Sì, per quel che ne so».

«Come diavolo faceva a sapere che l'assassinio di Tucker è stato assegnato a noi?»

«L'Undicesimo è grande, niño, e ci lavora un sacco di gente. E tanti non sanno come arrivare a fine mese, con gli alimenti da pagare alla ex moglie o quattro figli a carico o i vecchi genitori in casa, e allora cercano di arrotondare in qualche modo...»

«Tipo passando dritte ai giornali?»

«Tipo...»

Si salutarono rapidamente sulle scale, consapevoli che si sarebbero rivisti di lì a poche ore. Sanchez si buttò sul letto dopo essersi tolto solo il giaccone e si addormentò in pochi istanti. Parker, invece, fece una doccia velocissima, quindi uscì nuovamente, a cercare D.D.

La trovò a casa. Venne ad aprirgli la porta con un sorriso raggiante, così bello da far scomparire all'istante dalla mente di Parker ogni pensiero cupo. Persino l'inverno e la neve sembrarono sciogliersi davanti alla luce di D.D..

Stava provando delle nuove canzoni, aveva addosso solo un maglione di lana rosso, che lasciava molto poco spazio alla fantasia. Parker non disse nulla, non la salutò neppure, sollevandola di peso da terra per darle un lunghissimo, interminabile bacio.

La baciò con intensità quasi rabbiosa, come per perdersi

nella sua bocca. D.D. provò a mugugnare qualcosa, ma Parker le diede giusto il tempo di chiudere la porta con un calcio e in un attimo le sfilò il maglione. Parker era letteralmente catturato da quel sensualissimo capolavoro in nero, nudo davanti a lui. La guardò per un momento lunghissimo, premendole dolcemente un dito sulle labbra, stregato da quel corpo flessuoso in cui voleva perdersi senza pensare più a nulla. D.D. comprese che quel silenzio e quell'impeto dovevano nascondere qualcosa, quindi lo lasciò fare, mentre lui le respirava i capelli e iniziava a baciarle il collo e i seni. Le labbra di Parker iniziarono a succhiarle i capezzoli ora in modo delicato, ora con più decisione, in un modo che le fece completamente perdere il controllo. Allora fu lei a spogliarlo con furia, quasi strappandogli la fondina e la camicia di dosso. Poi si alzò e con un gesto veloce si sfilò le mutandine. Parker era seduto sul divano, stordito e impaziente, quando lei si mise sopra di lui e iniziò a muoversi finché entrambi non furono eccitatissimi, quindi Parker la sollevò leggermente e le scivolò dentro. Iniziarono a muoversi insieme, Parker le stringeva i glutei e la schiena, mentre continuava a baciarle e morderle i seni. D.D. venne con un lungo sospiro e, poco dopo, Parker la seguì, con la schiena inarcata e un urlo liberatore. D.D. crollò con la testa sul petto di Parker, quasi soffocandolo con il suo foltissimo cespuglio di capelli neri, e lui continuò ad accarezzarle a lungo la schiena. Era già stata con due uomini, tutti più grandi di lei e neri, ma di Parker le piaceva l'odore, la dolcezza del tocco delle sue mani; non aveva mai pensato che un bianco sarebbe riuscito a farle quell'effetto. Per quei pochi, ma indimenticabili minuti, Parker sentì che il suo mondo era tutto su quel divano e che D.D. fosse un miracolo piovuto dal cielo.

Turno serale
Ore 19.00

Parker venne svegliato da un robusto bussare alla sua porta.
«Sveglia niño, sveglia!! Ci sei?»
Guardò l'orologio e trovò subito la spiegazione al mal di
testa furibondo che gli stava spaccando in due il cervello:
aveva dormito solo mezz'ora dopo essere tornato a casa.
Aperta la porta si trovò davanti Sanchez, vispo e già vestito
di tutto punto.
«Hanno chiamato dal distretto, niño: 357 Magnum da una
Smith & Wesson 19. Stessa pallottola sparata dalla stessa pistola. E questo sai che vuol dire?»
«Che avevamo ragione?» provò a biascicare Parker.
«Quello era ovvio, niño. Vuol dire che ti devi vestire alla velocità della luce! Gli altri ci stanno già aspettando alla stazione di servizio per spulciare l'ufficio di Scaletta: vamos,
vamos!!»

Iniziarono a perquisire metodicamente l'ufficio del defunto
ricettatore, aiutati nell'occasione da Sprewell e Klay, alla ricerca di un registro in cui il fu Scaletta avesse annotato i numeri di serie dei buoni benzina che transitavano dalle sue
mani per essere rivenduti a tre o quattro volte il loro valore
in barba alle quote razionate assegnate dallo Stato a ciascun
cittadino possessore di un'auto. Scaletta era stato uno dei
pezzi grossi del mercato nero cittadino, fin dai tempi bui
del Proibizionismo. Se il governo vietava qualcosa, allora
potevi star certo che Scaletta e pochi altri come lui erano in
grado di rimediartelo, in quella città. Aveva sempre avuto la
prudenza di stare lontano dalla droga e dalle armi, per quel
che ne sapevano, e questo, se da una parte gli aveva concesso una certa tolleranza da parte della Polizia, dall'altra
però non era bastato a salvargli la vita. La mole di lavoro di

Scaletta rendeva fiduciosi i detective sull'esistenza di quel famoso registro. Un ricettatore avrebbe preferito perdere un occhio piuttosto che scordare destinatari, scadenze e importi dei propri traffici. Il vero rischio era che il registro potesse non essere nascosto lì. Proprio per questa evenienza avevano spedito Watts e Price a perquisire anche l'abitazione di Scaletta, una piccola reggia nel Bracket, ma lì avevano davvero poche speranze, visto che i suoi familiari avevano avuto tutto il tempo di far sparire ogni cosa in un bel falò, unendo l'utile all'utile, visto il clima.

Parker si dedicò alla scrivania, Sanchez al pavimento, Klay alle pareti e Sprewell al resto del distributore. Ora che il cadavere era stato rimosso dalla Morgue e tutte le impronte prese dagli uomini di Spielman, i detective avevano campo libero.

In mezz'ora demolirono l'ufficio di Scaletta e buona parte della stazione di servizio abbandonata, ma non saltò fuori nulla che assomigliasse anche vagamente a un registro.

Da un doppio fondo a scatto della scrivania erano spuntate alcune mazzette di banconote da 50 dollari.

Dietro un divano, una nicchia nascosta aveva rivelato un fucile a canne mozze, carico ma inutilizzato da molto tempo.

Frugando negli altri spazi della stazione di servizio, Sprewell aveva disturbato l'esistenza di numerosi gatti e di qualche topo, probabilmente spinti a una civile convivenza dalla temperatura esterna, ma di registri nemmeno l'ombra.

Fu Sanchez, con l'occhio professionale di chi aveva vissuto buona parte della propria gioventù in un cantiere per aiutare la famiglia a tirare avanti, ad interessarsi al soffitto. Gli bastò fare un rapido giro fuori dall'ufficio per notare che nel resto della stazione c'era molto più spazio sopra le loro teste.

«Questo qui è un controsoffitto - sentenziò con l'indice puntato in alto. - Dammi quel bastone niño».

Sanchez prese a picchiare contro il soffitto con la punta del legno passatogli da Parker e in pochi colpi lo bucò. Salì su una sedia e spinse dentro il bastone, che sparì per più di metà.

«C'è molto spazio, ragazzi, qui si può nascondere qualcosa. Aiutatemi a tirarlo giù».

Gli altri si stavano già guardando intorno alla ricerca degli oggetti migliori con cui demolire quel controsoffitto quando Klay li bloccò.

«Un attimo, fermi! Ragioniamo. Se nascondo delle cose importanti là sopra, devo anche poterle recuperare in un tempo ragionevole. È impensabile che Scaletta bucasse il soffitto ogni volta che aveva bisogno di consultare o aggiornare il suo registro, no? Dev'esserci un'apertura, uno sportello... qualcosa del genere. Cerchiamo quello prima di tirarci in testa tutto quanto».

Gli altri tre annuirono e, saliti su ripiani di fortuna e sedie, iniziarono a tastare palmo a palmo il controsoffitto nel più assoluto silenzio, pronti a cogliere anche il minimo scatto o rumore metallico di un eventuale meccanismo di chiusura.

Fu Parker a notare come ci fosse una sola lampada fulminata; decise di provare a svitarla subito. La lampadina venne via senza troppo sforzo e, con sua grande sorpresa, Parker vide che dietro non c'era alcun collegamento elettrico. La cornice che sorreggeva la lampadina era semplicemente poggiata ai bordi del controsoffitto: sfilata quella, si era creato un buco sufficiente a inserire un braccio.

«Ragazzi, reggetemi questa sedia per favore» chiese agli altri, che senza fare domande eseguirono.

Parker si alzò sulle punte e in precario equilibrio sulla sedia infilò quasi tutto il braccio nel buco lasciato libero dalla finta lampadina. Procedette a tastoni circolari, finché non toccò qualcosa. Era di carta, dalle dimensioni sembravano quaderni. Li afferrò due per volta e li fece passare attraverso il buco, dandoli a Klay.

Alla fine erano otto. Otto quaderni in cui il fu Johnny Scaletta aveva annotato minuziosamente tutti i suoi traffici dell'anno 1973.

Tornarono all'Undicesimo per esaminare il contenuto dei quaderni più rapidamente. Parker trovò Peanuts beatamente addormentato sulla propria sedia e si sentì quasi in colpa di doverlo svegliare per riappropriarsi del suo posto. Di Pebbles, invece, si erano perse le tracce, almeno fino a quando Jackson non lo trovò addormentato dentro uno dei suoi cassetti, lasciato aperto nella fretta della giornata.

Parker, Sanchez, Jackson, Blackman e Mitchell dedicarono la loro attenzione ai sei quaderni in cui erano stati registrati minuziosamente i codici di tutti i buoni benzina transitati per le mani di Scaletta, selezionando quelli non ancora segnati come rivenduti e quindi appartenenti con ogni probabilità al bottino dei suoi assassini. A Watts e Price venne invece assegnata la lettura degli ultimi due, che riportavano tutti gli altri affari minori del fu Johnny Scaletta, un vero talento nel rivendere tutto ciò che veniva illegalmente sottratto.

Fu Watts a scoprire che Scaletta stava impegnandosi anche in una nuova carriera: quella dell'usuraio. Alzò la mano destra in modo brusco per richiamare l'attenzione degli altri.

«Ehi, ehi, cervelloni! Venite un po' qui! - e visti gli sguardi degli altri, poco inclini a concedergli fiducia interrompendo il loro lavoro, aggiunse - Trentamila dollari possono essere una buona ragione per ammazzare un uomo?»

In pochi secondi furono tutti intorno alla scrivania di Watts, che indicava ai suoi colleghi una delle ultime righe del quaderno che aveva tra le mani.

«Due giorni fa, Scaletta ha prestato 30 bigliettoni a strozzo a un certo Stu Henderson, che entro il 15 gennaio avrebbe dovuto restituirgliene 45 mila. Un tasso d'interesse del 50% mi pare una cosa onesta, no?»

«Un vero filantropo» aggiunse Mitchell.

«Se uno accetta un tasso del genere con scadenza così breve vuol dire che ha in programma di ricavarne almeno il triplo e questo, in soli venti giorni, dice una cosa sola...»

«Droga» disse Sanchez.

«Un orsacchiotto in premio al portoricano, signorina!»

Per la prima volta dopo molto tempo, l'intera squadra si trovò a ridere insieme a Grady Watts, che se ne accorse e se ne sentì sollevato.

«Ora vediamo chi diamine è Stu Henderson» disse, tornando serio.

«Ci pensiamo noi, dateci cinque minuti. Vance e Sprewell, con me» rispose Mitchell.

«Te ne do due, maricòn» gli ribatté Sanchez.

Blackman rispose con un saluto militare e andò di buon passo verso il grande schedario a parete dove erano custodite, e ben aggiornate, tutte le storie dei pregiudicati del Barrio. Sprewell chiamò l'archivio centrale della Polizia, nel caso in cui Henderson fosse stato presente nelle vicende di altri distretti della città o coinvolto in reati federali. Mitchell, infine, si mise al telefono con l'ufficio anagrafico che il municipio teneva a disposizione della Polizia 24 ore su 24, per avere qualche notizia su Stu Henderson nel remoto caso in cui il suddetto non avesse mai avuto niente a che fare con la giustizia.

Parker guardò quel gruppo di uomini intorno a lui e provò fierezza nell'essere lì con loro. Non li aveva mai visti lavorare tutti insieme, concentrati su un'unica indagine e ne fu affascinato: i loro difetti individuali si annullavano nel lavoro di gruppo fino a formare una formidabile squadra investigativa dove intuito, esperienza, scaltrezza e rapidità d'azione si mescolavano incredibilmente. Parker non sapeva se tutte le squadre investigative della città fossero così, ma decise che non gli interessava saperlo, decise che quello, in quel momento, era il massimo per lui.

«Da quando Scaletta si era messo a fare anche lo strozzino?» chiese Jackson mentre accarezzava la testa di Pebbles.

«Da poco, a giudicare da questo quaderno. - gli rispose Watts - Giusto un paio di mesi, ma sempre per piccole cifre, niente sopra i duemila fino a due giorni fa. E il passo lungo gli è costato la cotenna. A proposito di bestie, quelle lì da dove spuntano?»

«Sono le nuove mascotte della nostra squadra. - s'inserì Parker - Quello lì è Pebbles, mentre quello che sta cercando di mordere una scarpa di Sprewell si chiama Peanuts. Delle suore a cui io e Sanchez abbiamo risolto un problema li hanno regalati al distretto. Ti piacciono?»

«Al tenente stanno bene?»

«Sì, certo».

«Allora stanno bene anche a me. - concluse Watts, alzando le mani in segno di resa - Magari le suore li hanno pure benedetti!»

Il tempo di riempire le tazze di tutti per un giro di caffè bollente e Blackman tornò trionfante dallo schedario.

«Potete mettere giù quei telefoni, - disse a Mitchell e Sprewell - è roba nostra. Stu Henderson è uscito giusto il mese scorso dopo otto anni a Prescott per concorso in rapina; a suo tempo era stato arrestato da Bob Schuster, ecco perché ce l'abbiamo noi».

«Niente a che fare con la droga?» chiese Parker, ansioso di arrivare agli assassini di Tucker.

«Calma, c'è dell'altro: Stu ha un fratellino, Randall, fuori da un anno dopo essersene fatti due dentro per spaccio di droga quando era ancora minorenne. Mi pare sia il caso di andare a fare quattro chiacchiere con tutti e due, che ne dite?»

«Dove li troviamo questi due cabrones?» chiese Sanchez.

«L'ultimo domicilio conosciuto di Stu è dalla madre, ma Randall ha un altro indirizzo... direi di visitarli entrambi» suggerì Blackman richiudendo la scheda dei fratelli Henderson.

«Està bien. Niño, tu aggiorna il tenente mentre noi avvertiamo l'assistente del procuratore per avere i mandati. Rapido, rapido!»

Parker, Sanchez, Watts, Price e Jackson accostarono le due auto al marciapiedi un paio di edifici prima della loro reale destinazione. Randy Henderson viveva in una zona molto esterna del Barrio, in un palazzo di otto piani fatiscente e lurido costruito quasi sotto la South Highway. I cinque uomini si fecero largo tra alcuni bidoni in cui bruciavano falò di fortuna alimentati con pneumatici. Intorno ai fuochi, alcuni neri cercavano di trovare difesa dal gelo della notte imminente, incuranti della puzza insopportabile.

«Mike, - disse Sanchez, responsabile dell'operazione, quando furono davanti alla porta del palazzo - tu sali dalla scala antincendio».

Jackson si staccò dal gruppo senza dire una parola e svoltò l'angolo a destra.

Gli altri quattro non avevano superato neppure la prima rampa di scalini quando la radio che Sanchez portava alla cintura suonò.

«Julian, sono Mike, mi senti?»

«Sì, ti sento, che diavolo c'è già?»

«Volevo avvertirvi che qui dietro c'è la Monte Carlo beige parcheggiata e col cofano caldo, quindi occhio».

Sanchez guardò gli altri, che avevano ovviamente sentito.

«Ok Mike, grazie. Occhio anche tu, mi raccomando».

La villetta di Margareth Henderson, madre dei due fratelli, era sempre nel Barrio, ma in una zona decisamente migliore, a ridosso del Chain: la costruzione era molto piccola ma aveva davanti un giardino ben curato e guardava il fiume. L'auto con Bowl e Sprewell si fermò davanti al cancelletto d'ingresso proprio mentre Stone e Wade scendevano silenziosamente dalla loro macchina sul retro, dove la casa aveva una piccola uscita secondaria.

Dalle due finestre del piano terra provenivano i riflessi di una televisione accesa. Il piano superiore era completamente spento.

Sprewell bussò.

«Signora Henderson, siamo della Polizia!»

Si sentì un po' di trambusto e le voci della tv si ammutolirono.

«Chi è?» chiese una voce femminile.

«Polizia, signora, apra la porta».

La porta si aprì subito. Una donna nera sui cinquant'anni, in vestaglia e cappello di lana, fece capolino.

«Fatemi vedere i distintivi!» disse con tono imperativo.

Sprewell e Bowl ubbidirono, e contemporaneamente mostrarono il mandato con cui il procuratore li autorizzava a perquisire la casa.

«Scusatemi eh, ma a quest'ora e con tutta la brutta gente che c'è in giro...»

«Ok signora Henderson, ora che abbiamo fatto le presentazioni ci fa entrare?»

«Certo, certo, che problema c'è? - e aprì la porta quel tanto che bastava a far passare i due uomini - Siete qui per quei delinquenti dei miei figli, vero?»

Bowl e Sprewell annuirono. Si guardarono intorno: il piano terra era un monolocale, con la cucina su un lato e una sola porticina sull'altro. Sprewell andò subito a spalancarla, ma solo per trovare un minuscolo bagno senza finestre.

«Ora che sono fuori tutti e due, non avevo dubbi che sarebbero tornati a mettersi nei guai».

«Quindi non c'è nessuno con lei in casa?» le chiese Bowl.

«No, potete controllare».

«È proprio quello che stiamo facendo. - Bowl staccò la radio dalla cintura - Ragazzi, sembra tutto tranquillo. Lì da voi?»

«Tutto tranquillo» rispose Stone.

«Ok, entrate».

«Ehi, hanno combinato qualcosa di grosso quei due stavolta se vi siete disturbati addirittura in quattro!» esclamò la signora Henderson quando vide comparire anche Stone e Wade.

«Date un'occhiata di sopra» disse Bowl senza troppe cerimonie. I tre colleghi imboccarono le scale, ridiscendendone un paio di minuti dopo senza novità.

«Signora, un'ultima cosa prima di togliere il disturbo... - disse Jay Bowl ripiegando il mandato nella tasca del suo giaccone - ha qualche idea su dove potremmo trovare Stu e Randall?»

La signora Henderson non ci pensò su neppure un secondo.

«Da quando Stu è uscito di galera quei due stanno sempre insieme».

«Dove?»

«In quella fogna di casa di Randall! Dove altro potrebbero stare senza un quattrino in tasca?!»

Giunti al settimo piano, i quattro detective si concessero qualche secondo per riprendere fiato, quindi si disposero ai lati della porta dell'appartamento numero 23. Sanchez silenziò il cicalino della radio e studiò rapidamente con lo sguardo la serratura, giudicandola di nessun impedimento al loro ingresso, mentre Watts avvicinò l'orecchio al legno verde per cogliere eventuali rumori interni. Stava per ritrarsi quando sentì, netto e inconfondibile, il rumore di una bottiglia che veniva stappata. Lo aveva sentito anche Sanchez, che fece cenno a Watts di togliersi quindi bussò vigorosamente, mantenendosi ai lati della luce della porta.

«Randall Henderson! Siamo della Polizia! Apri, abbiamo un mandato di perquisizione!»

Dall'interno arrivò un "porca troia" soffocato quanto agitato.

«Randall Henderson, sappiamo che sei lì dentro! Apri immediatamente o ci costringi a entrare con la forza!»

Sentirono il cigolio di una finestra che veniva aperta. Il tempo delle parole era finito.

«Vai niño» disse Sanchez.

Parker si staccò dalla parete, fece due passi indietro e caricò con un calcio la serratura, che cedette immediatamente.

I quattro detective piombarono dentro all'istante, Sanchez

in testa, con le pistole spianate, riempiendo subito la stanza. Un ragazzo poco più che ventenne, in canottiera e con una bottiglia di birra in mano, aveva scavalcato con una gamba il basso davanzale della finestra con il chiaro intento di uscire dalla scala antincendio, ma la vista delle quattro pistole lo paralizzò.

«Torna dentro e metti giù quella bottiglia, immediatamente! Non farmelo ripetere, forza!» gli urlò Sanchez, che con la mano libera dalla pistola mosse due dita verso la porta socchiusa alla loro destra. Watts diede un colpo sulla spalla a Price e insieme scattarono in quella direzione.

«Che volete?! Si può sapere che cazzo volete dentro casa mia?!» gridò il ragazzo, rimanendo a cavallo della finestra.

«Sulla scala ci sono altri poliziotti, sei circondato. Rientra lentamente e metti giù quella bottiglia. Ultimo avviso: hai tre secondi poi ti sparo a un ginocchio e resti zoppo per tutta la vita».

Non ne trascorse neppure uno prima che il ragazzo mollasse la bottiglia di birra sul davanzale e rientrasse nell'appartamento.

«Bravo, così si fa. Sei Randall Henderson?»

Quello annuì.

«È tua quella Chrisler Monte Carlo qui sotto?»

Randall Henderson si fece una gran risata.

«Mia? Una Monte Carlo? E chi se la può permettere?»

Guardandosi intorno con più attenzione, Parker vide su un tavolino basso, di fianco alla porta, una chiave con il marchio Chrisler. La indicò con la testa a Sanchez, che gli rispose con un cenno in direzione di Randall Henderson.

«E quella cos'è? Collezioni chiavi Chrisler?»

Stavolta il ragazzo non trovò niente da dire. Parker rinfoderò la pistola e gli girò intorno per ammanettarlo mentre Sanchez continuava a tenerlo sotto tiro.

«C'è anche tuo fratello qui?» gli chiese Sanchez.

«No, sono da solo».

Stringendogli le manette ai polsi dietro la schiena, Parker

notò alla sua sinistra un piccolo frigorifero bianco, con una bottiglia di birra, stappata, poggiata sopra.

Spinse a terra bruscamente Randall Henderson, ormai inoffensivo, ed estrasse nuovamente la pistola.

«Pensaci tu!» disse imperiosamente a Sanchez, e corse verso la porta lasciata aperta da Watts e Price.

La casa era più grande di quanto Watts avesse immaginato. Con Price avevano già attraversato due stanze e un bagno, sporche ma desolatamente vuote. Ora restava loro un'ultima stanza, senza porte, a cui si accedeva tramite due archi dalle due stanze adiacenti. Nel centro c'era un grande letto, con un armadio altrettanto grande sulla parete in fondo; nessun'altra uscita, la casa finiva lì.

Watts si ricordò di aver già attraversato un'altra camera da letto, sicuramente utilizzata, a giudicare dalle lenzuola. Ora quel secondo letto, molto più grande dell'altro, e anche questo con le lenzuola disfatte. Non gli tornavano i conti.

Si fermò qualche attimo a riflettere sull'uscio della stanza, mentre Price entrò. Vedendo il secondo letto della casa, si voltò verso il collega.

«Ehi Grady guarda qua, questo coglione ha più letti della regina d'Inghilterra!»

La risposta a Price fu il fragore violentissimo di uno sparo di grosso calibro. La pallottola sbucò dal lato corto dell'armadio e andò a conficcarsi nel muro, in un turbinio di calcinacci, polvere e pezzi di legno.

Price si tuffò immediatamente dietro il letto, mentre Watts, ancora nella stanza precedente, si riparò dietro il muro. Partirono altri due colpi, quindi Price si sporse dal suo riparo improvvisato, ne sparò uno ma poi si sentì la sua pistola fare cilecca.

Un nero sui trent'anni saltò fuori dall'armadio. Era Stu Henderson, impossibile sbagliare con foto segnaletiche così recenti.

«Ti si è inceppata eh, stronzo?! Ora di' le tue ultime preghiere!»

Watts si sporse dal muro e sparò un paio di colpi in rapida successione verso l'uomo; non lo colpì, ma lo costrinse a tornare al coperto, dietro un mobile basso vicino al secondo arco.

Watts sentì il mobile muoversi e scattò dentro la stanza per soccorrere il compagno. Fece due passi rapidi poi si lasciò scivolare su un fianco al riparo del letto. Tirò su la sua Python e sparò un colpo alla cieca, tanto per far capire al suo avversario che non aveva più a che fare con una preda indifesa. Quindi guardò Price, e lo vide spaventato.

«Che cazzo succede? Ti si è inceppata?»

«Sì sì, si è inceppata, si è inceppata, porca puttana!» disse Price, continuando a fissare la sua arma e a rigirarsela tra le mani.

«Da quanto tempo non la usavi e non la pulivi eh, pezzo d'idiota!!»

Watts era furioso. Avrebbe voluto ammazzare a pugni quel dannato stupido. Lo aveva sempre detto a Braxton che Price e la sua stupidità avrebbero fatto ammazzare qualcuno, prima o poi. Ma ora non ci teneva affatto a dimostrare di aver avuto ragione diventando lui quel "qualcuno".

Stava guardandosi intorno nella speranza dell'arrivo di Parker e di Sanchez, richiamati dagli spari, ma per il momento non c'era nessuno. In quel momento la sua attenzione fu richiamata ancora da Price, che nel tentativo di sbloccare la pistola gliel'aveva rivolta contro. Con un riflesso fulmineo Watts gli colpì la mano con la sua pistola, facendogli volare l'arma sul pavimento.

«Deficiente, ma che cazzo fai?!?! Mi punti la pistola inceppata contro?! Sei impazzito?!»

«Scusa Grady, scusa, hai ragione scusa, scusa...»

«E piantala pure con le scuse! Pensiamo piuttosto a come prendere questo bastardo!»

Distratto dalla discussione con Price, Watts non aveva colto il movimento del suo avversario, che era scivolato silenziosamente fuori dal suo riparo, strisciando poi fuori dalla stanza attraverso l'arco più vicino. Ora, camminando a quattro zampe, stava rientrando dall'altra parte, per cogliere alle spalle i due detective.

Stu Henderson fece capolino dall'angolo del muro, vide per un attimo i due poliziotti, poi si ritrasse e li sentì discutere tra loro. Capì che il biondo era l'unico armato. Aprì il tamburo della sua Smith & Wesson 19, vide che gli erano rimasti ancora tre colpi. Una rapida doppietta per il biondo e l'ultimo per il compagno disarmato, pensò; gli sarebbero bastati. Poi avrebbe preso dal comodino le munizioni di riserva e avrebbe pensato ad eventuali altri sbirri.

Richiuse delicatamente il tamburo per non fare rumori metallici che lo avrebbero tradito, quindi si passò il dorso della mano sinistra sulla fronte. Era sudato fradicio. D'un tratto gli sembrò di sentire un fruscio alle sue spalle e si voltò di scatto, ma nulla. La stanza alle sue spalle era deserta, la tensione doveva avergli giocato uno scherzo. D'altra parte, affrontare due poliziotti non era certo come ammazzare un ignaro strozzino mangiaspaghetti seduto al suo tavolo.

Tornò a voltarsi verso il muro che lo nascondeva alla vista dei due detective. Respirò profondamente un paio di volte per allentare la tensione. Ora era pronto a saltar fuori per ammazzare quei due.

"Prima il biondo a sinistra" si ripeté mentalmente, ma tutto si bloccò l'istante seguente.

Era la canna gelida di una pistola quella che ora sentiva poggiata sulla sua nuca.

«Butta via la pistola, immediatamente. - gli sussurrò una voce all'orecchio. Era una voce giovane, ma senza il minimo tremore. - Buttala subito o ti faccio esplodere la testa come un melone».

Stu Henderson deglutì, ma la gola era secca e dura come carta vetrata. Tolse l'indice dal grilletto, chinò la testa, poggiò la pistola sul pavimento e la spinse lontano da sé.

Il rumore fece voltare di scatto Watts, che istintivamente puntò l'arma. Un attimo dopo riconobbe Parker, lo vide spingere faccia a terra il suo avversario e capì che stavolta gli doveva la vita.

Mercoledì 12 dicembre 1973
Turno di notte
Ore 0.10

«Con chi cominciamo, tenente?» chiese Sanchez a Braxton, dopo avergli riferito tutto lo svolgimento dell'operazione che aveva portato all'arresto dei fratelli Henderson.

Pochi minuti prima erano arrivate anche le decisive conferme della Scientifica: la Smith & Wesson 19 tolta a Stu Henderson aveva sparato sia a Stanley Tucker che a Johnny Scaletta.

«Col maggiore. È quello che comanda tra i due ed è quello su cui abbiamo la certezza del tentato omicidio di Watts e Price. Fate leva su quello per farlo parlare, voglio sapere se è stato lui a uccidere Tucker. Interrogatelo tu e Parker, mentre Blackman e Mitchell parlano con l'altro. Manda tutti gli altri a dormire qualche ora: appuntamento qui alle 8 domattina».

«Lei resta qui?»

«Sì, certo. Sto finendo di organizzare il picchetto d'onore per il funerale di Tucker con il tenente Gilbert, poi verrò su a sentire gli interrogatori».

Sanchez annuì e uscì dall'ufficio del suo tenente. Non aveva mai conosciuto comandanti con la tempra e la capacità organizzativa del suo capo. Pensò che erano fortunati ad avere un tenente così.

Alzò gli occhi verso la sala, insolitamente gremita di detective a quell'ora.

«Niño, io e te torchiamo Stu Henderson. Vance, Lou, voi prendete Randall. Tutti gli altri a nanna, ci rivediamo qui alle 8 domattina».

Si alzarono tutti contemporaneamente, chi per dirigersi verso le sale interrogatorio chi per raggiungere più rapidamente possibile il proprio letto. Price, ancora schiacciato dai sensi di colpa, sfilò via senza dire una parola.

Solo Watts rimase seduto, intento a finire l'hamburger che aveva comprato sulla via del ritorno al distretto.

«Tu resti, Grady?» gli chiese Sanchez.

«Penso di sì, non ho sonno. Magari vi raggiungo di sopra per darvi una mano col bastardo che stava per farmi la pelle».

Quindi staccò un pezzetto di carne dal suo panino e lo tirò a Peanuts, che bruciò sul tempo il fratello e lo divorò in un attimo.

Sanchez guardò con un certo stupore la scena: vedere uno come Grady Watts che rinuncia a un pezzetto della propria cena per darlo a un gatto... questa era da raccontare.

Sorrise impercettibilmente, poi prese il registratore da un cassetto della sua scrivania, fece un cenno di saluto al collega e andò alle scale.

Watts finì il panino, quindi bussò alla stanza del tenente Braxton, che riconobbe la sua sagoma attraverso i vetri smerigliati.

«Entra Grady» gli disse, con la voce che tradiva le diciotto ore già trascorse in quell'ufficio.

«Era solo per una cosa veloce...»

«Se è per dirmi di Price arrivi tardi, l'ho già sospeso dal servizio per una settimana».

«No, non era per quello».

Braxton colse subito che qualcosa era cambiato nel tono del suo detective.

«Vieni, siediti. È tutto a posto?»

«Sì, sì, non è la prima volta che mi sparano addosso. Ma ce la siamo vista brutta là dentro, e senza l'intervento del ragazzo non so come sarebbe finita. Immagino te l'abbiano già detto...»

«Sì, in via preliminare. Per i rapporti avete fino a domani pomeriggio. Il ragazzo sarebbe Parker?»

«Sì, certo. Ecco, Joe, sai quanto mi costa dirti una cosa del genere ma insomma... Cristo, mi ha salvato la pelle Joe, quel bastardo ci avrebbe sparato alle spalle perciò... credo che dovresti proporlo per un encomio. E se Duvall glielo dà, vorrei che ci fosse anche la mia firma, oltre alle vostre. - e dopo un lunghissimo sospiro aggiunse - Forse è ora di chiudere con le stronzate del passato».

Braxton osservò per qualche attimo in silenzio il suo detective, le mani congiunte davanti al viso.

«Ti fa molto onore quello che dici, Grady. Aspetterò i rapporti e, se tutte le versioni collimeranno, prenderò in seria considerazione un encomio per Parker. E ci sarà anche la tua firma».

«Ok, grazie Joe» disse Watts con un sospiro, alzandosi dalla poltrona.

«Vai a casa?»

«No, non ancora. Salgo a sentire cosa dicono quei due bastardi».

Parker gettò in modo teatrale i reperti imbustati sul tavolo degli interrogatori: la Smith & Wesson 19, le pallottole recuperate sulle scene dei delitti Tucker e Scaletta, quelle prese a casa Henderson, infine le chiavi della Monte Carlo. Della Toronado nessuna traccia, ma visto quanto scottasse dopo l'omicidio Tucker i detective avevano dato per scontato che fosse finita sotto la pressa di uno sfasciacarrozze. Era solo questione di tempo, e prima o poi sarebbe saltata fuori anche quella. Magari ridotta a un cubo di ferro, ma sarebbe saltata fuori.

«Si direbbe che ti sia dedicato parecchio al tiro a segno ultimamente, Stu» disse Parker accendendo il registratore sul tavolo, mentre Sanchez girava alle spalle di Henderson.

«Ti chiarisco subito la situazione: hai ucciso due persone, una delle quali un poliziotto, e hai tentato di uccidere altri due detective. Più la resistenza all'arresto, la detenzione illegale di arma da fuoco, oltretutto rubata, più il possesso dell'auto rubata...»

«Tagliate corto, lo so che sono nella merda» disse secco Stu

Henderson.

«Forse dire che sei nella merda è dire poco, Stu. La tua unica fortuna è di non essere in uno Stato che preveda la pena di morte, altrimenti la sedia elettrica non te la toglieva nessuno. Qui da noi, invece, butteranno semplicemente via la chiave della tua cella».

«Quindi? Che ci guadagno a parlare?»

«Condizioni di carcere migliori e uno sconto di pena per tuo fratello, se salterà fuori che lui era solo il tuo complice ma che non ha materialmente sparato a nessuno. Per sua fortuna si è arreso subito, nell'appartamento, quindi possiamo dargli una mano. Lui è più giovane di te, potrebbe cavarsela con una quindicina d'anni e poi provare a rifarsi una vita».

«E io?»

«Tu non hai niente in mano, Stu. Hai ucciso a sangue freddo un poliziotto, ti ripeto, e sai che nessun giudice avrà mai pietà per quelli come te. Possiamo solo farti avere una cella singola a Prescott, nient'altro».

«Che è comunque sempre meglio che rischiare di prenderlo nel culo ogni sera...» aggiunse Sanchez, sussurrandolo all'orecchio di Henderson.

Stu sospirò e scosse la testa.

«Randy mi ha dato solo l'idea, tutto il resto è stato mio. Lasciatelo stare, è solo un ragazzo con un fratello sbagliato».

«L'idea di cosa?»

«Di entrare nel giro della droga. Aveva il contatto giusto con uno che la fa arrivare dal Sud America. Noi avremmo comprato un carico da 30 mila dollari, che rivenduti sul mercato sarebbero diventati 90 mila. Poi li avremmo reinvestiti e così via, in sei mesi ci saremmo presi un bel pezzo dello spaccio del Barrio».

«Ma i 30 mila non li avevate, e siete andati a chiederli a Scaletta, giusto?»

«Sì, certo, dove li prendevamo 30 testoni? Ce li ha dati, e noi entro gennaio gliene avremmo dovuti ridare 45. Era tanto, ma non avevamo scelta. Scaletta non era uno strozzino abituale e non aveva contatti con gli altri spacciatori della zona».

«Quando li avete presi i soldi?»

«Ci siamo incontrati domenica mattina nella stazione di servizio sulla Monroe che usava come ufficio».

«E poi cos'è successo?»

«Lunedì abbiamo dato i 15 mila di acconto al nostro fornitore e ci siamo dati appuntamento all'indomani mattina per saldare e ritirare la merce».

«E a quel punto qualcosa è andato storto. Ma quando siete stati fermati dall'agente Tucker non avevate ancora la roba, quindi dov'era il problema? Perché l'avete ucciso?»

«Io… quando mi ha fermato ho perso la testa… pensavo che avrebbe scoperto che l'auto era rubata, e poi ci avrebbe trovato la pistola in macchina… e allora gli ho sparato».

«Dove tenevi la pistola?»

«Ce l'avevo nel giaccone, nella tasca interna. Quando il poliziotto mi ha chiesto i documenti ho infilato la mano dentro come per prenderli e invece ho preso la pistola e gli ho sparato».

Parker alzò lo sguardo verso Sanchez, che scosse impercettibilmente la testa.

«Quindi avevi una fondina tipo la mia?» insistette Parker mostrandogliela.

«No, no… la tenevo nella tasca del giaccone. Ha una grossa tasca interna».

«Quindi gli hai sparato a bruciapelo attraverso il finestrino abbassato della macchina, giusto?»

«Giusto».

«A proposito, che fine ha fatto la Toronado?»

Stu Henderson spalancò gli occhi.

«Toronado? Che Toronado?»

Sanchez gli afferrò il collo della camicia da dietro e lo strattonò violentemente, fin quasi a fargli sbattere la faccia sul tavolo.

«Senti amigo, forse eri partito bene ma ora ho l'impressione che tu ci stia raccontando un mucchio di cazzate!! Prima ci vuoi far credere che tenevi un revolver grosso come quello dentro la tasca di un giaccone, poi ci dici che non avevi nessuna Toronado! Ma ci prendi per scemi?! Abbiamo testimoni che vi hanno visto sparare all'agente Tucker da una Oldsmobile Toronado nera, targata CEJ 867, quindi piantala di prenderci per il culo!»

«Sentite, io non so un cazzo di questa Toronado nera, ve lo giuro! I vostri testimoni o avevano fumato o sono daltonici perché noi in questi giorni siamo sempre andati in giro con questa fottuta Chrisler Monte Carlo, quella che avete trovato parcheggiata sotto casa nostra! Quella che si mette in moto con quella fottuta chiave lì! L'abbiamo sfilata a una cicciona che era scesa per entrare in lavanderia e l'aveva lasciata accesa!»

In quel momento si accese la luce rossa sulla parete. Erano desiderati al di là del finto specchio.

I due detective uscirono senza dire una parola. Nella stanza sul retro trovarono il tenente insieme a Watts, Blackman e Mitchell.

«Beh?» disse Sanchez.

«Ci sono novità che è bene sappiate. – gli disse Braxton – Raccontagli tu, Lou».

«Randall ha confessato di aver ucciso lui Stanley Tucker. – disse Mitchell – Teneva la pistola nel cassetto del cruscotto, gli ha sparato dal posto del passeggero».

Sanchez annuì.

«Sì, avevamo capito che Stu ci stava raccontando cazzate per coprire il fratello».

«Ok, ma dal posto del passeggero di quale macchina? – s'inserì Parker – Secondo me Stu dice la verità sul fatto che non ha mai visto la Toronado».

«Anche Randall dice la stessa cosa: mai avuta una Toronado, né nera né di nessun altro colore» confermò Mitchell.

«E allora da dove cazzo è saltata fuori la Toronado che ha

visto l'agente Gruber?» disse Sanchez, spazientito.

Mitchell si grattò la testa, poi riprese.

«Infatti c'è dell'altro. Randall dice di aver sparato a Tucker perché il poliziotto gli aveva chiesto 50 dollari per chiudere tutti e due gli occhi sulla loro infrazione e per non perquisirgli la macchina, la Monte Carlo beige».

Sanchez e Parker rimasero senza parole per qualche secondo, poi Sanchez picchiò un pugno violentissimo sul muro.

«Hijos de perro!! La Toronado non c'è mai stata lì!! Non è mai esistita!! L'ha inventata Gruber per depistarci!!»

«Esatto. – disse Mitchell - Gruber l'avrà letta sulla lista delle auto rubate che viene consegnata a tutte le pattuglie prima di ogni turno, e siccome suo fratello ne ha una rossa gli sarà rimasta impressa tra tutte le altre».

«Stiamo per diventare i padroni del Barrio e ci facciamo spillare 50 verdoni da un poliziotto negro?» disse Blackman, citando dal proprio taccuino le esatte parole dette da Randall Henderson.

Ci fu un momento di stanchezza generale, in cui nessuno parlò. Ognuno guardava la faccia stanca degli altri, cercando lì l'energia per fare quello che andava fatto. Braxton percepì quell'atmosfera e prese in mano la situazione.

«Voi quattro tornate dentro, chiarite tutto con i due fratelli e vi fate fare una confessione scritta per cominciare a mettere nero su bianco. Watts, tu vai a prendere Gruber a casa e lo porti qui, ufficialmente per il riconoscimento di un sospettato. Io intanto tiro giù dal letto l'assistente del procuratore che segue il caso e decidiamo il da farsi. Forza, tornate a lavoro».

Messo di fronte all'evidenza dei fatti confessati dal fratello minore, Stu Henderson cambiò la sua versione, ricostruendo l'assassinio dell'agente Tucker esattamente come lo aveva descritto Randall. Disse che fu quel momento di follia del fratello a far saltare tutto: il loro fornitore di droga venne a sapere dell'omicidio e, immaginando che questo avrebbe attirato sui fratelli Henderson tutti i poliziotti della città, disse che il loro affare finiva lì, tenendosi i 15 mila dollari di anticipo. A quel punto, non avendo i soldi da ridare a Scaletta e per non doversi guardare dai suoi riscossori, Stu decise di eliminare il problema alla radice, uccidendo lo strozzino. Infine, indicò loro un piccolo garage poco distante dall'abitazione, dove i poliziotti avrebbero trovato il resto dei soldi e i buoni benzina presi a Scaletta per provare a far sembrare l'omicidio una semplice conseguenza della rapina.

I due fratelli Henderson stavano ancora scrivendo le loro confessioni quando arrivò l'assistente procuratore seguito, pochi minuti dopo, da Watts in compagnia di Ed Gruber.

«Ciao Ed, scusami per averti tirato giù dal letto a quest'ora ma forse abbiamo la pista giusta e il procuratore ha insistito per avere subito il tuo riconoscimento» gli disse Braxton appena lo vide, per non metterlo subito in allarme.

«Figurati Joe è solo che... come dicevo anche a Watts in macchina, era buio, io non l'ho visto poi così bene. Non so quanto potrò esservi utile».

«Non preoccuparti, dicci solo quello di cui sei certo e poi vedremo».

«Ok, va bene».

Gruber si aspettava di essere portato nella stanza dietro al finto specchio da cui si osservano gli interrogatori; cambiò espressione quando invece Braxton lo fece accomodare dentro la sala, uscendo senza dire una parola. Fatti pochi passi, il tenente raggiunse i suoi detective nella stanza sul retro.

«Quanto lo lasciamo cuocere, tenente?» chiese Sanchez.

«Cinque minuti basteranno».

In quell'istante entrò nella sala anche il capitano Duvall, comandante dell'Undicesimo Distretto, evidentemente avvertito da Braxton. I detective furono sorpresi dalla sua apparizione; non si poteva dire che il loro ufficiale più alto in grado partecipasse molto alla vita del distretto. Dedito all'alcool troppo spesso per il suo mestiere, viveva in malinconica solitudine dopo che un killer, ingaggiato da un boss da lui arrestato, gli aveva ucciso moglie e figlia per vendetta. Il capo della Polizia aveva deciso di non pensionarlo anzitempo per non fargli pesare ancor di più la sua condizione, ma il suo contributo alla vita del distretto era limitato ai rari momenti di piena lucidità. Stavolta però la notizia che due dei suoi agenti chiedevano bustarelle agli automobilisti era stata sufficiente a tirarlo giù dal letto.

«Ho saputo delle novità. – disse con tono grave a Sanchez – Siete sicuri di quello che state facendo?»

Sanchez annuì.

«Voglio una confessione scritta di Gruber, altrimenti non se ne fa niente».

Osservarono con attenzione Gruber per i minuti seguenti, notando via via sempre più evidenti segni di nervosismo. Quindi Braxton mandò dentro Sanchez, Watts e Parker.

«Allora? Cosa avete da dirmi? Dove sono i sospetti?» chiese subito Gruber.

Sanchez si buttò sulla sedia dall'altra parte del tavolo, sbuffando e accendendosi una sigaretta. Il tutto con estrema, teatrale lentezza.

«Ed... credo che dovresti essere tu a dirci qualcosa, no?»

Gli occhi celesti dell'agente Gruber si spalancarono.

«Come?! Che cosa dovrei dirvi? Vi ho già detto tutto! Li avete trovati quei bastardi che hanno sparato a Stanley oppure no? La Toronado l'avete trovata o no? Dobbiamo vendic...»

«Non c'è nessuna Toronado, Ed, non c'è mai stata. E lo sai anche tu» lo interruppe Sanchez.

Nella successiva mezz'ora, Ed Gruber passò dallo stupore alla rabbia, dallo sconforto all'incredulità, ma tenne testa ai detective, che continuavano a fargli domande sempre più particolareggiate sulla scena del delitto Tucker, sperando che prima o poi Gruber si tradisse. Ma Gruber era un poliziotto, un poliziotto esperto per di più, e sapeva come funzionavano quelle cose.

Stava giurando ancora una volta sulla presenza della Toronado, quando la porta della stanza si spalancò ed entrò il capitano Duvall, che prima spense il registratore e poi, senza tanti convenevoli, afferrò Gruber per il collo, lo sollevò di peso dalla sedia e lo sbatté al muro.

«Capitano… ma…» disse Gruber con un filo di voce.

«Mi sono rotto i coglioni di passare la notte ad ascoltare le tue stronzate, Ed. Una pattuglia è stata nel garage che ci ha segnalato Henderson e ha trovato tutto quello che ci aveva detto. Ha confessato su tutto, i conti tornano, quindi ora dimmi: perché avrebbe dovuto mentire proprio su quella stronzata dei 50 dollari che gli aveva chiesto Tucker?»

«Ma voi non potete credere a un…»

«Non ho finito. Non lo sai che non si interrompe un superiore quando parla? – Gruber, terrorizzato, annuì con la testa – Allora, questa è la prima e ultima offerta che ti facciamo, Ed. Ci scrivi tutta la verità, compresi i soldi che intascavate tu e Tucker, su un bel foglio di carta, lo firmi e te ne vai. Vieni congedato da una commissione medica per il trauma subito o qualche altra cazzata psicologica, mantieni la pensione e non perdi la faccia con i tuoi colleghi e la tua famiglia. Il foglio con la tua confessione non uscirà mai dalla mia cassaforte, a meno che tu non faccia qualche altra stronzata, tipo parlare di questa storia ai giornali; comportati bene e il nostro accordo non uscirà mai da questa stanza. Se invece insisti con la Toronado e tutte le altre cazzate ci facciamo fare un mandato per perquisire casa tua, il tuo conto corrente e ti contiamo i peli del culo finché non scopriamo che te la passavi meglio di quanto il tuo stipendio potesse permetterti. Congedo con disonore, niente pensione e niente lavoro: nessuno assume un ex poliziotto corrotto. A te la scelta».

Parker guardò Sanchez con stupore: i titolari dell'indagine erano loro due e sarebbe spettato a loro decidere se proporre o no un accordo simile a Gruber. Sanchez colse lo sguardo del compagno e si affrettò a fargli un gesto, tanto discreto quanto brusco, per farlo tacere. Parker guardò allora Watts, che gli rispose semplicemente alzando le spalle. Finalmente Duvall mollò la presa sul collo di Gruber, che iniziò a tossire violentemente.

«E la moglie di Tucker?» disse flebilmente.

«Nessuno al di fuori dei presenti saprà nulla di quello che facevate. Tucker sarà seppellito con tutti gli onori, la moglie avrà la sua pensione e il figlio avrà un posto riservato al college come figlio di un agente morto in servizio. Allora?»

Parker ebbe un altro impeto di rabbia: suo padre era stato ucciso da un tumore dopo venticinque anni di onoratissimo servizio, e nessuno aveva avuto tutti questi riguardi per sua madre né posti al college per lui.

«Ok... ok, vi scriverò tutto» disse Gruber, crollando.

«È successo tutto come dicevamo noi?» gli disse Sanchez.

«Sì».

«Da quanto tempo spillavate soldi agli automobilisti in cambio delle mancate contravvenzioni?»

«Da parecchio... non mi ricordo di preciso quando abbiamo iniziato... un anno, un anno e mezzo... avevamo bisogno di soldi tutti e due».

Il capitano Duvall uscì subito dalla stanza, mentre i tre detective attesero che Gruber scrivesse tutta la sua confessione. Quando lo lasciarono libero di tornare a casa, Braxton prese da parte Sanchez e Parker.

«Scrivete subito i vostri rapporti, secondo l'accordo che abbiamo fatto con Gruber. Non fate alcuna menzione di quello che facevano quei due stronzi e dei motivi per cui Randall Henderson ha sparato a Tucker, ok?»

Sanchez annuì stancamente, mentre Parker fissò con lo sguardo il suo superiore.

«Qualche problema, Parker?» gli chiese bruscamente Braxton.

Parker deglutì, poi scosse la testa, dandosi mentalmente del codardo.

«Bene. Allora a lavoro, vediamo di far finire al più presto questa giornata di merda».

I due detective stavano battendo a macchina i loro rapporti, confrontandosi di tanto in tanto su quel che avevano scritto per evitare incongruenze e salvare almeno l'apparenza nei confronti del procuratore distrettuale. Erano quasi in dirittura d'arrivo quando Parker strappò via i fogli di carta copiativa dai rulli e scattò in piedi.

«Che c'è, niño?»

«Tu finisci, io ho bisogno di parlare con Duvall».

Sanchez si allarmò.

«Niño non fare stronzate, torna qui».

«Finisci, ti ho detto. Io torno subito».

Parker salì di volata i due piani di scale che separavano la sala dell'Investigativa dall'ufficio del comandante del distretto. Essendo l'alba non c'era il consueto piantone ad annunciare gli ingressi, quindi bussò ed entrò, senza attendere risposta.

Duvall era alle prese con il suo passatempo preferito: una bottiglia di whisky.

«Sapevo che saresti venuto, Parker - disse Duvall, poggiando il bicchiere sulla scrivania – Potrei quasi dire di essere rimasto per te».

«Come faceva a sapere che sarei venuto?»

«Ho visto la faccia che hai fatto di sotto, mentre proponevo l'accordo a quel pezzo di merda di Gruber. Gli altri sono tutti troppo assuefatti o codardi per ribellarsi, ma tu no. O non ancora, per lo meno. Per questo sapevo che saresti venuto. Quindi?»

«Quel rapporto che stiamo scrivendo toglierà a Randall

Henderson anche l'attenuante della provocazione, che vuol dire che si farà almeno due anni in più. Gruber se la caverà con una carezza: si ritroverà con la pensione e nessun procedimento a carico. E Tucker non meriterebbe nessun picchetto d'onore né pensione; dopo un anno e mezzo, la moglie non poteva non essersi accorta che il marito portava a casa più soldi di un normale stipendio».

«C'è di molto peggio nella polizia che due agenti che spillano 50 dollari a chi passa col rosso o ha bevuto un bicchiere di troppo».

"Autoindulgenza" pensò Parker, ma evitò di toccare quel tasto.

«Non è un buon motivo per fargliela passare liscia».

«È un motivo sufficiente per non togliere una pensione a una vedova col suo bambino. E se per arrivare a questo devo far prendere due anni in più a uno spacciatore e assassino... beh, che se li prenda. Quel ragazzo è già segnato, non ha alcuna speranza di uscire dalla vita che si è scelto».

«Quel ragazzo ha poco di più di vent'anni, come fa a dire una cosa del genere?! E allora noi che ci stiamo a fare? Se tutto il Barrio è senza speranza noi che cosa ci stiamo a fare?! – senza rendersene conto, Parker ora stava urlando contro il suo comandante – Allora chiamiamo i Marines, mettiamoli tutti al muro e poi bruciamo questo quartiere senza speranza, no? Siamo noi la speranza, capitano, siamo noi! Andiamo in giro pretendendo rispetto e ubbidienza, parliamo di onore e lealtà, scriviamo "per servire e proteggere" su tutte le nostre auto, e poi siamo i primi a nascondere la polvere sotto il tappeto! Non è per questo che ho preso il distintivo, capitano, non è per firmare rapporti fasulli come quello che lei e il tenente Braxton ci avete ordinato di scrivere».

Il capitano Duvall riprese il bicchiere. Fece girare il whisky, guardò il ghiaccio che si stava sciogliendo dentro.

«Tu hai mai sentito parlare della "regola del silenzio", Parker?»

Parker scosse il capo.

«È il motivo per cui tu finirai e firmerai quel rapporto. È il principio su cui si fonda tutto l'equilibrio che faticosamente cerchiamo di mantenere all'interno del nostro corpo e di questa città. Nessuno è innocente, Parker, tutti abbiamo sbagliato qualcosa nelle nostre vite, nel nostro lavoro, nelle nostre famiglie. La regola del silenzio concede a tutti di sbagliare, entro certi limiti, senza doverne pagare subito le conseguenze. Se rispettassimo alla lettera i regolamenti non ci sarebbero più poliziotti al mondo, saremmo tutti in carcere o congedati con disonore».

«Non ci credo, non è così. Se non avessimo tutta questa tolleranza e comprensione per chi sbaglia saremmo migliori, saremmo più rispettati, la gente crederebbe di più in noi».

«Crederebbe in qualcosa che non esiste, crederebbe nella perfezione. Credi che i giudici siano perfetti? Credi che Nixon o il Papa siano perfetti? No, sono uomini, quindi non lo sono. Cercano solo di mantenere i loro errori sotto una certa soglia, e cercano di perdonare chi fa piccoli errori intorno a loro».

«La regola del silenzio, quindi» disse Parker, mettendosi le mani nelle tasche dei pantaloni.

«Esatto. Tu sei un buon poliziotto, Parker, ma arriverà il giorno in cui anche tu farai qualche sciocchezza, e allora ci saranno dei colleghi che chiuderanno un occhio, o scriveranno dei rapporti addomesticati che ti eviteranno di dover restituire distintivo e pistola».

«Quanto saremmo migliori se difendessimo solo la verità» disse Parker, sconsolato.

«Noi difendiamo l'equilibrio sociale e una certa dose di giustizia, non la verità. Quella lasciamola a Dio».

Parker uscì dall'ufficio del suo comandante sbattendo violentemente la porta. Tornò al suo posto sotto lo sguardo incuriosito di Sanchez, e riprese a scrivere senza dire una parola. Dopo pochi minuti i due rapporti firmati erano sul tavolo del tenente Braxton.

Turno di giorno
Ore 8.30

Grady Watts stava infilandosi il giaccone per tornare a casa e dormire qualche ora prima di riprendere servizio. Ora che il caso Tucker era stato risolto, i turni della squadra sarebbero tornati alla normalità entro le prossime ventiquattro ore.

Passò davanti alla bacheca, dove era stato appeso il foglio che invitava tutti i detective non in servizio a partecipare quel pomeriggio al funerale dell'agente Stanley Tucker, caduto in servizio.

Watts scosse la testa e uscì sul pianerottolo, ma si scontrò con una ragazza che stava salendo le scale. La riconobbe subito: era Madison Devine, l'ex praticante della gioielleria Walker.

«Detective Watts, non mi dica che stava andando via!»

Watts, punto nell'orgoglio, mentì.

«No, no, figurati, scendevo solo a prendere un caffè, quello che facciamo qui dentro è una brodaglia imbevibile. Vieni con me?»

«Veramente... se per lei non è un problema vorrei iniziare subito a fare quel riconoscimento che mi aveva chiesto...».

«Oh sì, certo, il riconoscimento... - disse Watts, senza troppo entusiasmo, vedendo allontanarsi la sua dormita – Vieni, andiamo in un posto più tranquillo».

Condusse Madison Devine in una delle sale per gli interrogatori, le portò un caffè caldo quindi le mise davanti un grosso faldone contenente le schede con foto di tutti i poliziotti, di qualunque reparto e grado, assegnati all'Undicesimo Distretto.

«Mettiti comoda, ci vorrà un po'. Io esco a prendere gli altri, se trovi qualcosa segnalo con questi foglietti e tienilo da parte. Guardali bene, con calma e attenzione. E se entra qualcuno non dire perché stai facendo questo riconoscimento, dì solo che sei una mia testimone, punto e basta.

Tutto chiaro?»

La ragazza annuì.

«Ok, buon lavoro. Io torno subito».

Watts tornò al suo posto nella sala dell'Investigativa, chiamò la Centrale e chiese che gli fossero inviate con una pattuglia le foto di tutti i poliziotti maschi della città.

La stanchezza aveva avuto subito la meglio su Parker, facendolo crollare appena toccato il letto. Ora, però, i pensieri legati al caso Tucker tornavano ad affiorare nella sua mente, dapprima in modo blando e confuso, poi sempre più nitido e lucido, fino a svegliarlo del tutto dopo sole quattro ore di riposo. Si mise a sedere sul letto, fissò per qualche istante una vecchia copia del City Herald che giaceva sul suo pavimento, la raccolse e iniziò a sfogliarla, fino a trovare il riquadro dedicato alla redazione, su cui campeggiava, in grassetto, il numero del centralino. Prese il telefono che aveva sul comodino e compose quel numero.

«City Herald» rispose una voce femminile in tono piuttosto sbrigativo.

«Buongiorno, vorrei parlare con Stan Abbott, è già arrivato?»

«Un attimo che controllo... sì, mi risulta già in ufficio, glielo passo. Chi devo dire?»

A Parker mancò in un attimo tutta la decisione che gli aveva fatto comporre quel numero pochi secondi prima. Da quel momento non sarebbe più potuto tornare indietro, e se anche Abbott fosse stato tenace nel non rivelare la sua fonte il capitano Duvall avrebbe impiegato un minuto, una volta letto l'articolo, a capire chi gli aveva spifferato la vera storia degli agenti Tucker e Gruber.

Sospirò profondamente.

«È ancora lì? – disse la voce, per niente disposta a perder tempo in attesa di un nome – Chi devo dire?»

Parker riattaccò, odiandosi per averlo fatto. Cinque minuti

dopo era già fuori di casa.

Madison Devine terminò di scorrere tutti i volti dell'Undicesimo Distretto senza indicarne neppure uno, con grande sollievo di Watts. Trovare mele marce in casa degli altri era sempre più facile, e meno doloroso, che scovarne nella propria. E poi, per quel giorno, l'orgoglio dell'Undicesimo aveva già subito un duro colpo.
Il tempo di offrire una Coca Cola alla ragazza e arrivarono dalla Centrale gli undici faldoni che aveva richiesto.
Madison Devine capì che ci sarebbero volute ore.
Grady Watts ebbe la sensazione che sarebbero state ore inutilmente strappate al suo riposo, ma decise che ormai bisognava andare fino in fondo.

Parker accostò al marciapiedi la sua auto proprio mentre D.D. usciva dal portone di casa sua. Scese, raccolse un pugno di neve dal tetto dell'auto e glielo tirò.
D.D. si voltò di scatto, imbufalita, ma un attimo dopo sfoderò il suo miglior sorriso.
«Ehi, Noah! Che ci fai qui?! Che sorpresa!»
«Ci credi se ti dico che passavo per caso?»
«No, non ci credo! Hai parcheggiato proprio davanti casa mia! Per caso un corno!!»
Parker si avvicinò, le tolse dolcemente la neve dalle spalle del cappotto, si abbracciarono.
«Tutto qui, signor poliziotto? – gli chiese D.D. sorridendo – È così che la polizia si prende cura dei cittadini?»
«Non parliamo del mio lavoro, D.D., non è proprio…»
«E baciami, scemo».
Passarono insieme le successive quattro ore. Andarono nel Bracket a una svendita di abiti da sera in cui D.D. contava di trovare a buon prezzo qualcosa di nuovo da mettere nei suoi concerti. A Parker sembrò che ne avesse provati mille

prima di trovare quello giusto, ma alla fine ci riuscì e finalmente risalirono in macchina.

Poi entrarono in un grande magazzino, le cui vetrine si af-
facciavano sul fiume Chain, e vagarono tra un negozio e
l'altro, circondati da luci intermittenti, abeti addobbati e
stelle cadenti argentate. Solo in quel momento, incredibilmente, Parker si rese conto che tra una settimana sarebbe
stato Natale.

Madison Devine pensò che dopo quel giorno non avrebbe
più guardato fotografie per una decina d'anni. Con gli occhi
che le bruciavano e la mente oramai ottenebrata dalle migliaia di volti visti, portò comunque a termine il suo compito, con ammirevole tenacia.

Segnalò in tutto una decina di facce, di cui Watts si appuntò
le generalità, ma lo fece senza troppa convinzione. C'era
sempre un "potrebbe essere" o un "potrebbe assomigliare"
di troppo, nessuna foto le fece veramente scattare qualcosa
nella testa. Watts lo notò ma non disse nulla, anzi la ringraziò per l'impegno e la accompagnò fino alla metropolitana.
Tornato indietro, chiamò la Centrale affinché venissero a
riprendersi tutti quei faldoni che gli ingombravano la scrivania e richiese per telex le schede complete dei nomi segnalati da Madison, quindi uscì. Salito in auto guardò le
lancette dell'orologio sul cruscotto e sospirò: non chiudeva
occhio da un giorno e mezzo, ma aveva ancora qualcosa da
fare.

Riportata D.D. a casa, Parker si diresse al cimitero cittadino,
dov'era in programma il funerale di Stanley Tucker. La funzione sarebbe stata celebrata direttamente sul luogo della
sepoltura, non in chiesa, sfidando il freddo e la neve.

Arrivò che era appena iniziata, ma rimase in disparte, pog-
giandosi al tronco di un grosso albero poco distante. Rico-

nobbe Duvall, Braxton e molti dei detective e degli agenti di pattuglia dell'Undicesimo. Sapeva che Sanchez non sarebbe venuto, lui non andava mai ai funerali, sostenendo che portassero "malasuerte". C'era anche Ed Gruber, senza divisa, la vedova Tucker, giovanissima e con un bambino piccolo sulle ginocchia, il picchetto d'onore in alta uniforme, e molti altri volti sconosciuti, quasi tutti di colore.

«Puzza di carogna questo funerale eh?» disse una voce alle sue spalle, facendolo sobbalzare.

Parker si voltò di scattò e riconobbe subito Watts, sbucato silenziosamente dal viale dietro di lui.

«Oh Grady... pensavo che non saresti venuto... sì, ho preferito restare un po' in disparte... noi sappiamo come Tucker non meritasse tutto questo».

«Ti hanno fatto scrivere quello che volevano loro, eh?» disse Watts, diretto come sempre.

Parker lo fulminò con lo sguardo, poi annuì, amareggiato.

«Beh, ora sai cos'è la regola del silenzio. Stai diventando grande, giovane Parker. – gli diede una pacca sulla spalla – Comunque... in realtà pensavi bene. Sono venuto per te, non per lui» disse, indicando per un attimo la bara.

«Senti, non mi sembra il posto adatto per parlare delle nostre...»

«Sei fuori strada: mi hai salvato la pelle dentro l'appartamento di quei due stronzi, e non sono il tipo che dimentica cose del genere. Volevo ringraziarti».

Parker si voltò a guardarlo negli occhi. Vide il Grady Watts di sempre, enorme, dai lineamenti brutali e dalle poche parole, ma gli occhi erano sinceri, quasi lucidi.

«Volevo dirtelo a quattr'occhi, senza tutta la gente che abbiamo sempre intorno... - proseguì Watts – E poi volevo dirti che... forse sarebbe il momento di mettere una pietra sopra a quel che è successo tre anni fa».

«Grady, non sai quanto sono felice di sentirti dire queste parole. So di aver fatto una stronzata imperdonabile e ti giuro che non si ripeterà mai più. E anch'io penso che sarebbe ora di guardare avanti». Parker si sfilò il guanto destro e porse la mano a Watts, che gliela strinse vigorosamente.

In quel momento echeggiò il primo dei tre spari a salve del picchetto d'onore.

I due detective tornarono a voltarsi verso il funerale.

«Tu e il portoricano avrete un encomio per questa storia, sai?» disse Watts, dopo qualche secondo di silenzio.

Secondo sparo a salve.

«Rimarrà sempre una storia sporca, anche se ci dessero una medaglia» disse Parker senza voltarsi.

Terzo sparo.

«L'hai fatto anche tu in passato, vero? Hai anche tu un credito con la regola del silenzio o l'hai già bruciato?»

Non sentendo risposta Parker guardò dietro di sé, ma Watts era già scomparso.

SECONDA PARTE

(quattro mesi dopo)

Lunedì 22 aprile 1974
Ore 12

Lo scivolare leggero dell'acqua intorno al corpo, la ripetitività dei gesti e il ritmo regolare del suo respiro aiutavano Parker a mettere meglio a fuoco i suoi pensieri. Era sempre stato così, fin da bambino, quando suo padre l'aveva portato per la prima volta al mare, per insegnargli a nuotare. Parker ricordava bene quel giorno, l'acqua gelida dell'oceano, le braccia robuste del padre che lo sostenevano sotto la pancia per fargli provare le prime bracciate della sua vita. Ora, a 28 anni, Parker trovava quiete nell'acqua della piscina distante due isolati da casa. Aveva chiesto anche a Sanchez di venire, ma più per educazione che per reale bisogno di compagnia, e si era sentito perfino sollevato quando il suo collega gli aveva detto di no, dicendo che per uno cresciuto nelle acque cristalline di Portorico era impensabile tuffarsi in quella vasca piena di cloro e disinfettante.

Quel giorno le sue andate e ritorni, da un lato all'altro, erano occupate da un unico pensiero: D.D. Stavano insieme da quattro mesi, un tempo che Parker aveva quasi timore a definire come il più bello della sua vita. Ora sentiva il bisogno di fare un passo avanti.

Percepì di essere quasi alla fine della vasca, guardò davanti a sé per iniziare la virata ma vide un'ombra strana sull'acqua, quella di una persona in piedi sul bordo. Toccò la sponda e si rialzò. Era proprio D.D.

«Ehi! Che succede? Tutto bene?» disse Parker, molto sorpreso. Non era mai venuta in piscina.

D.D. si piegò sulle ginocchia per avvicinarsi di più a Parker, aveva gli occhi lucidi di un pianto recente. Gli prese la testa tra le mani.

«Mi hanno chiamato da Los Angeles! Mi hanno chiamato da Los Angeles!! – disse tutto d'un fiato – Tra due giorni ho un'audizione alla Motown!»

Parker la abbracciò di slancio, senza preoccuparsi di bagnarla, e lei si tuffò in quell'abbraccio e in piscina, completamente vestita.

La Motown era la più famosa, ricca e potente casa discografica cui una cantante nera potesse aspirare, le sue star si davano il cambio in cima alle classifiche di vendita e le radio passavano quasi esclusivamente la sua musica, un soul talmente innovativo e riconoscibile da essere stato soprannominato il "Motown sound".

Due sere prima, al termine di un concerto alla Music Hall, D.D. era stata avvicinata da un uomo di mezza età, molto ben vestito: le aveva dato un biglietto da visita, presentandosi come uno degli scout della Motown. Le aveva fatto i complimenti per l'esibizione e le aveva chiesto un numero di telefono a cui poterla richiamare. D.D., sulle prime, aveva pensato a uno dei tanti uomini che avevano provato a portarsela a letto promettendole chissà quali palcoscenici e contratti, ma il bigliettino e un modo di fare distaccato, professionale come lei non aveva mai visto, l'avevano infine convinta a dargli il suo numero di casa. L'uomo se n'era andato dicendole che avrebbe ricevuto sue notizie entro due giorni, ed era stato di parola.

Passarono il pomeriggio a casa di Parker, a fare l'amore, a decidere quale vestito avrebbe indossato D.D. per l'audizione, a scegliere le canzoni che avrebbe eseguito, a scherzare su cosa avrebbero fatto con tutti i soldi che la Motown le avrebbe dato.

D.D. si stava rivestendo per andare via, doveva ripassare da casa prima di andare allo "Shocking", il locale dove avrebbe cantato quella sera. La Motown le aveva prenotato un posto sul volo per L.A. dell'indomani mattina alle 9; non si sarebbero più rivisti prima della sua partenza. Parker la bloccò da dietro con un abbraccio e nelle sue mani spuntò, a sorpresa, un mazzo di chiavi. D.D. si liberò dall'abbraccio e lo guardò con gli occhi accesi di stupore.

«Quando torni da Los Angeles usa queste. - le disse Parker

spegnendo ogni domanda – E porta la tua roba qui; staremo un po' stretti, almeno finché la Motown non ti comprerà una villa a Maya Hills, ma staremo bene lo stesso».

D.D. pianse per la seconda volta, quel giorno.

A cena dalla madre, Parker osservava pensieroso il piatto di pasta al pomodoro che aveva davanti. Zia Mary stava frequentando un corso di cucina italiana e il nipote era la sua cavia preferita.

«Che c'è? Non è buona? È poco cotta anche stavolta?» gli chiese zia Mary, preoccupata dal giudizio del suo assaggiatore ufficiale.

«Cosa? No, no zia, ero solo pensieroso, la pasta è buonissima. Anche questo sugo… ottimo, davvero». Parker si alzò, fece il giro del tavolo e baciò la zia sulla fronte.

Proseguirono la cena con chiacchiere banali, finché zia Mary non si alzò nuovamente per andare a prendere il dolce.

«Noah, avanti, - gli disse la madre con tono dolce – cosa ti succede? Sei strano da un po' di tempo».

«Ma no, mamma, che dici…»

«Ehi, signor detective, guarda che tua madre è più poliziotto di te in queste cose!»

Parker annuì sorridendo.

«Sì, in realtà vi dovrei parlare…»

«Buone o cattive notizie?»

«Buone, non preoccuparti».

«Qualcuna ti ha fatto girare la testa?»

«Eh già, me l'ha fatta girare parecchio. Al punto che oggi le ho chiesto di venire a vivere con me…»

«Le hai chiesto di vivere con te?!» esclamò la madre.

In quell'istante rientrò nella sala da pranzo zia Mary.

«Vai a vivere con la tua fidanzata?! Oh mio dio, Noah, ma è meraviglioso!!» esclamò la zia, lanciando in aria la torta per correre ad abbracciare il nipote.

«Mary! Guarda cos'hai combinato!!»

Il dolce era rimasto appeso alla parete, incollato per via della panna, come un quadro astratto, realizzato probabilmente da un artista diabetico.

Parker cercò di riportare la calma nella stanza staccandosi di dosso la zia, che lo stava tempestando di baci.

«Zia, calma, non ho mica detto che mi sposo eh!»

«Dai, tanto si sa come vanno a finire queste cose!» rispose zia Mary con un gesto di noncuranza della mano.

«Tu pensa a prendere uno straccio per pulire il muro, dannata combinaguai!»

Zia Mary tornò in cucina ridendo. Probabilmente era stato il disastro più felice della sua vita.

«Sei sicuro che sia una buona idea, Noah?» gli chiese la madre, per niente sorridente.

«Sì, certo, perché? Tu no?»

«No. Vivere insieme senza sposarsi credo che sia solo un modo per sfuggire alle proprie responsabilità».

«Non è così, mamma. Forse poteva esserlo ai tempi tuoi e di papà, ma oggi non è più così. Credo che sia giusto provare a vedere come si vive insieme all'altra persona, prima di fare altri passi più impegnativi, come un matrimonio o un figlio».

«Sarà così per te, ma non credo che la maggior parte dei giovani la pensi nello stesso modo».

«Non mi interessa come la pensano gli altri, qui è di me che stiamo parlando».

La madre sospirò. Non digeriva questa decisione del figlio, ma forse le scocciava di più sentirsi dare sottilmente della vecchia.

«Come si chiama?»

«Donna Davis, ma tutti la chiamano D.D., ha 21 anni, fa la cantante soul ed è nera, tanto per dirla tutta».

«Fa la cantante?!» disse la madre, sorpresa.

«Pensavo che ti saresti stupita di più per il colore della sua pelle» ribatté subito Parker, in tono piuttosto polemico.

Tornò zia Mary, che iniziò a tirar via la torta dal muro senza per questo perdersi una parola del nipote.

«Non dire scemenze, Noah, sai bene che per me il colore della pelle non ha mai avuto alcuna importanza! È solo che immaginavo che sarebbe stata un'altra poliziotta, vista la vita che fai, tutto qui!»

«Ai turni di notte s'incontra più gente fuori che dentro il distretto».

«Da quanto va avanti?»

«Quattro mesi, più o meno».

«Allora quando ce la farai conoscere?» disse la zia, che covava questa domanda da lunghi minuti.

«Dateci almeno il tempo di iniziare a vivere insieme, no?»

«Che bello, la cantante... avrei voluto fare anch'io la cantante, sai?» disse zia Mary.

«Tu avresti voluto fare qualsiasi cosa, Mary...» le disse la sorella.

«Domani parte per Los Angeles, l'hanno chiamata per un'audizione alla Motown, potrebbe essere una cosa importante».

«Andrete a vivere da te?» lo incalzò la madre.

«Sì, lei vive in una stanza in affitto insieme a un'altra ragazza. Oggi le ho dato le chiavi di casa mia».

«Oh, che nipotone romantico che ho! – esclamò zia Mary continuando a staccare la torta dal muro. Poi si fece improvvisamente seria – Ma ora che sarete in due pensi di andare ancora avanti con quel rottame di lavatrice?»

«Zia, ti pare il momento di pensare alla lavatrice?!»

«Non vorrai mica fare la figura del pezzente con la tua cantante, no?» rincarò la dose zia Mary.

Parker spalancò le braccia in segno di resa.

«D'accordo, basta, mi arrendo. Comprerò la lavatrice».

Al momento di uscire, la madre gli diede un bacio distratto sulla guancia. Parker se ne accorse ma non disse nulla.

«Stiamo invecchiando se non capiamo queste cose nuove, eh Mary?» disse la madre da dietro i vetri, mentre il figlio si allontanava.

«Piantala di trattarlo come un bambino. È adulto, è responsabile, sa quello che fa. O almeno lo spero. – disse zia Mary sorridendo – E poi parla per te, io non ci penso nemmeno a sentirmi vecchia!»

Mercoledì 24 aprile 1974
Ore 19
(due giorni dopo)

Parker ingannava l'attesa della telefonata da Los Angeles provando a rendere più presentabile la sua casa, in previsione del trasloco di D.D.. Aveva svuotato dei cassetti e una parte dell'armadio, qualche scaffale, rimesso in ordine il salottino e pulito i pavimenti.

Stava pensando che sua madre e zia Mary sarebbero state fiere del suo impegno, se non proprio del risultato.

Bussarono alla porta. Era Sanchez.

«Ehi niño, stai traslocando? Cosa diavolo sono tutti questi rumori di mobili? Da me si sente el infierno».

«Scusa Julian, stavo facendo un po' di pulizie in… profondità, diciamo».

«Mamma e zia in arrivo?»

«No, meglio».

«D.D.?»

Parker annuì.

«Ma di passaggio oppure…»

«Oppure».

«Madre de dios! – esclamò Sanchez coprendosi il volto con le mani – Qui ci vuole una birra…»

«Le scarpe ce le hai pulite?»

Sanchez lo guardò stupito.

«Vai al diavolo tu e la birra, non hai nemmeno iniziato a viverci insieme e ti ha già trasformato in un mostro».

Squillò il telefono.

«Scusa, Julian, devo rispondere!» disse Parker, mollando il collega sulla porta.

Sanchez scosse la testa.

«Un cagnolino, ecco cosa sei diventato! Ma lo vedi come scatti alle sue telefonate?»

«Ma piantala! D.D. è a Los Angeles per un provino importante! – quindi afferrò il ricevitore - Pronto».

«Ehi, sono io!»

Il tono della voce di D.D. era al settimo cielo, nessun dubbio sull'esito dell'incontro alla Motown.

«Com'è andata?»

«Benissimo!! Mi hanno fatto cantare tre pezzi, solo con il pianoforte, poi mi hanno fatto anche delle foto e mi hanno riempito di complimenti! C'era il tizio che è venuto l'altra sera alla "Shocking" e altri tre pezzi grossi in giacca e cravatta. E ora... reggiti forte... mi hanno detto che entro qualche giorno mi spediranno una proposta di contratto per registrare con la Motown i miei primi due dischi per un milione di dollari!!!»

«QUANTO?!»

«Sìììììì! 500 bigliettoni per ogni disco!»

«Ma... ma è meraviglioso!! Ce l'hai fatta, D.D.!!»

«Inciderò canzoni originali, scritte apposta per me! Ti rendi conto? Pagheranno qualcuno per scrivere canzoni per me!!»

La telefonata proseguì ancora un paio di minuti, tempo in cui Sanchez si era servito una birra gelata dal frigo e si era sdraiato sul divano, anche lui affascinato dalle notizie in arrivo dalla California.

Quando Parker riattaccò, il compagno gli fece un applauso.

«Niño, devo farti i complimenti, hai davvero pescato il jolly dal mazzo. Simpatica, bella e, tra poco, anche ricca e famosa. È così incredibile che non ci credo!»

«Dillo a me. Io... non lo so, mi gira un po' la testa!» gli rispose Parker, senza riuscire a togliersi un sorriso un po' ebete dalla faccia.

«Molla le pulizie e vieni a sederti qui. Gustati una delle tue ultime birre da uomo libero, niño, perché quando quella donna rimetterà piede in questa città per te sarà finita».

Giovedì 25 aprile 1974
Turno di giorno
Ore 8.15

Parker diede un'ultima carezza sulla testa a Peanuts. Un attimo dopo arrivò a reclamarla a gran voce anche Pebbles, gelosissimo come sempre. I due gatti erano cresciuti tanto, viziati com'erano da tutti i detective, che spesso gli portavano avanzi e scarti dei loro pasti casalinghi. Le loro ciotole non erano mai vuote, insomma, e loro ricambiavano tanta abbondanza regalando fusa a volontà. Avevano capito che a dormire sulle sedie rischiavano bruschi risvegli, mentre sulle scrivanie la situazione era più tranquilla. Avevano anche fatto l'abitudine al rumore delle macchine da scrivere, che ormai non riusciva a turbare minimamente i loro sonni. Finite le coccole e, con esse, il turno di servizio, Parker scese le scale. Sanchez era già andato via. Sbucò nell'ingresso, fece un cenno di saluto al sergente Mac e si bloccò.

Nei sedili d'attesa c'erano sua madre e zia Mary.

«Ehi, che cavolo ci fate qui? Che è successo?» disse subito Parker, allarmato.

«Niente, non ti preoccupare. Avremmo voluto avvertirti ma il tuo gentilissimo sergente ha detto che sarebbe stato più divertente farti una sorpresa» disse la madre.

«Questa me la paghi, Mac...» disse Parker al sergente, facendogli una pistola con le dita.

«Allora? Non mi avete ancora risposto, comunque».

«Siamo venute per accompagnarti a comprare la lavatrice!» disse zia Mary.

«Cosa?! Siete impazzite?! Non ho bisogno del vostro accompagnamento per comprare una lavatrice, e poi decido io quando andarci!»

«Ti conosciamo, tu rimanderesti all'infinito pur di non andare per negozi. E poi che ne sai di lavatrici? Sai riconoscere un cestello di qualità da uno scadente? Sai quali sono i programmi che usi di più? Ti faresti imbrogliare sicuramente!» gli disse la zia.

«Sicuramente. – ribadì la madre – Per questo siamo venute noi».

Parker si guardò intorno, sconsolato, mentre il sergente Mac, alle sue spalle, sghignazzava sotto i baffi rossi.

Gli venne in soccorso il grande orologio appeso sopra la porta.

«E poi è troppo presto, a quest'ora i negozi di elettrodomestici sono ancora chiusi!»

Ma le sue speranze furono subito spazzate via dalla madre.

«Macry's sta facendo degli sconti incredibili e apre alle otto e mezzo. Se ci sbrighiamo saremo i primi».

«Avevate pensato anche a questo, eh?» disse Parker, con un sorriso che sapeva di resa incondizionata.

Le due donne annuirono sorridendo, invincibili.

Macry's era aperto da cinque minuti. Chiesero informazioni alla prima commessa che trovarono; Parker la vide scoccare uno sguardo fulmineo quanto perplesso al terzetto che aveva davanti, un bamboccione e le sue due badanti, ma naturalmente la ragazza si limitò a dire che le lavatrici erano esposte al piano superiore.

Parker suggerì alle sue accompagnatrici di usare l'ascensore, ma ricevette solo netti rifiuti. Una volta giunti a destinazione, ovvero di fronte a una trentina di modelli diversi, si avverò il peggior incubo temuto da Parker: una discussione infinita, a tratti perfino polemica, tra le due sorelle su quale fosse la scelta migliore per il loro pargolo.

Parker riuscì a sopportare la cosa solo perché i testimoni erano davvero scarsi, a quell'ora, ma quando qualcuno di loro si mostrava troppo interessato alle loro questioni, lui tendeva a defilarsi, ad allontanarsi un po', sperando di sembrare un cliente che non avesse nulla a che fare con quelle due psicotiche. Fu proprio in uno di questi momenti che

Parker si spinse fino alla balaustra, da cui si aveva una buona visuale sull'ingresso del negozio.

Un uomo di mezz'età stava dando indicazioni piuttosto brusche a un paio di aiutanti sul posto dove scaricare delle casse di cartone; davvero nulla di interessante.

Parker stava già voltandosi per tornare alle sue lavatrici quando il suono della campanella della porta lo fece girare. Lanciò un'occhiata distratta in direzione dell'ingresso sottostante, preparato a vedere un altro infelice trascinato di prima mattina in quell'inferno da una moglie pedante. E invece vide entrare due poliziotti in divisa.

«Buongiorno, vorremmo vedere il proprietario del negozio» esordì uno dei due agenti. Parker notò come nessuno dei due si fosse tolto il cappello, com'era prassi per tutti gli uomini in divisa nei luoghi chiusi.

«Sono io. – rispose l'uomo di mezza età – C'è qualche problema, agenti?»

«No, niente di grave, non si preoccupi, ma stanotte la nostra centrale ha ricevuto diverse chiamate dall'allarme di questo negozio. Una pattuglia è passata a controllare, ha visto che era tutto a posto e allora ha pensato a un problema tecnico. Le risulta che stanotte sia partito l'allarme?»

«No, niente del genere. Quando sono arrivato l'ho spento come al solito e la centralina non segnalava niente di strano».

«Ne eravamo certi, è stato certamente un problema tecnico allora. Beh, comunque meglio così no?» disse l'agente in tono affabile.

Parker notò che l'altro non aveva partecipato minimamente alla discussione, ma si era guardato intorno con una certa attenzione. Aveva anche alzato gli occhi verso la balaustra, fissando Parker per qualche istante e poi, non giudicandolo di alcun interesse, era passato ad osservare altro.

«Comunque, questo problema va risolto, perché se iniziano ad arrivare chiamate tutte le notti... lei capisce, per noi è un problema» riprese l'agente, tornando serio.

«Beh, sì certo. Più tardi chiamo l'assistenza e vedo di farmi mandare qualcuno».

«Se vuole possiamo dargli un'occhiata noi adesso. Spesso è una sciocchezza a far impazzire le centraline, magari basta riavviarle e solo per spingere un bottone il tecnico dell'assistenza le ruba 50 dollari…»

«Oh, quello è sicuro, anche di più! Beh, se foste così gentili mi fareste proprio una cortesia».

«Non le garantiamo di sistemarla, ma magari è davvero una sciocchezza».

«Venite, la centralina d'allarme è nel mio ufficio».

Parker, non appena i tre scomparvero alla sua vista, prese a rivedere mentalmente la scena a cui aveva appena assistito. Ricordava perfettamente il caso della rapina con tre omicidi a una gioielleria che aveva seguito Watts pochi mesi prima. Una testimone aveva parlato di una visita fatta qualche giorno prima del colpo da un paio di poliziotti che avevano chiesto di visionare il sistema d'allarme per un presunto difetto di funzionamento. E Watts aveva appurato come nessun reparto, di nessun distretto, facesse interventi del genere.

Le divise di quei due sembravano autentiche, ma non era poi così difficile rimediarle.

E non si erano tolti il cappello, una delle prime cose che insegnavano alla scuola di polizia.

E il secondo poliziotto si guardava troppo intorno, senza averne alcun motivo apparente.

Tre elementi che avevano fatto scattare l'istinto da poliziotto di Parker, che ora doveva ragionare, e molto rapidamente, sul da farsi.

Se fosse sceso nell'ufficio mostrando il distintivo, e se quei due fossero stati effettivamente dei falsi poliziotti, avrebbero sicuramente messo mano alle armi. Lui sarebbe stato quasi sicuramente ucciso e ne sarebbe potuta nascere una sparatoria in mezzo ai clienti o fuori sul marciapiedi. In quel momento risuonò ancora la campanella della porta: stava entrando una famiglia con tre bambini. No, non poteva rischiare una strage.

Ma non poteva neppure lasciarli andare così.

Corse da sua madre e zia Mary, le afferrò bruscamente per un braccio e le trascinò quasi di peso nell'angolo del piano più lontano dalle scale.

«State qui, qualunque cosa succeda» disse, nel tono più calmo che riuscì a trovare.

«Ma... Noah, che ti prende?» provò a protestare sua madre.

«Zitte e state qui, non muovetevi».

Parker infilò le scale e andò dritto alla cassa, dove aveva visto un telefono.

«Signorina, mi scusi, mi sono ricordato di dover fare una telefonata urgentissima... posso approfittare del telefono per un attimo?»

La cassiera rimase sorpresa sul momento, ma acconsentì.

Parker impugnò la cornetta, quindi si voltò ancora verso la ragazza, rimasta alle sue spalle.

«Mi scusi ancora ma... è una telefonata personale. Potrebbe lasciarmi solo qualche secondo?»

La cassiera si alzò, questa volta davvero scocciata.

«Grazie, gentilissima» quindi compose immediatamente il numero diretto di Watts che però squillò a vuoto diverse volte. La chiamata fu quindi automaticamente reindirizzata al centralino del distretto.

«Undicesimo Distretto» rispose la voce inconfondibile del sergente MacGovern.

«Mac sono Parker, non c'è Watts?»

«Oh, Parker, ciao. No, Watts è uscito».

«Chi c'è di noi sopra?»

«Nessuno, sono tutti fuori tra udienze e indagini».

A Parker sfuggì un'imprecazione. Sentì dei rumori provenienti dal corridoio dov'era l'ufficio del proprietario del negozio, quindi riattaccò e andò dritto in quella direzione, mostrando la placca dorata da detective alla cassiera e facendole segno di stare zitta con l'indice sulle labbra. Era destino che Parker dovesse affrontarli da solo, a quanto pareva, e non si tirò indietro.

Percorse rapidamente il corridoio su cui si aprivano diversi uffici, tutti con le pareti a vetri. Erano ancora vuoti, probabilmente gli impiegati sarebbe arrivati da lì a poco. L'ufficio in fondo, però, aveva le tende abbassate e la luce all'interno era accesa.

Parker estrasse la sua Colt 45 dalla fondina ascellare e avanzò chino, tenendo puntata la sua arma sulla porta che aveva di fronte.

Vide ruotare la maniglia e di riflesso tolse la sicura della pistola con il pollice.

«Mani in alto, polizia!» gridò appena vide una figura stagliarsi in controluce.

L'uomo le alzò subito, spaventato. Era il proprietario.

Parker scrutò oltre la sua figura ma non vide nessun altro.

«Dove sono i due poliziotti che erano con lei?»

«Sono… sono usciti dal retro! Ma che diavolo succede?»

Parker si rialzò e iniziò a correre. Buttò quasi per terra l'uomo per scavalcarlo, attraversò l'ufficio, provò ad aprire la porta sul retro ma non vi riuscì.

«Perché non si apre questa maledetta porta?!» gridò all'uomo.

«L'ho richiusa a chiave dopo che quei due poliziotti sono usciti! La teniamo sempre chiusa, per motivi di sicurezza. Guardi che è tutto a posto, agente, i suoi colleghi sono stati gentiliss…».

Parker si lanciò di corsa nella direzione opposta, travolgendo di nuovo l'uomo. Ripercorse tutti i suoi passi, tornò alla cassa e uscì in strada dalla porta principale, ma non vide nessuna divisa blu. Rimise nella fondina la pistola, quindi si diresse a destra e girò nel vicolo sul retro. Niente, i due poliziotti si erano dissolti.

Tornò nel negozio e riprese il telefono, questa volta senza chiedere il permesso a nessuno.

«Undicesimo Distretto».

«Mac, sono ancora Parker».

«Ehi, ma che modo di…»

«Passami subito Braxton, è importante» disse Parker, gelido, senza lasciare spazio ad altre questioni.

«Ok, ok, ti collego subito».

«Braxton».

«Tenente, sono Parker, ho qualcosa di grosso da raccontarle».

Il riassunto di quanto accaduto da Macry's durò un paio di minuti.

«Sono mortificato per essermeli fatti sfuggire, tenente» disse infine Parker.

«Ok, quel che è stato è stato. Ora pensiamo a giocare bene le nostre carte. Chiamo subito Sanchez e Watts, vi voglio tutti qui entro mezz'ora».

Dopo aver delegato completamente l'acquisto della lavatrice alle sue due donne, Parker tornò di gran carriera al distretto che aveva lasciato solo due ore prima.

Trovò gli altri tre già seduti nell'ufficio del tenente.

«Siediti e raccontaci tutto» furono le prime, imperative parole di Braxton.

Parker ripeté tutto, senza omettere alcun particolare, tra gli sguardi sempre più pensierosi dei suoi colleghi.

«Io… sinceramente non so più se me li sono fatti scappare come un fesso o se invece ho fatto bene. – concluse Parker - Ora so solo che li dobbiamo prendere a tutti i costi, perché se fossero proprio loro e se facessero un'altra rapina e un'altra strage, io non me lo perdonerei mai».

«Credo che tu non abbia nulla da rimproverarti. Hai dovuto decidere in un attimo e penso che tu abbia scelto bene: l'incolumità dei cittadini viene sempre prima di tutto. Una sparatoria in mezzo a famiglie e bambini sarebbe stato un prezzo troppo alto da pagare per prenderli. Ci arriveremo a tempo debito, e li bloccheremo senza che possano spargere altro sangue innocente. Ora abbiamo un vantaggio decisivo su di loro: sappiamo dove colpiranno mentre loro non sanno di essere stati individuati. Ma dobbiamo essere bravi a giocare le nostre carte».

«Ci infiltriamo nel negozio, Joe?» disse Watts.

«Sì, in forze, ma con discrezione. Loro hanno agito in tre, quattro elementi, più eventuali altri che aspettano fuori, quindi quando loro entreranno noi dovremo essere almeno in sei. E ben nascosti tra clienti e commessi, perché se mangiano la foglia che siamo nel negozio addio colpo e addio banda».

«Diamo per scontato che agiscano come le altre volte, no? Non avrebbero motivo di cambiare piano, visto che gli è sempre andata bene» disse Sanchez.

Gli altri annuirono.

«Quindi sappiamo che appena entrati tireranno fuori le armi e mentre alcuni prenderanno il controllo del negozio altri, almeno due, andranno dritti nell'ufficio del proprietario per disattivare l'allarme e distruggere il sistema delle telecamere. Quindi è lì che dobbiamo aspettarli, nell'ufficio e nel corridoio».

«No, aspetta Julian. – intervenne Parker – Io credo che dobbiamo affrontarli subito, partendo dal grosso della banda. Se immobilizzando i due nell'ufficio partisse un colpo o un qualsiasi rumore sospetto, il resto della banda inizierebbe a sparare sui clienti per coprirsi la ritirata. E poi c'è il problema del piano superiore…»

Braxton, che stava ascoltando con le mani conserte, quasi in atteggiamento di preghiera, annuì indicando Parker.

«Come lo bloccheranno, intendi dire?»

«Sì, è da quando sono venuto via da lì che ci penso. Cosa faranno con la gente che sarà su in quel momento? Saliranno e li condurranno di sotto per giustiziarli insieme agli altri? Li uccideranno lì sopra?»

«Una cazzo di carneficina…» disse Watts.

Parker lo indicò.

«Ecco, è proprio questo. Finora sono stati spietati e sanguinari, ma fatico a pensare che possano entrare e uccidere... quante? Venti, trenta persone tra clienti e dipendenti, tra piano terra e primo piano? Non so, forse si accontenteranno di bloccarli lassù con la minaccia delle armi e basta».

«Quindi volti coperti» disse Braxton.

«Se faranno come dico io sì. Se invece faranno come le altre volte, entreranno a volti scoperti, sicuri di non lasciare testimoni né registrazioni di telecamere».

«Ok, allora direi di mettere due uomini nell'ufficio e gli altri quattro in movimento tra terra e primo piano, ma senza che siano mai, ripeto MAI, tutti al piano superiore. E avvertite il tenente Gilbert di tenere sempre due volanti a corto raggio dal negozio» sentenziò Braxton.

«Da quando partiamo con la sorveglianza?» chiese Sanchez.

«Da domattina. Più tardi andrò dal proprietario del negozio a prendere accordi e a dirgli di prepararci qualche divisa da dipendente. Non sappiamo se la banda tiene sotto sorveglianza il negozio, quindi quando sarete lì cercate di non fare idiozie, tipo arrivare ogni giorno sempre insieme o salutare i vostri colleghi che reciteranno la parte dei clienti».

«Come ci organizziamo con gli uomini?»

«Non siete abbastanza per coprire tutto quello che ci servirà. Oltretutto, alcuni dei ragazzi stanno lavorando su un paio di omicidi, Jackson è malato e Stone sarà a Cincinnati per un paio di giorni per testimoniare a un processo di un caso di quando era all'FBI».

«Ci facciamo prestare qualcuno da Gilbert?»

Braxton scosse il capo.

«No, alle volanti ha troppi giovani alle prime armi e troppo pochi anziani, non mi fido. Direi invece di parlare con il tenente Scott dell'Antirapina, in fondo direi che la cosa lo riguarda da vicino. Ci penso io. Voi iniziate a organizzare i turni tra mattina e pomeriggio».

«Ehm, tenente... - disse Sanchez – solo un'ultima cosa. Chi sarà il responsabile dell'operazione?»

«Ah, giusto. Beh… stiamo dando per scontato che questi siano gli stessi finti poliziotti che hanno rapinato il drugstore tre anni fa e la gioielleria quattro mesi fa. I primi titolari dell'indagine erano Parker e Jackson, poi Watts, ma ora è stato Parker a rimetterci sulla loro strada, quindi… Parker te la sentiresti?»

Parker sentì un brivido sulla schiena, ma non fece un passo indietro.

«Certamente, tenente, e grazie per la fiducia. Vorrei comunque al mio fianco l'esperienza di Julian e… quella di Grady».

«Per te è ok, Watts?» chiese Braxton.

«Nessun problema, Joe. Stavolta li becchiamo e gli rompiamo il culo a quei bastardi».

«Ci hanno già fregato due volte, - aggiunse il tenente in tono grave - il terzo fallimento non è contemplato nel nostro vocabolario, chiaro?»

I tre detective annuirono e uscirono. Dalla porta socchiusa entrò Peanuts, che andò ad accomodarsi sulla scrivania.

Braxton lo gratificò con qualche carezza, lo afferrò per la collottola e se lo mise sulle gambe. Il gatto iniziò a ronfare, e il tenente ruotò la sedia per guardare fuori dalla finestra insieme a lui.

Gli erano giunte voci sulla riappacificazione tra Watts e Parker, e in effetti vedeva Grady un po' più sereno, negli ultimi tempi. Osservò la primavera sugli alberi sottostanti e sospirò; dopo la morte di Ross, le dimissioni di Zampisi, il casino tra Watts e Parker, la promozione di Schuster… era ora che tornasse un po' di serenità nella sua squadra.

Ore 15

Parker e Sanchez tornarono a casa contemporaneamente, anche se ognuno sulla rispettiva auto. Il detective portoricano cedette cavallerescamente il parcheggio più vicino al suo collega e proseguì oltre il loro fabbricato alla ricerca di un altro posto.

Varcato il portone del palazzo, Parker trovò D.D. seduta sui primi gradini delle scale.

«Ehi! Le chiavi che ti ho dato non funzionano?» esclamò Parker sorridendo, ma un attimo dopo capì dall'espressione della ragazza che c'era qualcosa che non andava. D.D. era tornata il giorno prima dal trionfale provino alla Motown di Los Angeles; Parker si aspettava che iniziasse a portare subito le sue cose a casa sua, ma non era stato così.

«Non le ho usate».

«Che succede?»

«Io… non sono sicura di volerlo fare. Non sono sicura che sia già il momento giusto di trasferirmi da te, di iniziare a vivere insieme».

Il cuore di Parker iniziò a battere all'impazzata. Per un attimo pensò che neppure davanti alla prospettiva di affrontare da solo i due finti poliziotti aveva avuto così tanta paura come in quel momento. Aveva paura che D.D. fosse lì per chiudere la loro storia. Si sentì confuso, senza parole, poi decise di affrontarla. Se doveva succedere, sperava che almeno fosse nel più breve tempo possibile.

«Vuoi lasciarmi?»

«No! No, ma che dici? È che io ho… devo ancora compiere ventuno anni, Noah. È tutto troppo veloce intorno a me. Tu, la nostra storia, la tua proposta, quella della Motown, la musica… gira tutto troppo veloce per me. Io… ho paura che la convivenza possa rovinare tutto. Abbiamo orari così strani, vite così diverse… ti chiedo solo di avere pazienza ancora un po'».

In quell'istante il portone si aprì ed entrò Sanchez, che impiegò una frazione di secondo a guardare in faccia i due ragazzi e a capire che sarebbe stato meglio sparire subito, cosa che fece con grande eleganza.

«E aspettare ancora pensi che possa cambiare qualcosa?»

«Non lo so, penso di sì».

«Continueremo ad avere sempre gli stessi orari assurdi, sempre le stesse vite: tu continuerai a cantare, io continuerò a fare il poliziotto. Quindi? A cosa serve aspettare?»

«Non lo so! So solo che ora non me la sento di venire a vivere con te, va bene? Bisogna fare per forza come dici tu o la mia risposta conta qualcosa?»

Parker sospirò.

«Certo che conta qualcosa».

«E allora mi spieghi perché non puoi aspettare? Hai paura che scappi?»

«Sì! Proprio così! Ho paura che tu abbia deciso di chiudere, che ci sia un altro, non lo so!»

D.D. si alzò dai gradini e lo baciò.

« Io sono felice con te, e ci siete solo tu e la musica nella mia vita. Ma se venissi ora a vivere con te lo farei costretta dalle circostanze, dalla bellezza del tuo invito. Invece voglio farlo quando mi sentirò pronta per farlo davvero».

Parker annuì. Non era felice né convinto della cosa, ma dovette fare buon viso a cattivo gioco.

«Allora domani a pranzo festeggiamo Los Angeles?»

«No, dovremo aspettare domenica. Da domani partirà un'operazione piuttosto delicata, e sono io il responsabile dell'indagine».

«Wow! Il tenente ha messo te a capo della baracca?» disse D.D. ridendo.

«In un certo senso... sì».

«Bel colpo detective Parker! Allora sotto col lavoro e non preoccuparti, festeggeremo come si deve domenica».

Il portone si spalancò di nuovo, lasciando entrare due uomini che si tiravano dietro un carrello con sopra una lavatrice.

«Scusi, - chiese il più anziano dei due – sa mica a che piano abita un certo Noah Parker?»

Parker sbuffò: aveva completamente dimenticato quanto fossero indipendenti sua madre e sua zia.

«Sono io».

«È lei che ha comprato questa lavatrice, vero?»

Parker annuì.

«Beh, allora se ci fa strada gliela montiamo».

«Prego, intanto salite, è al terzo piano. Vi raggiungo subito».

Non appena i due li ebbero superati, D.D. lo agguantò per la camicia e lo tirò a sé.

«Noah, dimmi che non è vero, dimmi che non hai comprato la lavatrice nuova perché sarei dovuta venire io».

«Sì, è proprio così invece, ma è una lunga storia… dovrai aspettare fino a domenica per conoscerla. Ti chiamo stasera prima del turno».

Iniziò a salire le scale per raggiungere la sua nuova lavatrice, ma D.D. gli corse dietro e lo baciò.

Venerdì 3 maggio 1974
Turno serale
Ore 21
(otto giorni dopo)

Intorno al tavolo della sala riunioni i tenenti Braxton e Scott fumavano nervosamente. Parker discuteva con Sanchez e Jackson di un altro caso. Tutti insieme aspettavano Watts e Blackman, che a minuti sarebbero tornati dal loro turno di sorveglianza da Macry's, per fare il punto della situazione dopo una settimana di infruttuosi appostamenti.

Quando entrarono i due detective, la riunione ebbe immediatamente inizio.

«Vi ho convocati qui, - prese subito la parola Braxton – per fare il punto tutti insieme, anche col tenente Scott, che gentilmente ci ha prestato un po' dei suoi uomini, sull'operazione di sorveglianza da Macry's. È passata una settimana e dei rapinatori ancora nessuna traccia. Il colpo alla gioielleria è stato eseguito la seconda settimana dopo il sopralluogo dei finti poliziotti, quindi è molto probabile che la prossima sia la settimana buona. Non abbassate la guardia, non sottovalutate alcun elemento, non trascurate nessun particolare. Ne va della vostra vita e di quella delle persone presenti in negozio. Domande?»

Nessuno si mosse, un po' per reale convinzione e un po' per stanchezza. Un attimo prima che Braxton dichiarasse chiusa la riunione, il tenente Scott alzò la mano.

«Allora ho io una domanda da farti, Joe. – Quanto prevedete che duri questa sorveglianza? Voglio dire: mettiamo che questa fantomatica banda non si faccia vedere neppure questa settimana… che si fa? Blocchiamo ancora tutti questi uomini per una terza settimana? Non so i tuoi, Joe, ma i miei di cose da fare ne hanno a vagonate».

Braxton si aspettava una domanda del genere, ma certo non con un tono così polemico.

«Non sono abituato a fasciarmi la testa prima di essermela rotta. Anch'io ho i miei problemi, con i doppi turni e metà degli uomini bloccati in quel negozio, ma per il momento restano dove sono. E lavoriamo ogni giorno come fosse quello della rapina. Poi si vedrà. Appuntamento qui fra una settimana, stessa ora, se non succede qualcosa prima».

«E comunque "fantomatica" un cazzo... - mormorò Watts all'indirizzo di Scott – Hanno già ammazzato a sangue freddo sette persone».

Il tenente Scott non sentì, o fece finta di non sentire, si alzò e uscì per primo dalla stanza, senza salutare nessuno.

Braxton fulminò con lo sguardo Watts, ma non gli disse nulla. Aveva sbagliato il modo, come spesso gli succedeva, ma aveva ragione.

Uscirono anche i detective, e Watts diede un leggero pugno sulla spalla a Parker.

«Impara a difendere le tue operazioni dagli stronzi come Scott» gli disse, prima di infilare le scale e scappare via di gran carriera.

Venerdì 10 maggio 1974
Turno serale
Ore 21
(sette giorni dopo)

Contro tutti i pronostici era passata un'altra settimana senza che da Macry's fosse successo niente. Un'altra settimana di tensione, di doppi turni e di facce sconosciute da studiare una per una, nel tentativo di carpirne in anticipo le intenzioni. L'unico risultato che avevano ottenuto era stato quello di trasformare i detective in perfetti commessi, capaci di spiegare perfettamente le caratteristiche degli elettrodomestici ai clienti, pazienti fino allo sfinimento anche di fronte alle pretese più assurde. Ma non erano lì per quello.

«Ok, ragazzi, inutile girarci attorno, - esordì Braxton quando furono tutti presenti nella sala – siamo ancora con un pugno di mosche in mano e devo decidere se proseguire o no questa operazione. Vorrei prima sentire le vostre opinioni in merito. Parker».

«Io proseguirei. So quanto questo ci stia costando in termini di fatica, ma non correrei il rischio di mancare il nostro obiettivo per pochi giorni di lavoro in più. So che arriveranno, li ho visti con i miei occhi; e non m'importa se quelle due facce non le ho ritrovate nelle foto segnaletiche dei pregiudicati. Ci sono, esistono, vi dico. E so che arriveranno».

«Sanchez?»

«Sono d'accordo col niño. Stiamo lì».

«Jackson?»

«Io sono assolutamente certo che Parker abbia visto giusto, ma credo che abbiano rinunciato. Non so perché, non credo che abbiano scoperto la nostra copertura, ma secondo me sono passati troppi giorni. Forse hanno pensato che la presenza di un piano superiore comportasse un rischio eccessivo, non so che dirvi. Ma non si sono mai visti dei rapinatori che tra il sopralluogo e il colpo facciano passare tre, quattro settimane. Non me ne vogliate, ragazzi, ma io penso che proseguire sarebbe tempo perso».

«Watts?»

«Io li ho visti quei morti ammazzati nella gioielleria. Hanno sterminato una famiglia per qualche migliaio di dollari. Più quelli di tre anni fa nel drugstore. Anch'io sono stanco di stare lì tutti i santi pomeriggi con una felpa arancione addosso a spostare frigoriferi e ad ascoltare le idiozie dei clienti, ma se questo serve a mettere le mani addosso a quei bastardi io sono disposto a restarci anche per un anno».

Braxton annuì, quindi rivolse lo sguardo al tenente Scott.

«Mi spiace Joe, ma sai bene come la penso. Vi ho lasciato i miei uomini per un'altra settimana perché eravate certi che la banda si sarebbe mossa in questi giorni, ma così non è stato e ora quegli uomini mi servono. Non voglio essere io a chiudervi l'operazione, per me potete restare a sorvegliare quel negozio fino al giorno del giudizio, ma a farlo sarete solo voi dell'Investigativa».

Braxton annuì nuovamente; rifletté qualche secondo in silenzio, quindi riprese la parola.

«Il tenente Scott ha tutto il diritto di riprendersi i suoi uomini; in tutta sincerità, credo che avrei deciso anch'io la stessa cosa, al posto suo, dopo due settimane inutili. L'Investigativa non può sostenere da sola il peso di questa operazione, lavoriamo con i doppi turni da quindici giorni e, malgrado i vostri colleghi ce la stiano mettendo tutta, abbiamo troppi casi fermi. Mi dispiace tanto, ragazzi, ma la sorveglianza da Macry's finisce domani».

«Ma dai, Joe!» sbottò Watts, ma Parker si alzò in piedi e gli fece cenno di calmarsi.

«Aspetta Grady, non è il caso di scaldarsi. Tenente, lei avrebbe niente in contrario se qualcuno di noi, volontariamente, proseguisse la sorveglianza al di fuori dei propri turni?»

«Ufficialmente sì. Non potete condurre indagini che sono state considerate chiuse da un vostro superiore. Ma naturalmente nessuno vi vieta di passare in quel negozio per guardare un frigorifero o una lavatrice… ci siamo capiti?»

Parker annuì.

Conclusa la riunione, nella sala dell'Investigativa Parker fece la conta dei volontari: aderirono solo Sanchez e Watts. In tre, sarebbero stati quasi sempre da soli.

Lunedì 13 maggio 1974
Ore 9.15
(tre giorni dopo)

Sanchez aveva notato la bionda ben prima che entrasse da Macry's. Aveva aspettato qualche minuto sul marciapiedi, guardando l'orologio continuamente, quindi era entrata, aveva chiesto un'informazione alla cassiera e si era diretta all'ascensore, per salire al piano superiore. Sanchez si guardò intorno: tutto tranquillo, il negozio era pressoché deserto. Dopo quasi un mese passato in quel posto senza che succedesse nulla, ora poteva anche concedersi un minuto di svago.

Affiancò la bionda davanti alle porte ancora chiuse dell'ascensore. Aveva forme prorompenti, e i tacchi alti ne esaltavano le lunghe gambe, per nulla coperte dalla minigonna. Le porte si aprirono, Sanchez e la bionda presero l'ascensore mentre alle loro spalle risuonava la campanella della porta.

«Cosa si è rotto a casa, signorina?» le chiese Sanchez sorridendo.

«Frigorifero» rispose quella, senza nemmeno guardarlo.

«Da me la cucina a gas. Strano poi, visto che da quando ho divorziato non la uso praticamente mai».

«Il mio frigorifero, invece, si è rotto proprio perché non sono single».

«Ma non mi dica che...» Sanchez s'interruppe. L'ascensore si era bloccato. Per un attimo il detective pensò a un calo di tensione, ma quando vide, attraverso le porte di vetro smerigliato della cabina, che il resto del negozio era ancora illuminato, capì che qualcuno aveva fermato di proposito l'ascensore.

Sentì degli spari provenienti dal piano superiore, subito seguiti da delle grida isteriche, cui si unì la donna accanto a lui.

«Stai calma, sono un poliziotto. Sdraiati sul pavimento e resta lì» le disse Sanchez, mostrandole il distintivo. Quella, rassicurata, eseguì, quindi Sanchez estrasse la pistola e si avvicinò ai vetri della cabina. Ne mandò in pezzi uno con il calcio della pistola, guardò di sotto e vide che tre uomini armati stavano spingendo clienti e dipendenti verso il corridoio. Erano tutti a volto scoperto: Sanchez capì che avrebbero ucciso tutti, senza alcuna pietà.

Il rumore dei vetri infranti, però, aveva attirato l'attenzione dei tre verso l'ascensore, sospeso tra i due piani.

«Ehi, lì c'è qualcuno un po' troppo curioso!» gridò uno di loro, e iniziarono a sparare. Sanchez si allontanò subito dalla porta della cabina, che un attimo dopo fu crivellata di colpi, mentre anche l'altro vetro andava in mille pezzi, inondando il pavimento di schegge acuminate.

Finita la prima sfuriata, Sanchez sporse la mano e sparò tre colpi in rapidissima successione, alla cieca. Sapeva di essere in gabbia e sapeva che ora avrebbero ricaricato e poi mirato al pavimento. Con l'agilità di un gatto si aggrappò alla lampada, quindi fece leva coi piedi sulla bottoniera e con un pugno sfondò il sottile tetto della cabina. Appena salito, sporse la mano in direzione della donna.

«Vieni su! Subito!»

Appena la mano destra della donna trovò la sua, Sanchez la sollevò quasi di peso, issandola fino al soffitto. Pochi attimi dopo arrivò una gragnuola di colpi che ridusse il fondo della cabina a un colabrodo, ma che lasciò illesi il detective e la donna.

Sanchez ruotò su se stesso e si accorse di riuscire a vedere, da quella posizione, sia i tre uomini al pianterreno che un paio sopra di lui. Nella Colt 45 aveva ancora quattro colpi: avrebbe dovuto usarli al meglio, perché forse non gli avrebbero lasciato il tempo di ricaricare.

Ne sparò due, dal basso verso l'alto, mirando alle gambe del rapinatore in divisa che inquadrò meglio. Gli giunse un urlo di dolore straziante, mentre puntava la pistola verso il basso, stavolta, mirando al corpo dell'uomo in divisa più vicino alla porta d'ingresso. Lo mancò, ma la pallottola mandò in frantumi il vetro alle sue spalle, riempiendo l'uomo di schegge acuminate.

Finiti i colpi, Sanchez tirò subito a sé la donna e insieme si rannicchiarono dietro i cavi d'acciaio che reggevano la cabina dell'ascensore, aspettandosi un'altra sventagliata di colpi. Pregò che a nessuno della banda venisse in mente di rimettere in funzione l'ascensore, perché in tal caso sarebbero morti stritolati dall'argano sopra le loro teste.

Arrivarono solo due colpi, poi una voce tuonò al di sopra del rumore degli spari e delle urla del ferito.

«Via! Tutti fuori, tutti fuori! Aiutate i feriti, andiamo via!!»

Sanchez lo vide in volto: sui 45 anni, coi baffi, corrispondeva alla descrizione che Parker aveva fatto di uno dei due finti poliziotti del sopralluogo. Afferrò il proprietario del negozio per i capelli e lo trascinò in ginocchio davanti a sé.

«NO!! NO!! In nome di dio, la prego, no!!!» gridò quello, vedendosi puntare la pistola in mezzo agli occhi.

«Dio è un lusso che non posso permettermi» gli rispose il rapinatore, prima di giustiziarlo.

Sanchez istintivamente puntò e tirò il grilletto, ma il percussore batté a vuoto. Non aveva ancora ricaricato.

Usciti i rapinatori, il negozio piombò in un silenzio irreale, rotto solo da qualche singhiozzo sommesso dei sopravvissuti. Sanchez si calò per primo, si affacciò per essere certo che non ci fosse più pericolo, quindi si rivolse alla donna.

«Salta giù, è tutto a posto ora. Ti prendo io» le disse cavallerescamente.

La donna saltò giù, prontamente afferrata da Sanchez.

«Io... credo di doverle la vita agente...»

«Detective Julian Sanchez. Dovere, signora...»

«Elizabeth».

«Dovremo rivederci, Elizabeth. Non mi hai più raccontato del tuo frigo rotto...» disse Sanchez, sfoderando tutto il suo fascino.

Elizabeth riuscì a sorridere. Sanchez si sentì attratto in modo quasi irrazionale da quella donna. Aveva visto la fede al dito, ma non gliene importava niente.

«Se domani torni qui lo compriamo insieme, il frigo» le disse.

«Ehi, signor detective, lo vedi questo anello?»

«Certo, ma non preoccuparti, non sono un tipo geloso. – disse Sanchez, sorridendo. Quindi tornò serio. - Domani, qui fuori, alle 10».

Senza attendere risposta gridò ai dipendenti di riavviare subito l'ascensore per tirarli fuori di lì. Sapeva di averne ferito almeno uno: era tempo di tornare a pensare al lavoro.

Nel volgere di pochi minuti, Macry's divenne il luogo a più alta densità di poliziotti dell'intera città. A Parker, Watts e Jackson si unì anche il tenente Braxton, poi tre pattuglie per tenere lontani i curiosi, altri sei tecnici della Scientifica, con il tenente Spielman in persona, per iniziare subito i rilievi e la raccolta dei reperti, e infine quattro uomini della Morgue, la Polizia Mortuaria, per occuparsi del cadavere una volta ottenuto il placet del medico legale e della Scientifica. In più, giunsero diverse ambulanze per occuparsi dei feriti e delle persone sotto shock.

I quattro detective e il loro tenente, terminato il sopralluogo, si riunirono in uno degli uffici per decidere il da farsi.

«Allertiamo via telex tutti gli ospedali e teniamo sotto massima pressione informatori e medici sospetti, - disse Braxton – Sanchez ne ha feriti due, uno in modo grave a giudicare dal sangue sul pavimento, quindi avranno la priorità di far ricucire quei due da qualcuno. È poco probabile che vadano in un ospedale, ma dobbiamo comunque avvertirli. Più probabile che si rivolgano a un medico privato, magari di loro fiducia, e una cosa del genere è facile che si sappia in giro».

«C'è poi la questione di quella frase che ha detto il capo

prima di ammazzare il proprietario del negozio...» disse Parker.

«Direi che quel bastardo potrebbe aver studiato» disse Watts.

«Sì, ma intendevo dire che c'è di più: io quella frase l'ho già sentita. Anzi, l'ho già letta, per la precisione. Su un libro di Norman Mailer, "Il nudo e il morto"».

«Uhm, titolo appropriato, direi...» commentò Jackson.

«Bella memoria, Parker, ma col titolo del libro non ci facciamo un cazzo. – disse Watts - Avrà letto quel libro, d'accordo, e quindi? Mailer vende milioni di copie».

«Lo so che non ci facciamo niente, ma mi pareva importante che...» Parker venne interrotto dall'ingresso del tenente Spielman nella stanza.

«Ragazzi, c'è qualcosa che dovreste venire a vedere».

Spielman li condusse dietro il bancone d'ingresso, dove erano state trovate alcune gocce di sangue, appartenenti probabilmente al secondo rapinatore ferito da Sanchez, in modo molto più lieve di quello del piano superiore.

«Guardate lì, accanto al sangue, le vedete quelle palline?»

I detective si sporsero, attenti a non toccare né calpestare nulla, quindi annuirono.

«Sono pallini da fucile?» disse Jackson.

«No, troppo grandi» lo bloccò subito Watts.

«Infatti. Ve lo dico io cosa sono: sono i pallini con cui vengono riempiti i manganelli di gomma».

«Manganelli di gomma?! Ma i nostri reparti non usano quelli di legno?» disse Parker.

«Appunto. Che io sappia, li usano le guardie carcerarie della contea...» disse Spielman.

I detective si guardarono, pensando tutti la stessa cosa: ecco perché non avevano trovato quelle facce né tra i poliziotti né tra i pregiudicati a piede libero.

«Guardie carcerarie!! Cazzo, questi bastardi sono guardie carcerarie!» esclamò Watts.

«Aspettate, aspettate... - s'inserì Parker - ...e se fossero detenuti? Ovviamente d'accordo con alcune delle loro guardie. Altrimenti perché fare le rapine sempre di mattina? Non ne avrebbero avuto motivo, anzi, di giorno le guardie lavorano. E poi i sopralluoghi: le guardie di Prescott e di Hampton Court vivono comunque in città, avrebbero corso il rischio di incontrare un conoscente, un parente, mentre erano in giro vestiti da poliziotti. Invece i detenuti corrono un rischio quasi inesistente, specie se vengono da altre città o addirittura da altri Stati».

«Ma perché detenuti e guardie dovrebbero mettersi a fare rapine insieme?» chiese Jackson, perplesso.

«Per i soldi, per quale altro cazzo di motivo?» gli rispose brutalmente Watts.

«E perché insieme sono insospettabili. – aggiunse Parker – L'uno è l'alibi perfetto dell'altro».

«E l'ipotesi del niño spiegherebbe anche perché passa così tanto tempo tra un colpo e l'altro e tra il sopralluogo e il colpo. – aggiunse Sanchez – Devono aspettare che i turni mettano insieme le guardie complici con i detenuti».

«E le guardie provvedono a far avere a mogli e parenti di chi sta dentro la giusta fetta della torta, in attesa che il diretto interessato esca e inizi a godersela» disse Watts.

«Ok, ora c'è da scoprire con discrezione chi siano. Prescott o Hampton?» disse Braxton, riportando il discorso sul da farsi. In città c'erano due prigioni: la più vecchia era Hampton Court, nel North Bend, l'altra Prescott, venti miglia oltre le highways, verso ovest.

«Potremmo iniziare col contattare i direttori dei due carceri e sentire se loro hanno già delle dritte da darci» suggerì Sanchez.

«No, non possiamo essere certi che il direttore non abbia anche lui la sua fetta di torta» ribatté Braxton.

«Abbiamo due tracce da seguire: i feriti e il libro di Mailer. - disse Parker – A questo punto mi pare ovvio che i feriti saranno curati internamente, nell'infermeria del carcere. Solo lì le guardie possono contare su un'adeguata rete di protezione. Scopriamo in quale delle due infermerie c'è almeno un ferito grave da arma da fuoco e sapremo da quale carcere esce la banda».

«Ci serviranno due infiltrati sicuri» disse subito Watts.

«A Hampton Court c'è mio fratello» disse Sanchez, senza troppo orgoglio.

«E a Prescott? Nessuno conosce qualcuno che non abbia preso trent'anni e che abbia un minimo di cervello al suo posto?» chiese Braxton.

Ci fu qualche secondo di silenzio mentre tutti i detective ripensavano ai loro casi più recenti.

«Ci sarebbe Caleb Franklin» propose timidamente Parker.

«Ma chi, lo stupratore?»

«No, quello è il cugino Ray e sta in una prigione federale del New Jersey. Caleb era uno spacciatore di bassa manovalanza; ci ha aiutati a prendere il cugino e gli abbiamo fatto avere uno sconto di pena. Mi pare che il giudice gli diede sei anni, quindi è rimasto a Prescott».

«Sanchez, visto che l'hai conosciuto anche tu, che dici? È affidabile?»

«Sì, se gli promettiamo uno sconto di pena quello ce li arresta pure…» disse, strappando un sorriso anche agli altri.

«Ok, e il libro?» disse Braxton.

«Scopriamo se le biblioteche delle due carceri hanno "Il nudo e il morto". Se sì, chiediamo ai nostri infiltrati di rubare l'elenco di chi lo ha preso in prestito. Ci servirà come controllo incrociato sui nomi dei sospetti. E se abbiamo fortuna, magari solo una delle due biblioteche ha quel libro sugli scaffali…»

Turno di giorno
Ore 13.30

«Carcere di Prescott, buongiorno».

«Buongiorno, sono il dottor Parker, della direzione delle biblioteche carcerarie del New Jersey, avrei bisogno di parlare con la vostra biblioteca interna».

«Gliela passo subito».

Dopo qualche scatto sulla linea, rispose una voce maschile diversa.

«Qui è la biblioteca».

«Salve, sono il dottor Parker, della direzione delle biblioteche carcerarie del New Jersey. Volevamo sapere se avete in dotazione una copia del libro "Il nudo e il morto", di Norman Mailer».

«Un secondo che controllo. – e dopo un'attesa che a Parker parve infinita – No, dottor Parker, quel libro non ce l'abbiamo».

«Mai avuto? Neppure in passato?»

«No, dottore, lavoro qui da 23 anni e quel libro non l'ho mai visto in questa stanza».

«Ok, allora segnalerò alla mia direzione di inviarvene uno».

«Grazie».

«Grazie a lei, a presto».

Parker ripeté la stessa sceneggiata con l'altro carcere cittadino, quello di Hampton Court, ma stavolta la risposta fu diversa.

«Sì, certo che ce l'abbiamo» disse con orgoglio l'impiegato addetto alla biblioteca.

"Bingo" pensò Parker.

«Ah bene, quindi non ve ne serve un'altra copia».

«No no, anche perché non è che sia stato preso granché dai nostri... ehm... ospiti».

«Non lo ha letto nessuno?»

«Praticamente c'è un detenuto che lo lascia e lo riprende continuamente... boh, si vede che gli piace tanto. Succede, a volte».

«Molto interessante. Sa dirmi chi è? Potrei segnalarlo per un'intervista alla redazione del nostro mensile».

«Sì, certo, nessun problema... è Pat Konig, se non sbaglio sta finendo di scontare vent'anni per rapina a mano armata».

«Beh, mi pare doppiamente bello che un uomo così violento abbia scoperto il valore della letteratura americana. La ringrazio molto».

Parker andò alla lavagna che avevano montato da pochi giorni in fondo alla sala dell'Investigativa e scrisse a caratteri cubitali: PAT KONIG, HAMPTON COURT.

Un'ora dopo, Parker entrava nel parlatorio di Hampton Court con in mano un faldone di documenti fasulli da far firmare a Caleb Franklin, il suo alibi per giustificare di fronte alle chiacchiere del carcere la visita di un poliziotto a un detenuto comune.

«Ciao Caleb, ti ricordi di me?

«Sei Parker, quello che lavora insieme al portoricano... come si chiama... Sanchez».

«Bravo».

«Sei anche quello che sta con D.D., giusto?»

Parker rimase sorpreso.

«Non pensavo di essere così famoso».

«Infatti non lo sei, è D.D. quella famosa. È una cantante che mi piace un sacco, è piuttosto conosciuta tra i negri di questa città, non lo sapevi?»

«Come stai?» disse Parker, ansioso di cambiare discorso, ma la sua era una domanda sciocca. Caleb Franklin aveva un labbro gonfio come un canotto.

«Allora? Che cazzo vuoi, sbirro?»

«Vita dura qui dentro, eh? Chi è stato a pestarti?»

«Oh, uno dei tanti. Se vuoi metterti in fila, c'è posto anche per te».

«Mi dici cos'è successo?»

«A mensa mi sono messo in fila davanti delle persone sbagliate. Un po' troppo, per un negro».

«Sono stati quegli esaltati neonazisti che se la comandano qui dentro?»

Franklin annuì.

«C'è un certo Pat Konig nel mazzo?»

Franklin annuì ancora.

«Siamo già a due risposte, amico. Queste sono gratis, ma per continuare devi dirmi cosa mi dai in cambio, altrimenti chiamo la guardia e la cosa finisce qui».

«Voglio tirarti fuori di qui e magari fare in modo che tu possa vendicarti di quei bastardi. Ma intanto che parliamo inizia a firmare questi fogli» gli disse Parker porgendogli la pila di documenti.

Franklin lo guardò con aria interrogativa.

«Sono carta straccia, forza! Non posso stare qui dentro un'ora a parlare con te senza destare sospetti».

Franklin iniziò a firmare.

«Sai se in infermeria c'è un detenuto in gravi condizioni perché qualcuno gli ha sparato alle gambe stamattina?»

«Ehi ehi, aspetta. Che volevi dire prima con "ti tiro fuori di qui"?»

«Aiutaci in questa indagine e ti facciamo uscire in due anni, e in più ti facciamo trasferire immediatamente nella prigione di un'altra contea, minima sicurezza e cella singola. Come stare in hotel a nostre spese».

«Chi me lo garantisce che non mi fottete?»

«Ho già concordato questa offerta con i miei capi e con il procuratore. Riga dritto e tra due anni sei libero; prova a spifferare tutto e ti faccio portare dove sta tuo cugino, che immagino sarà ansioso di ringraziarti per la dritta che ci hai dato a suo tempo per arrestarlo».

Non servirono altri argomenti per convincere Caleb Franklin.

«Ok, spara. Che dicevi dell'infermeria?»

«Stamattina dovrebbero aver portato un ferito in condizioni

gravi; ha perso un mucchio di sangue per dei colpi di pistola alle gambe».

«C'è».

«Sicuro?»

«Vengo da lì per i punti al labbro, vuoi che non lo sappia?! Lo hanno portato mentre ero dentro!»

«Nome?»

«Ricky Sands. È uno dei tirapiedi di Konig. Hanno detto che era stato ferito a coltellate in una rissa tra detenuti, ma era una balla. Ho sentito il doc dire sottovoce alle guardie che una delle pallottole era ancora dentro, che andava operato subito e che lì non aveva l'attrezzatura necessaria».

«Nome del dottore?»

«Tutti lo chiamiamo doc Stewart, ma il nome non lo so».

«Ok. Con chi parlava il doc?»

«Con le guardie, sei sordo?»

«No, non sono sordo. Intendevo i nomi delle guardie».

Franklin ci pensò su qualche secondo.

«Intanto non smettere di firmare, scemo» lo incalzò Parker sottovoce.

«Ah, ok ok… Dunque, ho riconosciuto la voce del capo delle guardie, John Hosmer, mentre l'altro… non sono sicuro, ma mi è sembrato quel bisonte di Reynolds. Hosmer ha risposto al doc che di portarlo in ospedale non se ne parlava nemmeno; doveva operarlo lì, anche a costo di ammazzarlo».

«E bravo Hosmer... Ok, torniamo al gruppo di Konig. Chi altro c'è nel suo giro?»

«Ma perché tutte queste domande su Konig? Che ha combinato?»

«Questo non ti riguarda. Meno sai e più probabilità hai di portare a casa la pelle, fidati. Dimmi chi se la fa con Konig».

«Oh, questo è facile: Stuck, Lamaire e Janssen. Stanno sempre insieme a Konig e a Sands».

«Sono loro gli intoccabili del carcere?»

«Non solo loro, ma questo è il gruppo di Konig, poi ci sono

i mafiosi, i portoricani…»

«No, quelli non mi interessano. Sicuro che non ci siano altri nel gruppo di Konig?»

«Sicuro, sono cinque. Noi negri di Hampton li chiamiamo "il full di nazi"».

«Sai se vengono portati fuori dal carcere per farli lavorare?»

«Sì, certo, due giorni a settimana, come tutti quelli che non hanno punizioni da scontare».

«Anche tu, quindi?»

«Sì, anch'io».

«Le squadre di detenuti escono solo al mattino?»

«Sì, alle 8.30 in punto e rientrano alle 13.30».

«In che gruppi uscite? E quante sono le guardie che vi sorvegliano?»

«Noi siamo cinque o sei con due o tre guardie, dipende dai turni».

«Dove vi portano?»

«Noi lavoriamo nei campi poco fuori città, ma ci sono diversi posti. A noi negri tocca la terra, ai bianchi come Konig non credo proprio… forse gli fanno scaricare le casse al porto, non lo so».

«Che rapporto hanno con le guardie? Hanno trattamenti di riguardo, smerciano qualcosa insieme… che voci girano nel carcere?»

«Tutti i gruppi di intoccabili hanno accordi con le guardie. Gli portano dentro donne, droga, hanno più visite degli altri, cose così. In cambio i loro uomini che stanno fuori gli raddoppiano o triplicano lo stipendio, dipende dai favori».

«E sul direttore che voci girano?»

«Sul direttore? In 4 mesi l'ho visto una volta sola, figuriamoci. È vecchio, si dice gli manchi meno di un anno alla pensione, se ne sta chiuso nel suo ufficio e buonanotte. La prigione gliela gestisce Hosmer, il capo delle guardie, in tutto e per tutto».

Parker tolse i fogli dalle mani di Franklin e finse di rimetterli in ordine dentro il faldone.

«Bene, è tutto. Grazie per i documenti. – poi aggiunse a bassa voce – Per ora basta così. Non avrai più nostre visite, per non destare sospetti. Se avremo bisogno di altro ti faremo sapere».

Parker si alzò, chiamò la guardia e uscì.

Raggiunse Sanchez che lo aspettava in auto nel piazzale antistante il carcere.

«Registrato tutto?» disse Parker mentre si sbottonava la camicia per togliersi il microfono di dosso. Gli adesivi che tenevano il filo attaccato al torace gli davano un fastidio quasi insopportabile.

«Perfettamente» rispose Sanchez, indicandogli l'attrezzatura poggiata sul sedile posteriore.

«Ok, allora torniamo subito alla base, gli altri ci stanno aspettando».

Un'ora dopo, la trascrizione di tutto quel che Parker e Caleb Franklin si erano detti si trovava già sul tavolo del tenente Braxton, insieme ai fascicoli personali di tutti i nomi fatti da Caleb Franklin. Parker aveva subito riconosciuto in Konig e Lamaire i due finti poliziotti visti da Macry's, mentre Sanchez aveva riconosciuto in Konig l'assassino del proprietario del negozio e in Sands l'uomo a cui aveva sparato alle gambe.

Inoltre, Watts aveva convocato d'urgenza Madison Devine, l'ex dipendente della gioielleria Walker, per un ulteriore riconoscimento.

«Dobbiamo puntare alle due guardie, Hosmer e Reynolds, e a far parlare il dottor Stewart. – esordì il tenente – Konig e la sua gente non ci scappano di certo».

«Su Konig, Lamaire e Sands abbiamo le loro testimonianze, - disse Camden, l'assistente del procuratore assegnato al caso, indicando Parker e Sanchez – sono già inchiodati. Ma non possiamo comunicargli subito che andranno a processo per nuovi reati, metteremmo in allerta gli altri della banda».

«Sì, meglio aspettare».

«Col direttore che facciamo?» chiese Camden.

«Aspettiamo anche con lui, - disse Parker, anticipando il suo tenente – dalle parole di Franklin sembrerebbe solo uno che se ne frega in attesa della pensione, ma non ne siamo completamente sicuri».

Gli altri annuirono.

«Ci servono le armi» sentenziò Watts.

«Che le tengano in carcere è escluso, darebbero troppo nell'occhio» rispose Sanchez.

«Invece per me è proprio lì che le tengono. – ribatté Watts – Trovami un posto migliore di un'armeria per nasconderle».

«Allora devono essere della partita anche gli agenti responsabili dell'armeria».

«Forse sì o forse no. Hosmer, col suo grado, ha sicuramente le chiavi e può entrare e uscire a suo piacimento. Idem per far entrare e uscire le armi dal carcere».

«D'accordo Grady, mi hai convinto. Ma come facciamo a prenderle senza svegliare tutto il vespaio? Dobbiamo prevedere anche l'eventualità che non siano lì dentro e che invece le tengano in custodia Hosmer o Reynolds a casa loro o da qualche altra parte».

«Diversi blitz notturni in contemporanea. - disse Braxton – Non vedo altre soluzioni. Entriamo in casa dei due agenti, in quella del dottore, perquisiamo l'armeria del carcere e trasferiamo in un'altra prigione, magari in un altro Stato, Konig e il suo gruppo. Naturalmente, tutto con i relativi mandati». Braxton disse le ultime parole rivolgendo il proprio sguardo a Camden.

«Sì, certo. Preparatemi tutti i rapporti e vi farò avere i mandati».

«Per il trasferimento dei detenuti direi di non fidarci delle guardie della contea, vista la situazione. – aggiunse Parker - Hosmer e Reynolds potrebbero avere degli amici disposti ad aiutarli».

«Giusto, direi di usare la SWAT allora. – disse Braxton - E portatevi dietro una squadra della Scientifica per esaminare subito le pistole sospette in armeria».

«Ok, allora direi di dividerci così: io, Sanchez, la SWAT e la Scientifica andiamo ad Hampton Court. Watts, tu prendi Jackson e vai a casa di John Hosmer. Da Reynolds ci mandiamo Blackman e Mitchell. Sprewell e Bowl prelevano il dottor Stewart. Per lei va bene, tenente?»

Braxton ci pensò su per qualche secondo, quindi indicò Sanchez.

«Richiama Stone e Wade e portatevi dietro anche loro a Hampton Court. Quelli della SWAT sono dei fottuti esaltati armati fino ai denti e voglio che li usiate solo come scorta. Ci siamo capiti?»

Nel tardo pomeriggio arrivarono dalla Scientifica le conferme che i detective aspettavano. Le pallottole erano degli stessi tipi usati nel drugstore e nella gioielleria, le segnature dei bossoli dicevano che a sparare erano state tre delle quattro pistole presenti nella gioielleria Walker: Browning Hi-Power, Smith & Wesson 59, Walther P38. In più, ora era stato possibile ricollegare due di queste a due nomi: la Hi-Power era quella con cui Pat Konig aveva crivellato di colpi la cabina dell'ascensore e con cui aveva giustiziato il proprietario del negozio prima di fuggire. La 59 aveva sparato contro il soffitto al piano superiore, quindi era tra le mani di Sands, prima che venisse ferito da Sanchez. La P38 era la seconda arma ad aver sparato contro l'ascensore.

La fretta della fuga aveva inoltre costretto la banda a lasciare altre tracce. Sands aveva lasciato moltissime impronte delle mani sul pavimento del piano superiore, nel tentativo di trascinarsi dopo essere stato colpito. E il sangue in terra era del suo gruppo, A negativo.

Vicino al bancone, dove erano stati trovati i pallini di ferro, e i relativi pezzi di gomma del manganello andato in pezzi per un colpo fortunato di Sanchez, i tecnici della Scientifica avevano identificato delle gocce di sangue di gruppo AB, quello di Billy Reynolds, guarda caso. E sopra il bancone si erano imbattuti in un'impronta nitidissima di Fred Janssen, che si era probabilmente poggiato lì per aiutare Reynolds a rialzarsi.

Infine, sulla maniglia interna della porta d'ingresso era rimasta l'impronta dell'intera mano destra di Tom Stuck, spiegata dal tenente Spielman con il gesto di tenerla aperta per facilitare l'uscita dei compagni, specialmente di quelli che trasportavano Sands, ferito alle gambe.

Ora tutti i cinque nomi fatti da Caleb Franklin erano collegati alla scena del crimine.

Era passata anche Madison Devine, che stavolta aveva riconosciuto immediatamente i volti di Konig e Lamaire come quelli dei due finti poliziotti che avevano compiuto il sopralluogo alla gioielleria Walker.

In tarda serata arrivarono tutti i mandati firmati dall'assistente Camden. I detective andarono a riposare qualche ora, sparsi tra le celle vuote e le due brandine sistemate in uno sgabuzzino.

Parker provò a chiamare a casa D.D., ma dopo molti squilli a vuoto riappese. Raggiunse una brandina, ma non riuscì a chiudere occhio, con un senso d'immotivata inquietudine che sentiva crescere dentro di sé. Nel letto accanto, invece, Watts russava come una locomotiva, beato lui.

Martedì 14 maggio 1974
Turno di notte
Ore 00.00

Partirono tutti contemporaneamente dal garage dell'Undicesimo.

Il gruppo più numeroso era quello diretto a Hampton Court. Due berline senza contrassegni con Parker, Sanchez, Wade e Stone, due cellulari della SWAT, un pickup della Scientifica e un'ambulanza per l'eventuale trasferimento di Ricky Sands, se il medico l'avesse giudicato trasportabile. Dietro di loro, seguivano altre tre berline, dirette agli indirizzi di Hosmer, il capo delle guardie del carcere, del suo collega Reynolds e del dottor Stewart.

Hosmer e Reynolds abitavano nel North Bend, a poche miglia dal loro posto di lavoro e vicini tra di loro, ai due estremi della stessa via. Hosmer aveva una villa piuttosto grande, mentre Reynolds viveva in affitto in un appartamento al primo piano di un palazzo in mattoni rossi.

Mitchell e Blackman erano quasi sul punto di bussare all'appartamento numero tre del primo piano quando dall'interno arrivarono le grida di una donna.

«Lasciami!! Lasciami bastardo!!»

«Ti ho pagata per tutta la notte e ora fai quello che dico io!» rispose una cavernosa voce maschile.

Blackman bussò così violentemente da far tremare anche il muro, oltre che la porta.

«Bill Reynolds, siamo della polizia, abbiamo un mandato d'arresto per lei. Apra immediatamente la porta o la buttiamo giù!!»

«Aiuto! – gridò subito la donna – Aiuto, polizia!»

«E stai zitta, troia!» fu la risposta di Reynolds, cui seguì il rumore di un sonoro schiaffo.

Per i due detective non ci fu bisogno di altro: Blackman divelse la porta dai cardini con una spallata e Mitchell si fiondò dentro subito dopo, pistola in mano.

La donna era nuda sul letto, con dei graffi longitudinali sulla pancia e una guancia arrossata dal colpo appena ricevuto. Dopo di lei Mitchell inquadrò Reynolds: era completamente nudo, e nella mano destra impugnava una frusta di pelle nera. Sulla coscia sinistra aveva una ferita fresca di punti di sutura.

«Metti giù quella frusta, sei in arresto, abbiamo il mandato» gli disse Mitchell con voce calmissima. Reynolds era un uomo imponente, dall'aria cattiva, e immobilizzarlo con la forza non sarebbe stato facile. Meglio convincerlo ad arrendersi.

«Tu togliti da lì e vestiti subito» aggiunse Mitchell, rivolto alla prostituta.

«Questa troia ha un microfono nella borsa? Come avete fatto a essere qui in un attimo?»

«Sei fuori strada, amico, lei non c'entra niente. Siamo qui per le rapine che avete fatto con Konig e gli altri detenuti. Hai lasciato il tuo sangue da Macry's, stamattina».

«È finita, Reynolds, - aggiunse Blackman – metti giù quella frusta e vestiti. È finita».

Due minuti dopo i due detective conducevano Reynolds giù per le scale, recitandogli il Miranda.

Bowl e Sprewell trovarono il dottor James Stewart seduto sulla sua veranda; sembrava quasi che li stesse aspettando.

«Il dottor Stewart?» gli chiese Bowl dal vialetto del giardino.

«Sì, sono io. Siete poliziotti, vero?»

«Sì, detective Bowl, lui è Sprewell, abbiamo un mandato d'arresto per lei per complicità con la banda di Konig e Hosmer e per non aver denunciato le ferite d'arma da fuoco riportate stamattina dal detenuto Richard Sands. Deve seguirci al distretto, dottore».

Stewart si alzò con rassegnazione.

«Potete anche aggiornare i vostri capi d'accusa con l'omicidio di secondo grado».

«Omicidio? Che omicidio?» chiese Bowl, sorpreso.

«Stasera ho tentato di operare Sands nell'infermeria del carcere, ma è morto sotto i ferri».

«Ne parlerà col procuratore al distretto, ora venga».

«Saluto mia moglie».

Watts e Jackson non fecero in tempo ad avvicinarsi al cancelletto del giardino di casa Hosmer che due grossi dobermann gli si pararono davanti, iniziando ad abbaiare furiosamente. Pochi secondi dopo si accese una luce al secondo piano della villa e John Hosmer, in vestaglia e con un grosso fucile in mano, spuntò sul balcone.

«Chi siete? Andate via o sparo!» gridò.

I due detective mostrarono i distintivi e Watts sventolò i fogli del mandato. Jackson, dopo un'occhiata d'intesa col collega, mise prudentemente la mano destra sul calcio della pistola.

«Detective Watts e Jackson, Undicesimo Distretto. È lei John Hosmer?»

«Sì, sono io!»

«Abbiamo un mandato d'arresto per lei e di perquisizione per la sua abitazione. – gridò Watts - Poggi immediatamente a terra quell'arma e venga a richiamare i suoi cani, primo e ultimo avviso».

«In arresto?! Ma sapete chi sono?! Sono il capo delle...»

«Sappiano benissimo chi è, signor Hosmer. – lo interruppe subito Watts - Non le ripeterò l'avviso: a terra il fucile e venga giù, non aggravi la sua posizione. Ha tre secondi, poi le ammazzo i cani e veniamo su a prenderla».

Watts estrasse la pistola, subito imitato da Jackson.

Uscì sul balcone anche una donna.

«Ma… John, che succede?»

Se anche John Hosmer avesse mai avuto la tentazione di resistere all'arresto, la comparsa della moglie lo fece desistere. Posò con cautela il fucile sul davanzale.

«Rientra cara, è tutto a posto, sono due poliziotti. – poi rivolto a Watts e Jackson – Scendo subito a chiudere i cani!»

Hosmer si richiuse la porta alle spalle e tirò dietro di sé la moglie fino alla parete opposta della stanza, dove sapeva che i detective non li avrebbero potuti vedere.

«John per l'amor di dio ma cosa…»

«Zitta! Sta' zitta e fai quello che ti dico. Io ora devo scendere, e una volta chiusi i cani quei due entreranno qui a mettere sottosopra ogni cosa. Devi fare una telefonata per me».

La moglie, spaventatissima, annuì in silenzio.

«Sotto il telefono nel corridoio c'è un adesivo con un numero. Chiamalo, di' soltanto "le carte sono bruciate" e riappendi subito. Hai capito bene?»

La moglie annuì di nuovo.

«Ripeti».

«Chiamo il numero sull'adesivo e dico che le carte sono bruciate».

«Brava. Ora vai. Io cercherò di farti guadagnare qualche secondo in più prima di farli entrare».

Quindi scese in giardino e, chiusi con qualche apparente difficoltà i cani nelle loro gabbie, si consegnò ai due detective.

Il corteo di Parker fu l'ultimo ad arrivare a destinazione. Mostrarono i documenti al piantone di guardia al cancello principale, che chiamò l'ufficiale di turno. Dopo aver esaminato tutti i documenti, li informò che per Sands avevano fatto un viaggio a vuoto, visto che era morto poche ore prima.

Parker, in quanto unico titolare dell'indagine presente in

quel gruppo, era a capo della squadra. Sulla scorta delle parole del tenente Braxton, ordinò agli SWAT di rimanere nel piazzale antistante l'ingresso dell'edificio principale, quello in cui erano custoditi i quattro uomini da prelevare.

Appena entrati, si ritrovarono a camminare in corridoi di cemento dove regnavano la semioscurità e un silenzio spettrale. I loro passi producevano un'eco sinistra sui camminamenti metallici, e le luci notturne, bianche e fredde come quelle dei vagoni della metropolitana, non aiutavano Parker a scrollarsi di dosso l'impressione di trovarsi in un obitorio. Dalle celle solo qualche sporadico russare.

Si fecero condurre nel settore di Konig, Stuck, Lamaire e Janssen.

«La cella più vicina è quella di Janssen, - suggerì la guardia che li precedeva – iniziamo da lì?»

Parker stava per annuire, quando Sanchez gli toccò un braccio, bloccandolo e indicandogli con la testa il camminamento sopra di loro, dove un agente stava muovendosi a passi rapidissimi e furtivi. L'occhio esperto di Sanchez colse una fretta sospetta in quel comportamento, in quell'agitazione del tutto fuori luogo all'interno di un carcere addormentato. E trovò ancor più strano che, in quel silenzio spettrale, quella guardia non avesse degnato di uno sguardo quattro sconosciuti a spasso per la sua prigione nel cuore della notte.

«No, agente, iniziamo da Konig. - disse Sanchez alla guardia, con un tono che non ammetteva repliche – Scommetto che è di sopra, vero?»

Quello annuì, e Sanchez scattò sulla più vicina rampa di scale in salita.

«Vieni niño, rapido!! Non siamo i soli a caccia di quei quattro, stanotte! E voi due – disse rivolto a Stone e Wade - fatevi portare da Janssen».

La guardia provò a bloccare Sanchez afferrandolo per il lembo della giacca, ma Stone lo trattenne a sua volta, quindi lo tirò a sé.

«Il mio collega sa quello che fa. – gli disse fissandolo con il più inespressivo degli sguardi – Tu portaci da Janssen e non preoccuparti di nient'altro».

Sanchez e Parker videro il loro uomo iniziare a correre sul camminamento superiore, ma era un uomo pesante, sovrappeso, e ridussero subito la distanza che li separava. L'avevano quasi raggiunto quando quello si voltò: videro subito che nella mano destra stringeva una pistola dotata di silenziatore.

I due detective sentirono gelarsi il sangue. Erano vicinissimi, sapevano entrambi che a quella distanza lui non avrebbe sbagliato e uno di loro non sarebbe sopravvissuto.

Estrassero le pistole e le puntarono verso la guardia. Era un uomo sulla cinquantina, calvo, con la pancia molto prominente. Alla vista delle due armi rivolte verso di lui esitò.

«Non so a chi di noi due sparerai, gordo, ma chiunque tu scelga sappi che un attimo dopo sarai morto anche tu» gli disse Sanchez, con il tono di voce più vicino alla calma che riuscì a scovare dentro di sé.

«Ehi, ma che cazzo succede là fuori?!» gridò una voce proveniente dall'interno di una delle celle.

Parker, il più vicino alla guardia, vide la punta del silenziatore tremare in maniera quasi impercettibile: era il momento che aspettava. Scattò con un calcio fulmineo, violento, colpendo la canna della pistola all'altezza dell'attacco a vite del silenziatore. L'arma saltò via dalla mano della guardia, che istintivamente la ritrasse per prendere la calibro 22 d'ordinanza dalla fondina del cinturone. Ma stavolta fu Sanchez a reagire senza indugi, colpendolo con un calcio al ginocchio destro, per costringerlo a piegarsi. Quindi lo spinse contro la grata d'acciaio del camminamento, gli tolse la pistola dalla fondina e lo ammanettò dietro la schiena, mentre Parker, qualche passo più in là, raccoglieva l'arma silenziata dal pavimento. La rimise in sicurezza, tolse il colpo in canna, quindi fece scattare fuori il caricatore. Mancava un proiettile. Avvicinò il naso alla bocca del silenziatore.

«Julian, questa ha sparato un colpo da poco...».

«Pat Konig! Dov'è Pat Konig?» gridò Sanchez.

«È due celle più avanti» gli disse un nero da dietro le sbarre.

«Grazie amigo, ti sei guadagnato un rancio extra lusso per domani. – e poi rivolto a Parker – Vai a vedere se è ancora vivo».

«Vado, ma tu prendi la radio e chiama dentro la SWAT, metà qui e metà da Stone. Non voglio altri rischi».

Pat Konig era da solo in cella, dopo la morte del suo compagno Sands. Quando le guardie, richiamate dal trambusto, accesero finalmente le luci interne delle celle lo trovarono seduto sul letto, perfettamente sveglio.

«Rogne in arrivo per te, Konig, sei accusato di nuovi reati. Voltati» gli disse Parker.

«Dove mi portate?»

«In un'altra prigione, è finita la vacanza».

Konig si lasciò ammanettare senza fare resistenza.

«Non potevate farlo domattina questo trasferimento?! E che cazzo è successo nel corridoio prima? Mi avete svegliato con tutto quel casino...»

Parker scosse la testa.

«Abbiamo solo rischiato la pelle per fermare una guardia che stava venendo a ucciderti, ma ci dispiace molto se ti abbiamo disturbato. Scrivi una lettera di protesta al direttore del tuo prossimo carcere, ok?»

«Ma... io ti conosco, ti ho visto da Macry's il giorno del sopralluogo» disse a un tratto Konig, osservando Parker più da vicino.

«Bella memoria, bravo. Avresti dovuto fare il poliziotto, invece che l'assassino».

Konig cercò di colpirlo con una testata al volto, ma non ci riuscì. Parker si aspettava una reazione e fu rapido a schivare, quindi lo spinse contro il muro e poi lo trascinò via, mentre quello scalciava e urlava come una belva ferita.

Quando Stone e Wade arrivarono a prelevarli, Janssen e Lamaire dormivano ancora saporitamente. Stuck, invece, era già stato ucciso: dormiva al contrario, con la testa verso le sbarre, e così facendo aveva inconsapevolmente offerto il più facile dei colpi al proprio assassino, che lo aveva freddato con un proiettile al centro della fronte.

Mentre la SWAT faceva accomodare sui cellulari i detenuti e la guardia-killer, i detective e la Scientifica si diressero verso l'armeria, situata in un altro edificio.
«Sapete cosa cercare, ragazzi, a lavoro» disse a tutti Sanchez, una volta entrati.
Le pareti erano coperte da rastrelliere a doppia fila con fucili a pompa, ai piedi di ognuna c'era una cassetta delle relative munizioni. Gli uomini dell'Undicesimo ignorarono tutte le armi a canna lunga e andarono dritti verso il fondo del magazzino, dove molte casse più piccole giacevano accatastate a gruppi di cinque o sei.
In una pila, Sanchez notò che una delle casse centrali era molto meno impolverata delle altre.
«Ehi niño, aiutami a spostare queste» disse a Parker.
In pochi secondi la aprirono: a prima vista conteneva solo Colt 45, ma Sanchez tolse i primi pezzi per guardare sotto, e trovò una Brownig Hi-Power, una S&W 59 e una P38.
I detective rimasero qualche secondo a guardarle, quindi chiamarono i colleghi della Scientifica. Erano entrambi senza guanti e non volevano compromettere il valore della loro scoperta. I tecnici le presero subito e, come prima cosa, le odorarono.
«Hanno sparato di recente e non sono state pulite, si sente la puzza di polvere da sparo» sentenziò il caposquadra.

«Repertatele e portatele subito via per le prove di sparo. Entro domattina abbiamo bisogno dei risultati» gli rispose Sanchez.

Mentre il convoglio stava per ripartire, il direttore del carcere, evidentemente avvertito dall'ufficiale di turno di quanto stava accadendo, si materializzò davanti all'auto di Parker e Sanchez.

«Ma non potevate aspettare domattina per tutto questo casino? Cos'è questa storia? Perché state trasferendo i miei detenuti?» gridò andandogli incontro.

Sanchez gli si affiancò con l'auto e Parker tirò giù il finestrino.

«Li stiamo spostando dove non possano fare altri danni; legga i mandati. Hanno ucciso otto persone in tre rapine. E si cerchi un nuovo capo delle guardie e un nuovo dottore, ne avrà bisogno».

«Ma... io non ne sapevo nulla... vi giuro che non ne sapevo proprio nulla! Scrivetelo nel rapporto eh!»

«Sì, direttore, non stia in ansia per la sua pensione. – rispose Parker rialzando il finestrino. Poi rivolto a Sanchez – O lo investi o ce ne andiamo».

Sanchez sorrise e accelerò verso il portone spalancato.

Ore 10.00

I rapporti di un'operazione così vasta e importante avevano richiesto più tempo del dovuto, e ora Sanchez stava saltando da una corsia all'altra per non arrivare in ritardo all'appuntamento con Elizabeth. Non aveva l'abitudine di sedurre donne sposate, ma quella lì aveva avuto il sopravvento su ogni tipo di remora. Era stato sfacciato nel chiederle un appuntamento, ma lui aveva fiuto per quel tipo di cose ed era quasi certo di trovarla da Macry's. A patto di uscire da quel maledetto ingorgo, naturalmente.

Arrivò con dieci minuti di ritardo, trafelato e agitato come un adolescente al primo appuntamento, ma Elizabeth era lì ad aspettarlo. Guardava nervosamente l'orologio come quando l'aveva notata per la prima volta, poco più di ventiquattro ore prima.

«Beh? Ancora qui?! Ma quanto ci vuoi mettere a scegliere questo frigo?!» le disse Sanchez sorridendo.

Elizabeth scosse la testa.

«Stavo per andarmene, pensavo che non venissi più. E già mi stavo dando della stupida per essere venuta al tuo appuntamento».

«Ho fatto tardi a lavoro, ecco tutto. Quel casino che è successo qui ieri mattina ci ha dato parecchio da fare».

«Ma li avete già presi?»

«Abbiamo già buttato via la chiave, altroché se li abbiamo presi! - rispose Sanchez con fierezza - Ma non si era parlato di scegliere un frigorifero nuovo?»

«Hai ragione, andiamo».

Elizabeth entrò nel negozio con Sanchez, senza sapere esattamente perché lo stesse facendo. Si sentiva infelice, annoiata e senza prospettive. Prima che un detective portoricano dall'abbigliamento stravagante rischiasse la propria vita per salvare la sua.

Martedì 21 maggio 1974
Turno di giorno
Ore 10.30
(una settimana dopo)

Parker e Caleb Franklin attendevano in piedi che l'ufficiale di guardia controllasse i documenti relativi al trasferimento del prigioniero nel suo nuovo carcere.

Finito il suo solito turno, Parker aveva voluto prelevarlo personalmente, per ringraziarlo delle preziose informazioni che gli avevano consentito di chiudere in meno di ventiquattro ore un caso che si era trascinato per più di tre anni. Avevano viaggiato per circa un'ora verso sud, parlando soprattutto della musica di D.D.

Franklin conosceva davvero bene le sue canzoni, e ripeté più volte a Parker che la ragazza aveva davvero un grosso seguito nella comunità afroamericana di quella città.

L'ufficiale tornò con tutti i documenti firmati e disse che erano a posto. Fece segno a una guardia di prendere in custodia il prigioniero, ma questi gli fece segno di aspettare solo un attimo.

«Questo agente è mio amico, posso salutarlo?»

La guardia acconsentì.

«Grazie Parker, sei stato di parola».

«Figurati, Caleb. E stai tranquillo, sarà di parola anche il giudice, all'udienza della prossima settimana, così avrai anche lo sconto di pena. Bada di rigare dritto qui dentro, però. Se combini casini il nostro accordo salta, lo sai».

Franklin annuì.

«Senti, Parker.., io ho un'altra cosa da dirti…»

«Il caso Konig è chiuso, Caleb, i pesci piccoli non ci interessano» rispose Parker, con noncuranza.

«Non si tratta di Konig, si tratta di te. Tu sei stato di parola con me, e in viaggio ti ho sentito parlare di D.D. con… con amore, ecco. Quando ho saputo che stavate insieme non mi è piaciuta per niente l'idea che un bocconcino come lei stesse con uno sbirro, oltretutto bianco. Ma tutto sommato devo dire che ha saputo scegliere bene. Per questo ti dico una cosa: controlla D.D.».

«Che vuol dire "controlla D.D."?» ribatté Parker, improvvisamente agitato.

«Sono solo voci che giravano a Hampton Court, ma nel dubbio io te lo dico: se le vuoi davvero bene controllala, prima e dopo i concerti. Ciao».

Prima che Parker potesse rispondere, Caleb Franklin aveva già oltrepassato il primo cancello, oltre cui la guardia lo prese in consegna.

Ore 21.15

Alle 22 D.D. avrebbe cantato al "The Sword", il locale dove Parker l'aveva vista per la prima volta. Il locale era vicino al distretto, quindi l'aveva accompagnata lui, risparmiandole il taxi e la pioggia che avrebbe preso prima di trovarne uno libero.

Parker aveva cercato di dissimulare per tutta la serata l'angoscia che aveva dentro: le aveva parlato di qualche idea su come spendere il milione di dollari della Motown, poi di Peanuts e Pebbles, quindi della lavatrice nuova scelta da zia Mary che già perdeva acqua.

L'aveva salutata baciandola nell'abitacolo dell'auto, prima che lei aprisse lo sportello, un'ora prima dell'inizio dello spettacolo. Poi aveva fatto il giro dell'isolato e parcheggiato nel retro del locale, davanti a una porta che sapeva condurre direttamente al corridoio dei camerini. Era entrato con l'aiuto del suo distintivo, e ora stava guardandosi intorno, sempre più con il cuore in gola mentre i passi lo avvicinavano al camerino di D.D..

Superò una lunga serie di anonime porte bianche, cercando di cogliere voci al loro interno. Era giunto quasi alla fine del corridoio quando la voce di D.D. lo fece tornare indietro. Stava parlando con qualcuno, impossibile sbagliarsi. Parker poggiò la mano sulla maniglia e trasse un lungo respiro: in fondo poteva starci, pensò, che una ragazza così giovane e bella non si accontentasse di uno sbirro di periferia.

Spalancò la porta. D.D. era in piedi, al centro della stanza, e stava dando dei soldi a un uomo, un ragazzo nero all'incirca della sua stessa età.

«Interrompo qualcosa?» disse Parker, rompendo lo stupore che aveva paralizzato gli altri due.

«Noah! – disse D.D. con un tono di voce troppo acuto per simulare tranquillità – Che sorpresa!»

«Lui chi è?» ribatté Parker, ignorando le parole di D.D..

«È… un mio amico, un amico che stava andando via».

Parker tolse il suo sguardo da D.D. e lo spostò sull'uomo. Aveva l'impressione di averlo già visto, ma non ne era certo. «E gli dovevi dei soldi?»

«Beh… ha qualche problema, mi ha chiesto aiuto…»

«Tu non ce l'hai la lingua?»

«Senti Noah, - disse D.D. avvicinandosi - guarda che sei completamente fuori strada, non hai proprio motivo di essere geloso, né di lui né di nessun altro. Ti dico che…»

Parker, che non smetteva di fissarlo, scansò bruscamente D.D. e andò dritto dal ragazzo. Ora lo aveva riconosciuto. Non sapeva il nome, ma sapeva il dove e il quando. Era lo spacciatore che aveva visto nei bagni di quello stesso locale la sera in cui aveva conosciuto D.D. e in cui aveva arrestato Caleb Franklin. Il pensiero che quello spacciatore, quella sera, avesse avuto tra i suoi clienti anche D.D. lo fece raggelare.

Gli torse violentemente un braccio per costringerlo a girarsi, quindi lo spinse in avanti fino a fargli sbattere la faccia sul tavolo dove D.D. aveva sistemato i suoi cosmetici.

«Noah!! – urlò D.D. – Ma che cazzo stai facendo?! Ti metti a fare il poliziotto qui dentro?!»

Parker non la ascoltò neppure. Perquisì velocemente l'uomo, e gli trovò subito le dosi di eroina, oltre a un rotolo di banconote e ad un coltello. Gli tolse tutto e andò in bagno, dove gettò nel water la droga e le banconote.

Lo spacciatore, rialzatosi, tentò di bloccarlo, ma Parker gli scaricò in pieno volto un pugno con tutta la sua rabbia, che mandò l'uomo a terra, mentre dal naso rotto iniziò subito a zampillargli sangue.

Quindi Parker rivolse la sua attenzione a D.D..

«Da quanto ti fai?»

«Ma Noah, che dici?»

«DIMMI DA QUANTO CAZZO DI TEMPO TI BUCHI!!!» urlò Parker, fuori di sé, brandendo il coltello contro di lei.

D.D. scoppiò a piangere. Nel frattempo, richiamati dalle grida, alcuni inservienti del locale bussavano alla porta.

«Da prima che ti conoscessi».

«Dove sono i buchi? Com'è possibile che non li abbia mai notati quando ti ho vista nuda?»

«Tra le dita dei piedi».

Parker era furioso.

«Era per questo che mi avevi detto di non sentirti pronta a vivere con me, vero?! Tutte quelle storie sui cambiamenti, il contratto, l'età… erano tutte stronzate, vero? Avevi solo paura che vivendo insieme me ne fossi accorto, o che ti avessi trovato la droga dentro casa!»

D.D., sciolta in un mare di lacrime e singhiozzi, trovò solo la forza di annuire.

Alla fine, dopo tanto bussare, gli inservienti del "The Sword" si decisero a entrare nel camerino.

«Sono il detective Parker» disse, mostrando loro il distintivo.

«Quest'uomo ha cercato di aggredire la signorina Davis, ma grazie al cielo ora è tutto ok. Chiamate il 911 e chiedete di mandare qualcuno dall'Undicesimo Distretto e un'ambulanza. Per stasera il concerto è annullato, la signorina è sotto shock».

«Oh mio dio! D.D. stai bene?» chiese uno dei due.

«Sì, sì, sono solo molto spaventata. Per favore, fate come vi ha detto lui».

Quando i due uomini furono usciti, D.D. si rivolse a Parker.

«Aiutami, ti prego. Aiutami, non abbandonarmi».

Parker sospirò.

«Annulla tutto per le prossime settimane e vieni a stare da me. Ti aiuto solo a queste condizioni».

«Ma non posso annullare un mese di serate, Noah. Non posso sparire dalla circolazione per un mese, qui ti cancellano…»

«Le mie condizioni sono queste. Prendere o lasciare».

D.D. spazzò via con un gesto rabbioso tutti i trucchi allineati sul tavolo.

«Ok, va bene».

Parker le tirò il cappotto perché se lo mettesse, ma fu un gesto fatto con rabbia, perfino con disgusto.

«Ho solo una cosa da chiederti: perché? Hai tutto: la gioventù, la bellezza, una voce meravigliosa, stai per diventare famosa… perché?» le chiese, fissandola mentre infilava a fatica le braccia nelle maniche.

«Inizi perché vuoi provare a dare di più, a gestire meglio l'ansia del palco, perché vuoi sfondare subito. E quando ti accorgi che ti sta rovinando ormai non puoi più farne a meno. Appena provi a smettere ti senti spaccare in due dal dolore, e sai che solo l'eroina potrà farlo smettere».

Le lanciò la chiave dell'auto.

«Aspettami in macchina, è dietro il locale. Con i colleghi me la vedo io».

Giovedì 23 maggio 1974
Turno di giorno
Ore 9.30
(due giorni dopo)

Parker parcheggiò l'auto nel garage del distretto. Notò che nel posto riservato al capitano Duvall c'era già la sua auto. Purtroppo non poteva evitare di passare davanti al sergente Mac.

«Ehi Parker, che diavolo ci fai qui? Ma non eri in ferie?!»

«Sì, per una settimana, ma ho dimenticato di consegnare dei rapporti e allora sono passato un attimo».

«Ammettilo che ti manchiamo da morire!»

Parker gli diede una pacca sulla spalla mentre si dirigeva verso le scale. Salì due piani il più velocemente possibile, sperando di non incontrare nessuno dei colleghi. Da un mobile sul pianerottolo, in cui vecchi faldoni prendevano polvere da mesi, afferrò delle cartelline a caso, quindi giunse davanti alla porta dell'ufficio di Duvall.

«Ho bisogno di vedere il capitano per alcune firme urgenti» disse all'agente di piantone.

«Vedo se è libero. – si affacciò dentro – Capitano, c'è il detective Parker con dei documenti da farle firmare».

«Fallo entrare».

Parker entrò e richiuse immediatamente la porta alle sue spalle, poggiando le cartelline sulla sedia più vicina.

Duvall lo guardò senza troppo stupore.

«La roba da firmare era una scusa per quel fesso là fuori, vero?» gli disse subito, accendendosi un sigaro.

«Sì, capitano. In realtà sono venuto per chiederle aiuto».

Parker riassunse al suo comandante la vicenda di D.D. e della sua dipendenza dall'eroina.

«Ora è a casa mia, sorvegliata da Sanchez. Sta passando l'inferno: da ieri mattina ha brividi, vomito, diarrea, non si regge in piedi. Fatica persino a connettere le parole, ha fiato solo per gridare. Urla, piange a dirotto, poi urla ancora; sta per ore piegata in due sul letto, a contorcersi dal dolore. Dice che si sente spaccare in due lo stomaco, sente come se qualcuno le stesse frantumando le ossa una ad una. Non la lascio mai da sola perché ho paura che possa uccidersi pur di liberarsi dal dolore».

«È in piena crisi d'astinenza».

«Sì, così mi ha detto anche Sanchez. Ma io non ce la faccio a starle vicino così senza fare niente, pulendo il suo vomito e facendole pezze fredde sulla fronte. So che c'è un modo per rendere meno doloroso il suo inferno: farla smettere gradualmente dandole piccole dosi, sempre più piccole, per fare in modo che il suo corpo si ribelli meno violentemente all'astinenza. Fino a smettere del tutto».

«Non sono un medico, Parker. Se sei venuto da me per sapere se è una buona idea non so che dirti. Ma non credo che tu sia qui per questo, no?»

Parker si avvicinò al suo comandante fino a poggiarsi con le mani sulla sua scrivania. Si sentiva sfinito, disperato; aveva il terrore che D.D. non sopravvivesse alle prossime crisi.

Il capitano Duvall non lo aveva mai visto così fuori di sé.

«Un po' di tempo fa discutemmo animatamente della regola del silenzio, ricorda? Era il caso Tucker».

«Sì, certo che me lo ricordo».

«Ecco capitano, ora la regola del silenzio serve a me: due giorni fa l'Antidroga ha sequestrato un carico di eroina su un camion. Ho bisogno di prenderne un po' prima che vada all'inceneritore. Dica che dobbiamo usarla come esca per un'altra operazione, inventi qualsiasi cosa, ma mi faccia avere delle dosi. Me ne bastano due o tre, le inietterò a D.D. diminuendo progressivamente la quantità. So che sono sotto chiave nella sua cassaforte personale».

«Devi essere impazzito a chiedermi una cosa del genere, Parker».

«Non impazzito, disperato. Disperato per la persona che amo di più al mondo. E lei sa cosa vuol dire, cosa si prova».

Duvall scoccò uno sguardo feroce con i suoi occhi azzurri all'indirizzo del suo detective.

«Perché non sei andato a comprarla da uno spacciatore?» gli chiese quindi, bruscamente.

«Perché sarei diventato ricattabile. E perché dopo questa storia li ammazzerei tutti gli spacciatori, se solo fossi certo di farla franca».

Il capitano Duvall spense il sigaro appena iniziato e si voltò verso la finestra, dando le spalle a Parker.

«Quindi hai saputo la mia storia, sai quel che è successo alla mia famiglia».

«Sì, certo, capitano. Mi scusi, non volevo...»

«Perdere chi ami è un dolore indescrivibile, - proseguì Duvall, ignorando la risposta di Parker - qualcosa che ti lascia senza parole. Qualcosa che Dio non dovrebbe neppure contemplare nel suo pensiero».

«Tempo fa ho riletto un libro di Mailer. A un certo punto, sfinito dagli orrori della guerra, uno dei suoi personaggi dice "Dio è un lusso che non posso permettermi". Ecco, con tutto il rispetto, signore, in questo momento vale anche per me. Non credevo che nella mia vita sarei mai arrivato a questo punto, ma io sono disposto a tutto per far uscire D.D. dall'inferno che sta vivendo».

«Aspetta fuori».

Nei cinque minuti di attesa, Parker pensò ossessivamente a D.D., al vuoto che aveva visto nei suoi occhi in quei giorni, al sangue che le aveva visto vomitare. Neppure suo padre, nella fase terminale del cancro che lo avrebbe ucciso, era stato così dilaniato dal dolore, così incapace di controllare il proprio corpo e le proprie funzioni.

Parker sapeva che si sarebbe sentito un mostro nel momento in cui le avrebbe iniettato le dosi di eroina, ma aveva capito di non avere scelta.

Pensò a Sanchez, chiuso con lei, a fare da balia a una tossica

in astinenza anziché fuori a correre dietro a tutte le muchachas che impazzivano per lui. Sapeva che solo il suo compagno, con un passato da delinquente e un fratello in
carcere, poteva comprendere fino in fondo quello che stava
facendo, perché stava mettendo a repentaglio la sua carriera
e il suo distintivo per D.D..

Finalmente la porta dell'ufficio di Duvall si aprì. Il capitano,
fermo sulla soglia, gli porse una piccola busta anonima.

«Ecco il necessario per la tua operazione, Parker. Fanne
buon uso».

Uscì dal distretto senza salutare nessuno, ansioso di tornare
da D.D.. Seduto in macchina, tirò fuori la busta dalla giacca,
fissandola per qualche istante.

Era paradossale che riponesse tante speranze nello stesso
veleno che ora stava facendo sputare sangue alla donna che
amava. Ora però sentiva di poter fare per lei qualcosa di più
che l'infermiere. O il carceriere.

Ora era certo che l'avrebbe salvata.

FINE

RACCONTI SPIN-OFF

Una donna pericolosa

Settembre 1971, in una città senza nome degli Stati Uniti d'America.

Jackson e Schuster stavano percorrendo la parte meridionale del Riverfront, sulla via del ritorno al distretto per la fine del turno, quando il cicalino della radio iniziò a squillare. I due detective si guardarono con una punta di sconforto: anche quel giorno smontare alle quattro sarebbe stata un'utopia.

«Auto 11-4, detective Jackson, avanti».

«11-4, sono stati segnalati dei colpi d'arma da fuoco all'interno dello Jama Store, all'angolo tra la Terza e la Culver, siete a distanza d'intervento? Passo».

«Affermativo, due minuti e siamo lì, passo e chiudo».

«Mettiamo su la cavalleria?» chiese Jackson al compagno, riferendosi alla sirena e al lampeggiante.

«No, meglio non innervosire nessuno» sentenziò Schuster. Parcheggiarono su un marciapiede laterale.

«Lasciamo perdere i fucili, giusto?» chiese ancora Jackson.

«Sì, per ora andiamo a vedere di che si tratta».

Giunsero a piedi all'ingresso del negozio, uno dei tanti alimentari a conduzione familiare presenti nel Barrio. Le porte a vetri erano aperte, ma le casse erano deserte.

Bob Schuster estrasse la sua arma, una Colt 45 semiautomatica, subito imitato dal compagno, dotato invece di un revolver Colt Python da 8 pollici. In completo silenzio, iniziarono a esplorare le file di scaffali, imbattendosi ben presto in due persone sdraiate a terra. Mostrarono i distintivi per tranquillizzarle, e ne ricevettero in cambio delle occhiate significative in direzione del lato sinistro del negozio.

Stavano avvicinandosi in quella direzione, quando echeggiarono altri due colpi. Le orecchie esperte dei due poliziotti classificarono subito l'arma come un revolver di piccolo calibro. Nessun rumore di bossoli caduti in terra.

«Ti ho detto di uscire di lì, bastardo!»

Una voce di donna, di mezza età, con tono isterico.

Schuster fece segno al compagno di fare il giro largo, mentre lui avrebbe provato ad avvicinarsi frontalmente. Svoltò l'angolo degli scaffali e trovò il pavimento disseminato di persone sdraiate, apparentemente incolumi. Si rese conto che sarebbe stato impossibile per lui proseguire oltre senza essere visto. Sporse il minimo indispensabile per osservare la donna.

55-60 anni, con un tailleur viola piuttosto elegante, i capelli rosso fuoco e una 38 Special puntata a due mani verso una porta chiusa. Sulla porta, Schuster intravide una targhetta con scritto "Direttore". Contò fino a cinque, per dare qualche secondo in più di tempo a Jackson per prendere posizione dalla parte opposta.

«Signora, qui è la Polizia!»

Schuster vide la donna voltarsi subito verso di lui e contemporaneamente mettersi al riparo dietro un carrello colmo di spesa.

«Sono il detective Schuster, dell'Undicesimo Distretto, signora. Posi l'arma a terra e venga verso di me con le mani alzate!»

«Ecco! Sei contenta?» urlò una voce maschile da dietro la porta chiusa.

«Zitto tu, bastardo!!» rispose la donna, sparando ancora un colpo verso la porta.

«Sei una pazza, una pazza fottuta!»

«E tu sei un puttaniere! Sono stanca di sopportare tutte quelle zoccole che ti porti a casa mentre sono a lavoro!»

«Piantatela, tutti e due! - urlò Schuster, che iniziava a essere esasperato dalla situazione – L'uomo lì dentro è suo marito?»

«Il puttaniere?»

«Sì, signora, il puttaniere» rispose Schuster con un sospiro.
«Certo che è mio marito!».

«Come si chiama?»

«Brad».

«Ecco, allora... signora, lei metta giù quell'arma e lei, Brad, stia zitto, per cortesia!»

«Io non metto giù proprio un bel niente finché non avrò sparato nelle palle a quel puttaniere!»

«Signora... – riprese Schuster con infinita pazienza – finora nessuno si è fatto male, se la finiamo così se la cava con poco, non vada a cacciarsi in guai peggiori».

«Ma così la do vinta al puttaniere!»

«Mi spiace, signora, ma la legge non ammette l'omicidio di puttanieri».

«Lei è sposato, detective?»

«Sì».

«E cosa farebbe se fosse al posto mio?»

«Beh, parlerei con mia moglie e cercherei di...»

«Oh, andiamo! – lo interruppe la donna – Tutte cazzate! Lei farebbe esattamente come me!»

«Qui non stiamo parlando di me, signora. Glielo ripeto per l'ultima volta, metta giù la pistola».

«No, finché quel verme non esce di lì!».

L'ultimatum di Schuster era soprattutto a beneficio di Jackson il quale, sentita la risposta della donna, spinse contro di lei un intero scaffale di detersivi, facendola crollare faccia a terra senza che quella si rendesse neppure conto dell'accaduto. Nella caduta le partì un colpo, che finì per frantumare in modo innocuo un grosso flacone di detersivo stipato accanto alla porta.

Jackson saltò con un balzo lo scaffale rovesciato e afferrò alle spalle la donna, disarmandola. Schuster uscì fuori dal suo angolo mentre il compagno ammanettava la donna dietro la schiena e la sollevava di peso, rimettendola in piedi.

«Dai, portala via e leggile il Miranda» disse Schuster, scoccando un'occhiata furtiva all'orologio sulla parete. Erano le quattro in quel momento: tra arresto, impronte e rapporti in triplice copia, forse se la sarebbero cavata con una sola ora di straordinario.

«Brad, può uscire dalla stanza, non c'è più pericolo».

La porta, con quattro buchi di proiettili, si spalancò e un uomo basso, grasso e stempiato ne venne fuori.

"E questo sarebbe il puttaniere?!" pensò Schuster, sollevando un sopracciglio come massima espressione della sua perplessità.

L'uomo si guardò intorno per un secondo, poi scattò verso Schuster, ansioso di ringraziarlo. Riuscì a fare solo due passi, poi scivolò sulla chiazza di detersivo sparso in terra e cadde rovinosamente.

«Il ginocchio! – iniziò a urlare – Mio dio, il ginocchio! Oddio che dolore! Devo essermi rotto il ginocchio!»

Schuster osservò la scena perplesso, mentre alle sue spalle già risuonavano le grasse risate della donna.

«Ben ti sta, bastardo! Urla! Dai, urla! Urla ancora!» fece in tempo ancora a gridare, prima che Jackson la trascinasse definitivamente fuori dal negozio.

Schuster guardò ancora l'orologio e scosse la testa: ora gli sarebbe toccato aspettare anche l'ambulanza e compilare il doppio dei rapporti. Per un attimo, ma solo per un attimo, pensò che forse sarebbe stato meglio lasciar fare alla signora e alla sua pistola.

La lavanderia

Ottobre 1971, in una città senza nome degli Stati Uniti d'America.

La berlina grigia guidata dal detective Sprewell accostò al marciapiedi, salendoci sopra con una ruota. Jay Bowl si guardò intorno, stupito dalla manovra del collega, ma gli ci volle solo un attimo per capire.
«E' l'ora del caffè, Mike?»
Sprewell annuì.
«La lasci così?»
«Mi facessero la multa».
«Facciamo al solito?»
«Sì, al solito».
Bowl abbassò il finestrino e si accese una sigaretta.
Sprewell scese dalla macchina con tutta la goffaggine data dalla sua stazza: nell'Undicesimo Distretto non aveva rivali, quanto a obesità.
La donna vide Sprewell attraverso la vetrina del negozio, sapeva che sarebbe entrato lì e sapeva anche perché, ma stavolta non poté fare a meno di squadrarlo per qualche secondo: la giacca beige aveva due macchie sul bavero sinistro, così come la cravatta marrone, una proprio al centro. La pelle intorno alla fibbia della cintura era completamente lisa e i pantaloni sembrava non vedessero un ferro da stiro da settimane. Lavorare in una lavanderia le consentiva ormai di inquadrare le persone all'istante: quello era un uomo solo.
Sprewell spalancò la porta e andò dritto al bancone. L'aria densa di vapore, proveniente dalla stireria, e il frastuono generato dalle lavatrici in funzione gli davano sui nervi. Vide davanti a sé un campanello da tavolo e iniziò a pestarci sopra ripetutamente con la mano, come un bambino dispet-

toso, aggiungendo rumore al rumore.

«Qué pasa?» urlò una voce maschile da dietro una tenda.

La donna che stava al bancone si voltò.

«Leòn! Aquì està el detective Sprewell!» gridò sopra il frastuono.

La tenda si aprì bruscamente, lasciando passare un uomo sui venticinque anni, capelli neri pieni di brillantina, pelle e lineamenti tipici latini.

«Hola, detective».

«Ciao Leòn, ti ricordavi del nostro appuntamento?»

«Claro que sì, come potrei dimenticarmene? – poi, voltandosi all'improvviso verso la donna – E tu che cazzo hai da guardare? Non hai niente di meglio da fare lì dietro? Sparisci!» e concluse la frase allungandole un calcio nel sedere, mentre quella spariva dietro la tenda.

«Quante ne hai lì dietro?» chiese Sprewell.

«Dodici».

«Uhm... cominci a stare stretto anche nel capannone abusivo che ti faccio tenere su, eh?»

«Un po'».

«Vuoi cercarti un altro negozio?»

«No lo creo, mi costa di meno pagare te che l'affitto di un locale più grande e poi... lì dentro ci stanno loro, mica io!» e rise sguaiatamente.

«Beh, pensiamo ai nostri affari» disse Sprewell, chiudendo ogni divagazione.

Leòn prese una camicia da uno scaffale, la ripiegò, quindi con gesto rapido infilò delle banconote nella tasca frontale.

«Su camisa, señor. Controlli se è stirata bene, prego».

Sprewell la appese a un gancio dietro la porta, prese i soldi dalla tasca e iniziò a contarli. C'erano tutti, ovviamente.

Attraverso la vetrina guardò il suo collega seduto in macchina a fumare: avrebbe dovuto dargli il trenta per cento, il giusto prezzo per il suo silenzio con i colleghi e, soprattutto, con il tenente Braxton riguardo a questa e ad alcune altre "entrate extra" che si era costruito nel tempo in quel quartiere. Niente a che vedere con le vacche grasse di quando era al Diciannovesimo Distretto, ma era già stato fortunato a trovare un compagno compiacente come Bowl e qualche affaruccio come quello di Leòn, che aveva ampliato la sua lavanderia tirando su in due notti di lavoro uno stanzone abusivo sul retro del negozio. Lui aveva avuto solo la fortuna di ricevere per primo la segnalazione dei rumori notturni; una volta conosciuto Leòn, era stato uno scherzo concordare un pagamento mensile in cambio dell'insabbiamento della questione. Aveva bisogno di quei soldi, con due ex mogli e quattro figli da foraggiare.

I pensieri di Sprewell furono interrotti da alcune grida provenienti dal retro; Leòn era sparito, il negozio era animato solo dall'ipnotico girare dei cestelli delle lavatrici.

Sprewell superò il bancone e la tenda, percorse un breve e angusto corridoio fino a spuntare nel locale abusivo adibito a stireria.

Una donna, inginocchiata a terra, piangeva dal dolore, premendosi contro il grembo la mano destra. Le altre donne la guardavano con compassione ma si mantenevano a distanza, nessuna osava avvicinarsi.

«Ha quemado, puta? - le gridava Leòn, in piedi davanti a lei - Déjame ver tu mano!» e le afferrò la mano ferita per guardarla meglio. Sprewell vide il segno inconfondibile di un'ustione.

«Si è bruciata col ferro da stiro, questa stronza!» disse Leòn, rivolto verso il detective.

«Portala in ospedale, è brutta» disse Sprewell.

«In ospedale?! Io la butto fuori a calci nel culo!» e mollò un violento schiaffo alla donna a terra.

A tutto c'era un limite, anche per Mike Sprewell; fece per intervenire, ma un attimo di riflessione gli fece pensare che sarebbe stato difficile, per lui, giustificare quell'arresto e la sua stessa presenza lì.

Leòn si accorse del suo movimento.

«Que pasa, detective? Vuoi portarla tu in ospedale?» disse

ridendo.

«Io?! Figurati. Ti saluto, ci vediamo il mese prossimo».

Sprewell tornò sui suoi passi, ritrovandosi in breve nell'atrio deserto del negozio. Si voltò per assicurarsi che nessuno l'avesse seguito, quindi infilò il braccio dietro la prima lavatrice, afferrò il tubo dell'acqua e lo strappò via. In pochi secondi ripeté l'operazione con tutte le cinque lavatrici: il pavimento fu subito inondato d'acqua saponata e Sprewell si affrettò a uscire, lasciando la porta aperta.

Risalì in auto senza dire una parola e ripartì immediatamente. Al primo semaforo rosso, tirò fuori delle banconote dalla tasca e le diede a Bowl.

«Goditeli, questi sono gli ultimi dal nostro amico Leòn».

«Gli ultimi? Come mai?»

«Mentre ero dentro gli sono scoppiate le tubature, a quello stronzo. A minuti qualcuno chiamerà i pompieri, che vedranno la stanza abusiva e chiameranno una pattuglia, che a sua volta gli farà chiudere il negozio e lo arresterà. E addio Leòn».

Bowl scosse la testa.

«Lo dice sempre mio suocero».

«Cosa?»

«Mai trascurare la manutenzione delle tubature, che poi ci vogliono un mucchio di dollari per metterle a posto».

Sprewell si voltò verso il finestrino alzando gli occhi al cielo. "Dio, quant'è coglione questo qui" pensò, un attimo prima che scattasse il verde.

I **precedenti capitoli** della saga di Noah Parker, **"Sangue chiama sangue"** e **"Fantasmi per l'11° Distretto"** sono disponibili in versione **cartacea** ed **e-book** su **Amazon.it**